김숨

1974년 울산에서 태어나 1997년 《대전일보》 신춘문예에
「느림에 대하여」가, 1998년 《문학동네》 신인상에 「중세의 시간」이
각각 당선되어 작품 활동을 시작했다.
장편소설로 일본군 '위안부'의 목소리를 담은 『한 명』
『군인이 천사가 되기를 바란 적 있는가』 『숭고함은 나를 들여다보는
거야』 『듣기 시간』을 비롯해, 1930년대 디아스포라의 삶을 다룬
『떠도는 땅』, 식민 지배의 상처를 그린 『잃어버린 사람』,
태평양전쟁 당시 오키나와에서의 조선인 참살을 다룬
『오키나와 스파이』, 조선소 노동자의 삶을 다룬 『철』 『제비심장』
등이 있고, 시각장애인의 삶을 다룬 연작소설 『무지개 눈』이 있다.
소설집으로 『나는 나무를 만질 수 있을까』 『침대』 『간과 쓸개』
『국수』 『당신의 신』 『나는 염소가 처음이야』 등이 있다.
현대문학상, 대산문학상, 이상문학상, 동인문학상 등을 수상했다.

간단후쿠

간단후쿠

김숨 장편소설

민음사

차례

간단후쿠　7

삐　11

가시철조망 울타리　18

지평선　22

삿쿠　24

다다미 한 장　29

귀리죽　37

돌림노래　43

군표　50

군인을 데리고 자는 공장　58

위생 검사　66

땅　80

요코　85

요코네　94

나를 잊어버리는 병　100

1리도 못 가서 발병 난다　105

만주의 바늘 장수　111

몸　116

이름　126

군인 목소리　130

새로운 돌림노래　135

조센삐 엄마　140

널뛰기 놀이　146

뻐꾸기　152
검은 보름달　156
담요　159
좆값　165
트럭　171
노란 공단 원피스　184
닫힌 입　188
군표 한 장으로 살 수 있는 것　193
흰 보따리　205
위문 출장　215
스미마센　237
흰 상여　243
귀가　251
나나코 되기 놀이　254
나쁜 말　259
배냇저고리　264
사요나라　269
열린 입　274
아타라시 여자애　276
답장　283

작가의 말　289
추천의 글_박소란(시인)　292

간단후쿠*

 간단후쿠를 입고, 나는 간단후쿠가 된다.
 아니다. 내가 간단후쿠를 입는 것이 아니라 간단후쿠가 나를 입는 것이다. 간단후쿠를 입는 것은 간단후쿠로 되돌아가는 것이니까.
 간단후쿠는 나를 입고 자신의 것으로, 자신으로 만들어 버린다. 나는 간단후쿠가 돼 눕고, 일어서고, 먹고, 마냥 서 있고, 걸어 다닌다.
 표백하지 않은 광목천으로 만든 간단후쿠는 감자 껍질 빛깔이고 쉰 옥수수 냄새를 풍기며 대나무 잎보다 빳빳하다.

* 일본군 위안소에서 '위안부'들이 주로 입은 간단한 원피스식의 옷.

간단후쿠는 귀리죽 한 사발보다 가볍다. 수제비 한 사발보다도. 내 주먹만 하게 뭉친 보리주먹밥보다도, 소금에 절인 무 한 덩이보다도.

간단후쿠에는 구멍이 네 개 있다. 둥그스름한 구멍들은 속이 텅 비어 있다. 가장 큰 구멍은 아래에 있다. 아래에 있어서 아래로 통하는 그 구멍은 내 고향 집에서 2리쯤 떨어진 우물보다 깊고 크다. 나머지 구멍들도 큼직해서 간단후쿠를 입고 벗는 것은 식은 죽 먹기보다 쉽다. 입을수록 구멍들이 늘어나 입고 벗기는 더 쉬워진다. 간단후쿠를 벗는 건 마늘 껍질을 벗기는 것보다 쉽지만 나는 간단후쿠를 입으면 잘 벗지 않는다. 내 몸보다 풍덩해 어깨가 늘 돌아가 있는 그걸 벗는 게 허물벗기만큼 고되게 생각되기 때문이다. 게다가 간단후쿠를 벗고 알몸이 된 나를 기다리는 건 또 다른 간단후쿠다. 벗은 간단후쿠만큼이나 낡고 추레한.

씨앗 한 알 심긴 적 없는 땅처럼 간단후쿠에는 단추 하나 달리지 않았다. 지퍼도, 주머니도 없다. 앞뒤 구분이 있긴 하지만 뒤바꿔 입어도 이상하지 않다. 뒤집어 입어도.

간단후쿠는 아무 표정 없는 얼굴 같아서 그걸 입으면 내 얼굴은 저절로 무표정이 된다. 몸이 늘어지고, 자꾸만 눕고 싶다.

간단후쿠와 나는 부부처럼 한마음 한 몸이지만 둘 사이에는 허방이 있다. 옷엣니가 허방을 날아다니고, 풀린 실가닥이 개울이 돼 흐르고, 실오라기가 아지랑이가 돼 피어오른다. 나는 허방으로 한없이 떨어지곤 한다.

간단후쿠 안에서 나는 물기 하나 없는 흙처럼 흘러내리곤 한다. 썩은 감자 무더기처럼. 메말라 바스라진 나뭇잎 무더기처럼.

간단후쿠의 모양은 두 종류다. 옥수수 자루 아니면 항아리. 자루 간단후쿠는 입다 보면 허리와 엉덩이가 펑퍼짐해져 항아리 간단후쿠가 된다. 결국 간단후쿠에는 종류가 없다. 그래서 골라 입는 것은 헛짓이 돼 버린다.

간단후쿠의 놀란 토끼가 내달리듯 이음달아 있는 바늘땀들은 미싱을 돌려 박아 넣었다. 간단후쿠는 공장에서 만들어졌다. 세상 모든 공장에는 돈 벌러 집을 떠나온 여자애들이 있다. 간단후쿠를 만드는 공장에도 여자애들이 있다. 여자애들은 자기가 만든 간단후쿠를 누가 입는지 알려나.

간단후쿠는 날마다 귀리죽을 먹고 나날이 귀리죽 빛깔을 띠어 간다.

밤이 되면 간단후쿠는 군인들을 데리고 잔다.

요시에는 내가 입은 것과 똑같은 간단후쿠를 입고 똑같은 간단후쿠가 된다. 나오미도 내가 입은 것과 똑같은 간단후쿠를 입고 똑같은 간단후쿠가 된다. 다른 여자애들도. 그리고 군인들을 데리고 잔다.

군인들을 데리고 자는 동안 내 몸은 간단후쿠 안에서 휘어지고, 뒤집히고, 눌리고, 부서지고, 쪼개진다. 어깨, 젖가슴, 배, 팔, 허리, 엉덩이, 다리가 간단후쿠 안에서 토막 난 물고기처럼 뒤죽박죽이 돼 어지럽게 허우적거린다. 뼈들은 번개가 돼 서로를 때리며 바닥 없는 바닥으로 떨어진다.

간단후쿠 안에는 몸짓이랄 게 없다. 군인들이 가고 닐이 밝으면 간단후쿠는 놋대야에 매달려 강을 찾아간다.

삐*

"삐!"

한여름 풀벌레 울음 같은 짧고 강렬한 소리가 내 귀를 찌른다. 강 건너 억새밭에서 사내아이들이 풀쩍풀쩍 뛰어오르고 있다.

"삐! 삐!"

까만 누더기 옷을 걸치고 있는 아이들은 흥분해 날뛰는 검은 염소들 같다.

강 건너는 먼 듯 가깝다. 나나코가 강 너머를 바라보며 중얼거린다. "보이려나?"

---

* '여성 생식기'를 가리키는 중국 비속어.

나나코는 그러면서도 속옷을 입지 않은 아래를 가리려 하지 않는다. 그녀 앞에 놓인 돌 위에 삿쿠*가 들에서 뜯은 나물처럼 수북하게 쌓여 있다. 그녀는 냉이나 씀바귀 뿌리에 묻은 흙을 씻어 내듯 삿쿠를 강물에 담그고 흔든다.

두 손으로 강물을 뜨는 하나코 언니의 눈꺼풀이 파르르 떨린다. 그녀는 강물을 얼굴에 뿌린다. 그녀가 두 손을 모아 강물을 뜰 때면 강이 통째로 그녀의 손에 담기는 것 같다.

요시에가 서리 맞은 호박잎처럼 버짐으로 뒤덮인 얼굴을 손으로 긁는다. 판판한 돌에 대고 간단후쿠를 사납게 치대던 레이코 언니가 욕설 섞인 혼잣말을 중얼거리며 강 너머를 쏘아본다.

강물은 파랗고 검고 희다. 하늘 아래 낫처럼 구부러지며 흐르는 강물이 어디서 흘러오는지 나는 모른다. 어디로 흘러가는지, 얼마나 멀리까지 흘러가는지도.

사내아이들은 어디서 오는 걸까. 강 위쪽에서 강물을 따라 내려왔을까. 강 아래쪽에서 강물을 거슬러 올라왔을까. 나는 사내아이들이 꽤 멀리서 왔을 것 같다. 알몸에 간단후쿠 하나만 걸치고 강에서 빨래를 하고, 머리를 감고, 삿쿠를 빠는 여자애들의 아래를 구경하려고.

---

* 2차 세계대전 때 일본군이 사용하던 콘돔.

우리는 눕힌 억새를 엉덩이에 깔고 앉아, 두 발을 강물에 담그고 개구리처럼 가랑이를 벌리고 있다.

우리는 애써 아래를 가리지 않는다. 아래를 내놓고 있는 게 창피하지 않다. 창피한 게 뭔지 잊었거나 창피해하는 게 귀찮다. 간단후쿠 자락을 끌어당겨 아래를 가릴 기운도 없다. 아무 생각이 없는 머리는 속 빈 강정인데 몸은 돌절구다. 손가락은 굼벵이인데 군인들 콧물 묻은 삿쿠는 솜이불이다. 손에 들고 있는 것조차 버거운 삿쿠는 닭 모래집 씻듯 뒤집어 가며 빨아야 한다. 쪼그라든 붕어 부레처럼 생긴 삿쿠는 고무로 만들었다. 신축성이 있어서 잡아 늘리면 내 손가락 다섯 개가 전부 들어갈 만큼 늘어난다. 한없이 늘어날 것 같아서 잡아당기다 보면 찢어진다. 강에서 우리는 머리도 감아야 하고 간단후쿠와 생리 기저귀도 빨아야 해서 마음이 바쁘다.

"조센삐*!"

'조센삐'가 나는 무슨 말인지 몰랐다. 나는 그것이 중국 아이들이 흔히 부르는 노래인 줄 알았다. 우리가 부르곤 하는 아리랑 노래처럼. '아리랑 아리랑' 하고 부르듯 '조센삐 조센삐' 하고 부르는 노래. 그래서 나는 입에서 저절로 흥얼거려지는 대로 노래를 불렀다. 아리랑 노래보다 조센삐 노래가 내

---

* 한국인 일본군 '위안부'를 부르던 중국 비속어.

입에 더 찰떡처럼 붙었다. '조센삐 조센삐 고개를 넘어간다.' 아무 생각 없이 노래를 부르다, 레이코 언니에게 주먹으로 머리를 맞은 뒤로 나는 입을 다물고 콧소리만으로 그 노래를 부른다.

"조센삐! 조센삐!"

나는 '삐'가 여치나 귀뚜라미 같은 풀벌레 이름 같다. '조센삐'도. 그래서 삐노, 조센삐도 풀벌레 울음소리처럼 들린다.

우리가 얼마나 멀리서 왔는지 사내아이들은 짐작이나 하려나. 스즈랑*에 모여 살고 있는 여자애들인 우리는 고향 집에서 엎어지면 코 닿는 데 있는 강을 두고 만주 강을 찾아왔다. 기차에 실려, 트럭에 실려, 놋대야에 매달려.

우리가 강에 있는 걸 사내아이들은 어떻게 알았을까. 바늘장수가 알려 줬을까. 사내아이들은 먼저 와서 우리를 기다리기도 한다. 우리가 강을 떠날 때까지 가지 않고 삐, 조센삐를 외쳐 댈 때도 있다.

밥은 먹었을까. 쫄쫄 굶었을까. 사내아이들의 높고 성난 목소리에서 굶주림이 느껴진다. 엄마 몸속 아기집에서부터 시달리던 굶주림이다. 입이 빚어지기 전부터 있던 굶주림이다. 굶주림은 입보다 먼저다. 굶주림이 생겨나고, 입이 그것을 담

---

* '은방울꽃'을 뜻하는 일본어.

으려 빚어진다. 굶주림은 귀리죽이고, 입은 막사발이다.

아유미가 자맥질하는 오리처럼 엉덩이를 허공으로 쳐든다. 그녀의 숱 많은 머리가 미역이 돼 풀어지며 강물과 겹쳐져 흐른다.

"새들이 날아가네." 강물에 몸을 담그고 허공을 바라보는 아유미의 둥근 얼굴은 핏기가 하나도 없어 낮달이 됐다.

"배가 백설기네." 나나코가 말한다.

"날개는 팥죽이고." 나오미가 말한다.

새의 기다란 목은 알곡을 다 빼 먹은 옥수수 속대다.

"몇 마리야?" 하나코 언니가 눈꺼풀을 파르르 떨며 묻는다.

"하나, 둘, 셋." 날아가는 새들을 세는 나오미의 손에 들린 삿쿠에서 군인 콧물이 흘러내린다. "넷, 다섯……." 새들이 벌써 날아가고 없는데도 나오미는 계속 새를 센다.

나는 성기게 엉겨 나부끼는 흰 실오라기들 같은 잔물결을 망연히 바라보다 그 위로 손가락을 가져간다.

일그러진 거울 같은 물낯에 글자가 피어날 듯 피어나지 않는다.

글자를 읽고 쓸 줄 몰라도, 잔물결이 이는 물낯에 손가락을 대면 글자가 저절로 피어난다는 걸. 그래서 집에 부칠 편지를 쓸 수 있다는 걸 내게 알려 준 여자애는 치요다. 물낯은 종이가 되고, 손가락은 연필이 된다는 걸.

치요가 말했다. "강물은 구름보다 빠르게 흘러. 강물이 구름처럼 천천히 흘러가면 글자가 피어나다 말고 져 버려."

치요는 또 말했다. "강물은 둥지로 날아가는 새보다 느리게 흘러. 강물이 새보다 빠르게 흘러가면 글자가 미쳐 버려."

치요는 강에 오면 먼저 편지를 썼다. 그녀는 결코 물에 젖지 않는 편지가 강물을 타고 고향 강까지 흘러갈 거라고 믿었다. 고향 상에서 빨래를 하던 엄마가 편지를 받아 볼 거라고. 강에서 흙 묻은 곡괭이나 낫을 씻던 아버지가 편지를 받아 볼 거라고. 지난 장마 때 그녀는 스스로 편지가 돼 강물을 타고 흘러갔다. 간단후쿠를 입은 채로 간단후쿠 편지가 돼 순식간에 내 시야에서 사라졌다.

손가락에 너무 힘이 들어간 탓인지 글자가 피어나다 말고 뭉개진다. 손가락 힘을 빼고 잔물결이 손톱 밑 살갗을 간질이는 느낌이 들 만큼만 담그고 글자가 써지길 기다리는 내 앞으로 돌멩이가 날아든다.

"조센삐!"

레이코 언니가 치대던 간단후쿠를 패대기치고 몸을 일으킨다. 손에 돌멩이가 들려 있다. 그녀는 건너를 향해 돌멩이를 던진다. 돌멩이는 날아가다 말고 강물로 떨어진다. 사내아이들은 돌멩이 몇 개를 더 던지고 조센삐를 외치며 멀어진다.

나나코가 간단후쿠에 비누를 문지르며 노래를 부른다.

"매미가 울고 호박꽃이 피네. 내 고향 아리땁고 얌전한 아가씨는 여름이면 오이로 김치도 잘 담그지. 음식 솜씨도 좋고, 부지런히 일하는 알뜰한 살림꾼. 언젠가 아들도 낳고 딸도 낳겠지."

하나코 언니가 노래를 따라 부른다.

나나코가 강물에 씻는 건 밭에서 막 딴 오이가 아니라 군인 콧물 묻은 삿쿠다. 그녀는 오이로 김치도 잘 담그는 아가씨가 아니라, 삿쿠로 풍선도 잘 부는 조센삐다. 부지런히 일하는 살림꾼이 아니라, 부지런히 군인을 데리고 자는 조센삐다.

간단후쿠를 입고 간단후쿠가 된 조센삐들은 만주 들판에 산다. 귀리죽 한 사발을 먹고 강을 찾아와 운다. 조센삐 조센삐 운다. 귀리죽 먹은 게 꺼질 때까지 조센삐 조센삐 울다가 강물에 얼굴을 씻고 조센삐 조센삐 날아간다.

가시철조망 울타리

우리는 강물에 빤 간단후쿠와 생리 기저귀를 가시철조망 울타리에 척척 걸쳐 넌다. 스즈랑의 가시철조망 울타리는 멀리서 보면 짓다 만 까치 둥지 같다.

가시철조망 울타리에 매달려 눈물을 뚝뚝 흘리는 간단후쿠들은 스즈랑의 또 다른 여자애들이다.

종종 가시철조망 철사 가시에 팔이나 등, 가슴이 찢기도록 몸부림치는 여자애가 있다.

종종 벌을 받듯 두 팔을 땅으로 향하고 가시철조망에 물구나무서 있는 여자애가 있다.

종종 철사 가시를 한 팔로 붙들고 곡예 하듯 매달려 있는 여자애가 있다.

종종 철사 가시에 몸 여기저기를 찔린 채 매달려 있는 여자애가 있다. 철사 가시들은 한여름에는 뜨겁게 달아올라 불을 품은 가시가 된다. 한겨울에는 차갑게 식어 얼음을 품은 가시가 된다.

 종종 가시철조망에서 훌쩍 날아올라 들판으로 날아가는 여자애가 있다. 그럼 우리는 들판으로 걸어가 여자애를 데리고 온다. 여자애를 다시 가시철조망 울타리에 매단다. 또 도망가지 못하게 철조망 구멍에 팔을 꿰어 놓거나 두 팔을 꽁꽁 묶어 놓는다.

 간혹 들판을 날아가던 철새들이 가시철조망에 내려앉아 잠시 쉬다 간다. 철새들이 날아오를 때 가시철조망에 매달린 간단후쿠들도 날아오르려 덩달아 들썩인다.

 가시철조망의 철사 가시들은 녹이 심하게 슬어 비가 내리면 녹물을 흘린다. 녹물은 가시철조망에 매달린 간단후쿠에 스며든다. 핏자국과 마찬가지로 비누질을 해 빨아도 말끔하게 지워지지 않는다.

 탱자나무 울타리에는 흰 꽃이 피고 연두색 열매가 열린다. 가시철조망 울타리에는 찢긴 간단후쿠 조각이 꽃으로, 열매로 열린다.

 흙먼지 바람이 불지 않는 밤이면 달빛이 가시철조망 울타리 여기저기 나비 떼처럼 내려앉는다.

가시철조망 울타리 위에 보름달이 떠오르면 스즈랑의 마당은 깊어져 우물이 된다. 보름달은 두레박이 돼 내려온다. 보름달 두레박은 스즈랑의 양철 지붕을 탕탕 때리며 내려와 마당에 넘쳐나는 군인들 발자국을 긷는다.

얼었던 땅이 녹고 온기가 돌기 시작하면 가시철조망 울타리 밑에서도 풀이 돋는다. 풀은 가시철조망에 매달린 간단후쿠의 눈물을 받아먹고 자라서 깨알만 한 보랏빛 꽃을 피운다.

지난겨울 눈발을 실은 매서운 바람이 들판에 휘몰아치던 날, 가시철조망 울타리가 바람에 들려 날아갔다. 우리는 들판으로 걸어가 가시철조망 울타리를 맞들고, 그것이 원래 있던 자리에 가져다 놓았다.

키가 껑충한 레이코 언니가 강에서 빤 간단후쿠를 가시철조망 울타리로 휙 던진다. 간단후쿠가 훌쩍 날아올라 한 팔로 철사 가시를 잡으며 매달린다.

손이 야무진 에이코 언니는 간단후쿠가 만두피라도 되는 듯 접힌 곳이 없게 활짝 펴 넌다. 그녀는 한쪽 소매가 접힌 채 눈물을 뚝뚝 흘리며 비뚜름히 매달려 있는 요시에의 간단후쿠를 보고는 그것을 거둬 둘둘 말아 쥐고 야무지게 비틀어 짠다. 탈탈 흔들어 턴 뒤 자신의 간단후쿠 옆에 나란히 펼쳐 넌다.

간단후쿠 일곱 벌이 가시철조망 울타리에 매달려 '조센삐 조센삐' 춤을 준다. 간단후쿠들은 춤을 추며 '조센삐 조센삐 고개를 넘어간다'. 임을 버리고 '조센삐 조센삐' 고개를 넘어가 가시철조망 울타리에 매달린다.

 '조센삐 조센삐' 춤을 추던 내 간단후쿠가 슬그머니 땅에 떨어진다. 나는 땅에 나뒹굴며 '조센삐 조센삐' 춤을 추는 간단후쿠를 집어 든다. 묻은 흙을 맴매하듯 손으로 때려 턴다. 지긋지긋하게 말을 안 듣는 간단후쿠를 가시철조망 울타리에 물구나무 세운다. 간단후쿠와 함께 하늘과 들판이 뒤집히며, 하늘을 날아가던 잿빛 철새들이 들판 밑에서 난다.

지평선

지평선은 녹빛이다. 남빛이나 연둣빛을 띠기도 한다. 해 질 녘 노을이 번져 오면 핏빛이 된다. 옅은 혹은 짙은 검은빛으로 떠오르기도 한다.

스즈랑 마당은 가시철조망 울타리로 둘러싸여 있고, 가시철조망 울타리는 들판으로 둘러싸여 있으며, 들판은 지평선으로 둘러싸여 있다.

지금처럼 흙먼지 바람이 휘몰아칠 때면 들판은 막사발이 되고, 흙먼지 바람은 귀리죽이 된다.

가는 떨림 속 지평선은 흐르고 있다.

지평선을 마냥 바라보고 있으면 그것이 밀려오고 밀려가는 듯한 착시가 일어난다. 지평선은 가까워지지도 멀어지지도 않는다.

구름이 흰 닭이나 염소, 돼지가 돼 지평선에 매달려 흘러가기도 한다.

은빛 아지랑이가 찐 감자에서 피어나는 김이 돼 지평선에서 모락모락 오르기도 한다.

녹두색 철새들이 지평선에서 날아오른다. 가지색 철새들이 지평선으로 떨어진다.

해는 지평선 밑에서 떠오르고 그 밑으로 진다. 달도, 북두칠성도, 배가 꺼져 뱃가죽과 등가죽이 붙어 버린 들개들도, 마적 떼도, 중국인 거지 떼도, 저고리를 입은 조선인 거지 떼도, 트럭도.

어스름도 지평선을 덮지 못한다. 밤도 지평선을 지우지 못한다. 눈을 못 뜰 만큼 매서운 바람도 지평선을 날려 버리지 못한다. 폭설도 지평선을 덮지 못한다. 종일 퍼붓는 장맛비도 지평선을 쓸어 버리지 못한다. 한여름 한낮의 해도 지평선을 태우지 못한다. 오줌을 누자마자 고드름이 돼 매달리는 추위도 지평선을 얼리지 못한다.

군인들은 지평선 너머에서 온다. 지평선을 밟고 올라서서 떠밀고 떠밀리며.

삿쿠

 강물에 빤 삿쿠를 우리는 널빤지에 넌다. 말려 두고 겨우내 먹을 목이버섯을 널듯. 하나, 둘, 셋. 개수를 세며. 넷, 다섯, 여섯. 삿쿠의 개수는 지난밤 내 몸에 다녀간 군인의 개수와 같다. 일곱, 여덟.
 삿쿠 한 개는 군인 한 개.
 삿쿠 두 개는 군인 두 개.
 삿쿠 열 개는 군인 열 개.
 삿쿠 스무 개는 군인 스무 개.
 우리 몸에 다녀갈 때 군인들은 몸에 삿쿠를 쓴다. 모자나 장갑처럼.
 강물에 씻어 말릴 삿쿠가 많다는 건, 지난밤 우리 몸에 다녀간 군인들이 많았다는 걸 말한다.

요시에가 삿쿠를 널며 개수를 센다. "하나, 둘, 셋." 그녀는 공깃돌을 세듯 삿쿠를 센다. "넷, 다섯." 그녀는 다섯까지 세고, 도로 하나로 되돌아간다. "하나, 둘, 셋, 넷, 다섯." 공깃돌은 다섯 개다. 그녀가 삿쿠를 다섯까지만 세는 것은 다섯까지밖에 셀 줄 모르기 때문이다. 그녀의 삿쿠는 다섯 개에서 더 늘지 않는다. 그녀는 삿쿠를 널빤지에 널며 개수를 세는 게 버릇이 돼 깡통 속 마지막 남은 한 개까지 빼놓지 않고 센다. "하나, 둘." 둘에서 끝나, 지난밤 삿쿠를 몸에 쓰고 그녀의 몸에 다녀간 군인의 개수는 둘이 된다.

나도 요시에처럼 다섯까지만 셀 줄 알았다. 감자 다섯 알, 옥수수 다섯 자루, 붕어 다섯 마리. 나는 삿쿠를 세며 셀 수 있는 숫자가 늘어났다. 셀 수 있는 숫자가 늘어난다는 것은 내 몸에 다녀가는 군인의 개수가 그만큼 늘어나는 것이라는 걸, 나는 열하나까지 셀 줄 알고 나서야 깨달았다. 열하나를 셀 수 있다는 건, 열 개뿐인 손가락을 넘어도 숫자를 셀 수 있다는 걸 뜻한다.

나는 요시에에게 '여섯'을 알려 주고 싶지 않다. 나는 그녀가 '여섯'을 몰랐으면 싶다. 일단 여섯으로 넘어가면 일곱으로 넘어가는 것은 귀리죽 먹기만큼 금방이다. 금방 여덟, 아홉이 되고 열이 된다. 열하나가 되면 그 뒤의 숫자들은 한 줄기에 매달린 고구마들처럼 딸려 온다. 그래서 나는 여섯부터는 요시에에게 들리지 않게 입속말로 삿쿠의 개수를 센다.

나나코는 숫자를 세지 않는다. 하나코 언니의 삿쿠까지 너느라 그녀는 숫자를 셀 짬이 없다. 자매인 그녀들의 삿쿠는 강물에 씻을 때 한번, 널빤지에 널 때 또 한번 섞인다. 물기 마른 삿쿠에 가루 소독약을 뿌릴 때 또 한번. 그렇게 그녀들의 몸에 다녀간 군인들도 최소한 한 번, 두 번, 세 번 섞인다.

"찢어졌네." 아유미가 찢긴 삿쿠를 땅에 버린다. 이미 여러 차례 빨아서 쓴 삿쿠는 조금 세게 잡아당기면 쭉 찢어진다. 우리가 삿쿠를 빨아서 다시 쓰는 것은, 우리 몸에 다녀가는 군인의 개수가 늘어나곤 하는 것과 달리 삿쿠의 개수는 그대로이거나 줄어들기 때문이다. 오늘은 열다섯 명, 내일은 열여섯 명, 모레는 열일곱 명, 그러다 어느 날 밤 갑자기 스무 명. 군인의 개수는 고무줄처럼 늘어났다 줄어들었다 한다. 소중히 간수해도 삿쿠는 곶감 빼 먹듯 없어진다. 찢어지거나 터져서, 강물에 떠내려가서, 바람에 날아가서.

그걸 싸고 있는 종이에 '돌격일번'이라고 써 있다는 삿쿠는 군인들이 몸에 쓰는 철모 같은 것이다.

군인들의 몸은 작다. 군인들은 작은 몸을 삿쿠에 넣으려 몸을 부풀린다.

삿쿠를 쓰지 않으려는 군인들이 있다. 머리 꼭지까지 술에 취해서, 돌아 버려서, 삿쿠 쓰는 게 귀찮고 성가셔서, 삿쿠 쓰는 걸 깜박 잊을 만큼 흥분해서.

한껏 부풀린 몸을 얼굴로 들이밀며 삿쿠를 씌워 달라고 떼를 쓰는 군인들도 있다. 다 큰 애가 엄마한테 신발을 신겨 달라며 조르듯. 엥엥 소리를 내며, 몸을 방울처럼 흔들어 대며.

그래서 스즈랑에서는 여자애가 새로 오면 군인의 몸에 삿쿠 씌우는 법을 가장 먼저 가르친다. 먼저 온 여자애들 중 하나가 아무것도 모르는 '새 여자애'를 붙들어 앉혀 놓고 가르치는 일에는 삿쿠 하나와 가운뎃손가락 하나만 있으면 된다. 순서는 외우지 않아도 될 만큼 간단하다.

가운뎃손가락을 꼿꼿하게 세운다.

가운뎃손가락에 삿쿠를 입힌다.

삿쿠를 입고 배추벌레가 된 가운뎃손가락을 까딱까딱 흔들어 보인다.

삿쿠를 도로 벗긴다. 찢어지지 않게 화선지를 말듯 돌돌 말아 가며.

새 여자애에게 삿쿠를 내밀며 말한다. "해 봐."

내게 삿쿠 씌우는 법을 가르친 여자애는 레이코 언니다. 부엌 밥상 앞에서였다. 그 쉬운 걸 내가 제대로 따라하지 못하자 그녀가 말했다. "풋고추에 옷 입힌다고 생각하고 해 봐." "풋고추에 옷을 왜 입혀요?" 내가 묻자 그녀가 말했다. "바보야,

벌레 먹지 말라고."

삿쿠를 쓰지 않고 우리 몸에 들어오려는 군인들이 있다. 그럼 우리는 어린애를 달래듯 말한다. "아리가토, 삿쿠를 껴요."

그래도 삿쿠를 쓰지 않고 우리 몸에 들어오려는 군인들이 있다. 그럼 우리는 애원하듯 말한다. "아리가토, 스미마센, 삿쿠를 껴요."

그래도 삿구를 쓰지 않고 우리 몸에 들어오려는 군인들이 있다. 그럼 우리는 말한다. "와타시(나), 병 있어요."

그래도 삿쿠를 쓰지 않고 우리 몸에 들어오려는 군인들이 있다. 그럼 우린 욕을 하거나 울거나 발버둥 치다 군인한테 보기 좋게 한 대 얻어맞는다. 아리가토, 아리가토, 아리가토······.

다다미 한 장

나는 간단후쿠를 입고 간단후쿠가 돼 담요 위에 누워 있다. 놋숟가락처럼 무거운 눈꺼풀을 감았다 떴다 하며.

쑥색이어서 쑥밭이 되곤 하는 담요 아래는 다다미다.

다다미 한 장.

다다미 한 장이 내 방이다.

내 몸은 작아서 방 밖으로 흘러 넘치지 않는다.

아래가 느껴진다, 느껴지지 않는다. 내 몸은 아래에서 시작해 아래에서 끝난다. 아니면 아래에서 끝나 아래에서 시작된다.

아래는 묵처럼 흐물흐물하지만 쇠심줄처럼 질기다.

아래는 구멍이지만 구멍이 아니다.

아래는 입이 되기도 한다. 비명을 지르고 있는 입. 비명은 누구에게도, 내게도 닿지 못한다. 아래는 비명을 지르다 기진맥진해 차라리 벙어리가 되거나 비명에 삼켜져 비명이 된다.

내 몸의 뼈들은 아래에 쌓아 올린 탑이다. 아래가 물러서 탑은 수시로 무너진다. 그럼 나는 뼈들을 다시 차곡차곡 쌓아 올린다. 그때마다 뼈들의 위치가 바뀐다. 발목뼈가 목뼈 위에 놓이고, 넓적다리뼈가 해골 위에 비석처럼 놓인다. 발가락뼈들이 엉덩이뼈 속으로 참새 떼처럼 떨어진다.

군인들이 내 방문 앞에 줄을 서는 건 아래 때문이다.

아래는 군표 열다섯 장이다. 그보다 몇 장 적거나 몇 장 많을 때도 있다. 아래가 없으면 군인들이 날 찾지 않을 테지만 아래는 손가락이 아니어서 잘라 버릴 수 없다.

달리는 트럭으로, 기차간으로 냅다 던져진 것은 아래다.

가장자리가 톱날처럼 갈라진 나무 숟가락으로 막사발 속 귀리죽을 떠먹는 것도 아래다.

아래는 아래에 없다.

아래는 위에 있다. 내 손이 닿지 못하는 저 위에. 나는 아래를 보려고 깨금발을 하고 목을 길게 빼며 턱을 한껏 쳐든다. 아래는 보이지 않는다. 병든 영혼이 먹구름처럼 아래를 가리고 있기 때문이다. 아래는 간단후쿠 속에 있다.

가만히 누워 있다 보면 방은 점점 깊어진다. 천장이 낮은

데도 물이 마른 깊은 우물 바닥에 누워 있는 기분이 들며 저 위에서 밧줄이 내려오길 기다리는 막막하고 절실한 심정이 되곤 한다.

내 발치에는 씻어 말린 뒤 흰 가루 소독약을 뿌린 삿쿠가 담긴 깡통과 빈 깡통이 나란히 놓여 있다. 깡통들 옆 꺼뭇꺼뭇한 놋대야에는 소독약을 타 불그스름한 물이 들어 있다.

내 머리맡에는 광목 보따리가 놓여 있다. 보따리 속에는 내가 집을 떠나올 때 입었던 흰 광목 저고리와 검은 광목 치마가 들어 있다. 입지도 않는 그 옷들을 내가 보따리 속에 넣어 두고 있는 것은, 그 옷들이 내 몸에서 떨어져 나간 살갗과 같기 때문이다. 그믐밤처럼 캄캄한 보따리 속에서 저고리는 시드는 박꽃잎처럼 오그라들고 있다.

보따리 속에는 대나무로 만든 참빗도 들어 있다. 촘촘하게 박힌 빗살로 머리를 빗고 손으로 훑으면 머릿니가 깨처럼 떨어진다. 그리고 군인들이 흘리고 간 광목 각반으로 만든 생리 기저귀 다섯 장, 건빵 한 주먹, 군인이 던져 주고 간 반쪽짜리 1엔, 군표 다섯 장도 들어 있다. 나는 스즈랑의 주인인 오토상 모르게 군표를 모은다. 스즈랑의 여자애인 내 몸에 다녀갈 때마다 군인들은 군표를 던져 주고 간다. 한 번 다녀갈 때마다 한 장씩. 군표는 말하자면 군인들이 내 몸에 다녀가며 내는 입장료 같은 거다. 군인들이 떠나고 날이 밝으면 나는 군표들을 차곡차곡 깻잎처럼 포개 모아 오토상에게 가져다준다.

보따리 속에는 옥수수 속대도 들어 있다. 배고플 때 먹으라며 엄마가 보따리 속에 넣어 주었을 때만 해도 그것에는 배추흰나비알만큼 노란 알곡들이 박혀 있었다. 기차에 실려 가는 동안 알곡들은 나비로 부화해 날아가 버리고 속대만 남았다.

보따리 속에는 녹슨 바늘과 염소 꼬리만 한 실뭉당이도 들어 있다.

그리고 보따리 속에는 트럭의 덜컹거림이, 증기기관 열차가 쉿쉿 증기를 내뿜는 소리와 쇠바퀴들이 굴러가며 내는 철컥철컥 소리가 들어 있다. 보따리 속에는 버선 두 짝도 들어 있다. 기운 자국투성이인 버선들은 왜가리가 돼 쇠바퀴들의 철컥철컥 소리에 맞춰 철컥철컥 날갯짓을 하고 있다.

보따리 속에는 내 고향 집 뒷산 뜸부기의 뜸북뜸북 소리도 들어 있다. 뜸 든 밥을 주걱으로 뜸북뜸북 뜨는 것 같은 그 소리에는, 긁어 먹을 누룽지도 없는 가마솥이 매달려 있다.

나는 보따리가 갓난아기라도 되는 듯 가슴에 품어 안고 누워 있곤 한다. 그럼 내가 보따리에 매달려 어딘가를 향해 마냥 걸어가는 것 같은 기분이 든다.

나는 보따리를 풀었다 다시 꾸리곤 한다. 풀어 헤친 보따리를 다시 싸고 풀어지지 않게 꼭 묶다 보면 이곳을 곧 떠날 채비를 하는 것 같다.

　내가 보따리를 머리맡에 놓아두는 것은 누가 집어 갈까 봐 걱정되기 때문이다. 나는 자주 보따리를 잃어버리거나 빼앗기는 꿈을 꾸고는 울며 깨어난다.

　보따리는 나 자신이고, 나는 보따리다.

　보따리가 없으면 나도 없다.

　보따리가 가지 않으면 나는 아무 데도 갈 수 없다. 집에도 갈 수 없다.

　보따리 옆에는 철 반합이 놓여 있다. 뚜껑이 없는 철 반합에는 나무 숟가락과 나무 막대에 쥐털 뭉치를 붙여 만든 것 같은 칫솔이 꽂혀 있다. 철 반합은 내가 가진 물건들 중 가장 튼튼하고 쓰임이 있다. 그것은 절대 깨지지 않는다. 그것은 주전자도 되고 밥그릇도 되고 빗물받이도 된다. 나는 그것에 건빵 한 개와 물 한 사발을 넣고 불려 먹기도 한다. 건빵은 물에 넣으면 부풀어 양이 늘어난다.

　보따리 안에는 스즈랑 마당으로 던져질 때까지도 없었던 것도 들어 있다. 나는 보따리 안에 시루떡을 넣어 두고는 배가 몹시 고프면 꺼내 먹는다. 절구에 빻은 쌀가루를 시루에 붓고 초승달 모양으로 썰어 말린 호박고지와 곶감을 얹어 찐 떡을. 익은 쌀가루는 달고, 호박고지는 더 달고, 곶감은 더 달다.

허공에 실오라기 같은 게 떠 아른거린다. 손을 뻗어 움켜 잡으려는 순간 사라져 버린다. 허탈해하고 있는데 방이 삐걱 소리를 내며 흔들린다. 멀미가 나며 속이 메슥거린다. 삐걱삐걱 —. 방은 널빤지로 만들었다. 벽도, 천장도, 문도 널빤지다. 삐걱삐걱 — 소리를 타고 방은 관짝으로 탈바꿈한다. 단추 하나 달리지 않고 주머니 하나 없는 간단후쿠는 수의로 변신한다.

 방은 들판에 있다.

 들판에는 백색의 짠 내 나는 흙먼지 바람이 지겹게 불고, 탈진한 들개의 울부짖는 소리가 간간이 떠돈다. 들판에는 매일 해가 떠오른다. 달도, 별도, 구름도. 비가 내리고, 벼락이 떨어지고, 눈보라가 휘몰아치기도 한다.

 들판에는 방이 더 있다. 내 방과 똑같이 생긴 방 아홉 개가 더. 열 개의 방은 기차의 칸들처럼 붙어 있다. 방 한 개마다 여자애가 하나씩 들어 있다. 방이 열 개여서 여자애가 열 명인 것인지, 여자애가 열 명이어서 방이 열 개인 것인지, 어쩌다 보니 둘 다 열 개인 것인지 나는 알지 못한다.

 열 개의 방은 양철 지붕 밑에 모여 있다. 방 하나가 덜컹거리면 나머지 방들도 덩달아 덜컹거린다. 방문 하나가 들썩이면 나머지 방문들도 덩달아 들썩인다. 쥐와 바퀴벌레와 지네들은 열 개의 방을 분답스럽게 오간다. 먹지 같은 어스름이 한 장 들판에 내리면 열 개의 방은 누가 먼저랄 것 없이 움직이기 시작한다. 어스름이 한 장, 또 한 장 내리면 방들은 기차가 돼 달리기 시작한다. 지평선 위로 떠오른 달이 조금씩 옆으로 움직여 양철 지붕 위에 떠 있을 즈음 방들은 미쳐서 들판을 난폭하게 내달린다.

열 개의 방 방문마다는 숫자가 적힌 나무 문패가 걸려 있다. 두 번째 방인 내 방문 나무 문패에는 먹으로 '二'라고 쓰여 있다.

쥐가 널빤지를 갉는 소리가 들려온다. 레이코 언니가 건빵을 먹는 소리다. 내 방은 레이코 언니의 방과 널빤지 벽을 사이에 두고 붙어 있다. 널빤지는 계피 껍질처럼 얇다. 널빤지 두 개를 못으로 박아 잇댄 새는 널빤지가 휘어지며 들뜨고 벌어져 있다. 그래서 레이코 언니가 손톱으로 이를 터뜨려 죽이는 소리도 들린다.

나는 몸을 일으킨다. 간단후쿠를 걷으러 마당으로 나간다. 가시철조망 너머 들판에 눈길을 준다. 들판은 늘 그렇듯 비어 있다. 바람이 흙먼지를 천 삼아서 지은 간단후쿠가 허공을 떠다니고 있다. 지평선 위 하늘은 닭의 뒤집힌 눈알 같다.

아무것도 없을 것 같은 지평선 너머에는 군부대들이 있다. 우리가 보름에 한 번 위생 검사를 받으러 가는 위생 검사소 막사가 있는 군부대도 지평선 너머에 있다. 중국인 마을도, 빨간 벽돌로 지은 기차역도. 사다리같이 생긴 쇠 이빨로 땅을 물고 있는 긴 기찻길도.

철새들은 지평선을 부리로, 날개 끝으로, 발톱으로 튕기며 날아오고 날아간다.

스즈랑에 살고 있는 여자애들도 트럭에 실려 지평선 너머에서 왔다. 트럭이 덜컹거릴 때마다 엉덩방아를 찧어 가며 지평선을 넘어왔다.

발길을 끊은 바늘 장수도 지평선 너머에서 왔다. 부엌에서 귀리죽을 쑤고 있는 할아버지도.

귀리죽

 관 뚜껑 같은 널빤지 밥상 위에 막사발 열 개가 놓여 있다. 막사발마다 묽게 쑨 귀리죽이 담겨 있다. 까만 바구미 한두 마리가 고명처럼 귀리죽에 뿌려져 있다. 썩은 반달 같은 무장아찌가 수북이 담긴 막사발 두 개도 나란히 놓여 있다.

 여자애들이 막사발을 하나씩 차지하고 널빤지에 둘러앉는다. 못 먹을 음식인 듯 귀리죽을 바라보다 나무 숟가락으로 떠먹기 시작하는 여자애들 속에는 나도 있다.

 귀리죽과 막사발은 달걀과 닭이다. 달걀과 닭 중에 뭐가 먼저인지 판단할 수 없듯이 막사발과 귀리죽도 뭐가 먼저인지 판단할 수 없다. 둘은 돌고 돈다. 귀리죽이 있어서 막사발이 있고, 막사발이 있어서 귀리죽이 있다.

귀리죽은 물에 불린 갱지 맛이다. 단맛도, 고소한 맛도, 쌉싸름하거나 시큼한 맛도 없다. 그것은 시래기죽보다 심심하고 지루하며 시들한 맛이다.

  귀리죽을 나무 숟가락 가득 떠 입으로 한꺼번에 흘려 넣으면, 이빨들 새로 귀리죽이 범람하고 혀가 잠긴다. 그래서 나는 혀가 반만 잠길 만큼 조금씩 흘려 넣는다.

  요시에는 잠에 취해 눈알을 까뒤집고 귀리죽을 떠먹는다. 레이코 언니는 호미처럼 뾰족한 턱을 막사발로 내밀고 흡흡 소리를 내며 귀리죽을 떠먹는다. 아유미는 숟가락으로 귀리죽을 떠 올릴 때마다 젖 떨어진 강아지 같은 신음을 토한다. 긴 신음을 끝까지 토하고 나서야 귀리죽을 입으로 흘려 넣는다. 나오미는 귀리죽 한 숟가락에 무장아찌 한 조각을 먹는다. 소금에 절인 무장아찌는 쓴맛이 날 만큼 짜고 질기다.

  하나코 언니는 세 번에 한 번 막사발이 아닌 허공에 대고 숟갈질을 한다. 숟가락으로 공기를 움푹 떠 입으로 가져간다. 입을 아 벌리고 숟가락을 기울여 공기를 흘려 넣는다. 살며시 입을 다물고 우물우물 씹다가 꿀꺽 소리를 내며 삼킨다. 밥상 허공에는 막사발 하나가 떠 있다. 하나코 언니에게만 보이는 막사발에는 흰 쌀밥보다 부드럽고 찰진 공기 밥알이 고봉으로 담겨 있다. 그녀는 숟가락으로 밥상을 더듬곤 한다. 혹시 다른 반찬이 올라와 있나 싶어서. 그럼 나나코가 무장아찌가 담긴 막사발을 그녀의 숟가락 가까이 밀어 놓아 준다.

나는 귀리죽을 떠먹을 때마다 한 숟가락, 두 숟가락 속으로 세며 생각한다. 막사발 속 귀리죽을 떠먹는 건 내가 아니라 간단후쿠라고. 귀리죽을 먹고, 먹고, 또 먹고 간단후쿠는 점점 귀리죽 빛깔을 띤다. 간단후쿠 속 살과 뼈와 피도 귀리죽 빛깔을 띠어 간다. 간단후쿠에 실오라기처럼 매달려 흔들리고 있는 영혼도. 어쩌면 아래도.

귀리죽 빛깔을 입은 철새가 하늘을 날아가면 나는 속으로 중얼거린다. '저 새도 귀리죽을 먹었나 보네.'

귀리죽 빛깔을 입은 나방이 날아다니면 '저 나방도 귀리죽을 먹었나 보네.'

귀리죽을 먹고 깃털이 귀리죽 빛깔로 변한 새는 귀리죽 철새다. 귀리죽을 먹고 다리와 촉수까지 귀리죽 빛깔로 변한 귀뚜라미는 귀리죽 귀뚜라미. 귀리죽에 발을 담갔던 파리는 귀리죽 파리가 돼 우리의 초점이 풀어진 눈동자에 내려앉는다. 어느 날 밤 꼬리까지 귀리죽 빛깔을 띤 귀리죽 쥐가 내 방 천장에서 떨어진다.

귀리죽 한 숟가락마다 담겨 있는 건 배고픔이다. 귀리죽 한 숟가락은 아버지의 배고픔, 또 한 숟가락은 어머니의 배고픔, 또 한 숟가락은 첫째 동생의 배고픔, 또 한 숟가락은 둘째 동생의 배고픔, 또 한 숟가락은 셋째 동생의 배고픔…… 마지막

한 숟가락에는 젖도 안 뗀 막둥이의 배고픔이 담겨 있다. 막사발 바닥에 소가 발라 놓은 침처럼 묻어 있는 귀리죽에는 닷새를 굶다 돌아가신 할머니의 배고픔이 들러붙어 있다. 그래서 나는 막사발 바닥에 묻어 있는 귀리죽까지 숟가락으로 싹싹 긁어 먹는다. 귀리죽 한 국자가 담긴 막사발은 집에 있는 식구들의 배고픔에 가 닿기 위해 한 숟가락씩 비어 간다. 마침내 막사발이 넝 비어 무덤 속 할머니의 배고픔에까지 가 닿으면 나는 그제야 숟가락을 내려놓고 막사발을 떠나보낸다.

그리고 귀리죽 한 숟가락은 군인 하나다. 오늘 밤 내 몸에 다녀갈 군인 하나. 귀리죽 두 숟가락은 군인 둘. 귀리죽 세 숟가락은 군인 셋. 귀리죽 네 숟가락은 군인 넷. 귀리죽 다섯 숟가락은 군인 다섯. 모자라는 쪽은 늘 귀리죽이다.

스즈랑의 막사발들은 서로 비슷하게 생겼지만 똑같이 생긴 것은 없다. 사과 하나가 담길 크기의 막사발은 깔때기처럼 밑으로 갈수록 폭이 점점 좁아진다. 비어 있는 막사발은 위에서 내려다보면 보름달을 닮았다. 귀리죽이 담기면 막사발은 간단후쿠를 입고 표정이 없어진 우리 하나하나의 얼굴이 된다. 우리가 떠먹는 것은 귀리죽이 아니라, 귀리죽을 하도 먹어서 귀리죽 빛깔을 입은 우리 자신의 얼굴이다. 한 숟가락, 한 숟가락, 또 한 숟가락 비우다 마침내 해골만 남을 때까지 숟가락질은 계속된다.

할아버지는 우리가 떠나보낸 막사발을 나무 함지 속 물에 대충 헹궈 나무선반 위에 얹는다. 탑을 쌓듯 차곡차곡 쌓아 막사발 탑을 만든다. 귀리죽이 다시 담길 때까지 막사발 탑은 선반 위에 고이 모셔져 있다. 쪼개져 무너질 때까지 쥐들은 돌아가며 탑돌이를 한다.

귀리죽을 먹고 귀리죽 빛깔을 띠어 가는 간단후쿠 속에서 여자애들의 살은 속절없이 내린다. 자라다 만 뼈는 닭 껍질처럼 얇아진 살을 찢고 튀어나오려 아우성을 친다. 배는 부푼 꽈리가 되고 팔다리는 빈 콩깍지가 된다. 눈구멍은 뒤통수에 닿도록 꺼져 드는데 눈동자는 불거진다. 딱지가 지고 부르튼 입은 다물어지지 않는다.

만약 여자애들의 부모 중 하나가 찾아와 '내 딸한테 무슨 짓을 시킨 거냐.' 하고 따지면 오토상은 말할 것이다. 하루 세 끼 굶기지 않고 귀리죽을 먹였다고. 귀리죽에 질렸을까 봐 보리주먹밥을, 수제비를 새참으로 먹이기도 했다고. 그럼 달거리도 오지 않은 어린 딸자식을 '밥 먹듯' 굶기다 돈 벌어 집에 부치라고 공장에 보낸 부모는 입이 열 개여도 할 말이 없을 것이다.

우리가 남긴 무장아찌 한 조각이 동쪽 하늘에 떠 있다.
허수아비처럼 두 팔을 벌리고 가시철조망 울타리에 매달려 있던 간단후쿠가 시큰둥히 중얼거린다.

'북쪽에서 군인들이 오네.'

그 옆 간단후쿠가 팔을 건성건성 흔들며 말한다. '어제도 북쪽에서 군인들이 왔는데.'

그 옆 간단후쿠가 목 구멍을 부풀리고 중얼거린다. '북쪽에서 오는 군인들한테는 그냥 '나 잡아 잡수.' 해야 해.'

그 옆 간단후구가 묻는다. '남쪽에서 오는 군인들한테는?'

'독 안에 든 쥐.'

'그게 무슨 말이야?'

"아이고, 나 죽었소.' 생각하라고.'

군인들은 서쪽에서도, 동쪽에서도 온다. 군인들은 어디에서나 온다.

나는 손가락으로 북쪽 지평선을 지워 나간다. 손가락 끝마디로 지평선을 문질러 조금씩 조금씩. 철새 무리가 지우개 가루가 돼 날린다. 지평선이 사라지고 없으면 군인들이 오지 않을 것이다. 누가 그어 놓았을까. 지평선은 길다. 지우개가 된 내 엄지손가락으로 그걸 다 지우려면 밤을 꼬박 새야 할 것이다.

겨우 한 뼘밖에 지우지 못한 지평선이 뒤로 당겨지더니 흙먼지 그물이 떠오른다. 끝물 콩잎처럼 누런 군복을 입은 군인들이 떠밀고 떠밀리며 지평선을 넘어온다.

돌림노래

열 개의 널빤지 방.

열 개의 널빤지 문.

열 개의 널빤지 문마다 군인들이 한 줄로 '줄 서기'를 한다. 종아리에 감은 각반을 풀어 헤치며, 쇳물처럼 뜨거운 중국술을 마시며, 담배를 피우거나 건빵을 먹으며, 웃옷 단추를 끄르고 허리띠를 풀며.

금세 열 개의 줄이 만들어진다. 열 개의 줄은 어느 줄이 먼저랄 것 없이 순식간에 길어진다. 날이 밝기 전에 군부대로 돌아가야 하는 군인들은 서로 앞에 서려고 한다. 그래서 새치기를 하려는 군인이 있으면 군인들은 외친다. "키에로(꺼져)!"

몸을 못 가눌 만큼 술에 취해 줄을 흐트러뜨리는 군인이 있으면 군인들은 외친다. "키에로!"

이 줄에서 저 줄로 박쥐처럼 날아다니는 군인이 있으면 군인들은 외친다. "키에로!"

키에로는 만주에 울려 퍼지는 전투 함성이다.

줄 하나마다 군인이 적게는 열다섯 명에서 많게는 스물다섯 명까지 서 있다. 널빤지 문이 열리고 닫힐 때마다 눈금자의 눈금이 지워지듯 줄이 줄어든다.

줄 서기를 한두 번 하는 것도 아닌데 군인들은 개미들보다 줄 서기를 못한다.

내일 전투를 앞둔 군인들은 더해서 잠자리들보다 줄 서기를 못한다.

전투에서 살아 돌아온 군인들은 그보다 더해서 쇠파리들보다 줄 서기를 못한다.

군인들이 스즈랑 마당에서 와자지껄 벌이는 '달밤의 줄서기'는 동그라미를 그리지 못해 강강술래가 되지 못한다.

줄들은 가만있지 않고 절벽과 절벽 사이 낭떠러지에 걸쳐 놓은 밧줄처럼 출렁인다. 그때마다 줄들이 매달려 있는 널빤지 문들도 덩달아 요동친다. 마당도, 가시철조망 울타리와 그것에 매달려 있는 간단후쿠들도, 들판도, 하늘에 떠 있는 무장아찌 한 조각도 일렁인다.

지평선을 밟고 넘어온 군인들이 '아닌 밤중에' 달밤의 줄서기를 하는 것은 돌림노래 때문이다.

돌림노래라면 군인들은 환장한다. 죽었다가도 발딱 살아난다.

돌림노래는 군인 노래는 아니지만 그들의 사기를 높이고, 전투에서 살아 돌아오지 못할 거라는 불안을 잊게 한다.

돌림노래는 스즈랑 여자애들의 몸을 악기 삼아 불린다. 멍이 들고 상처 입은 악기는 간단후쿠를 입고, 등잔 불빛을 받으며, 쑥대밭이 된 담요 위에 놓여 있다. 무장아찌 조각 같은 눈꺼풀을 떴다 감았다 하는 악기의 뱃속에는 귀리죽 한 사발이 들어 있다. 돌림노래 한 소절마다 귀리죽 한 숟가락이 비워진다. 돌림노래가 끝나기도 전에 귀리죽은 바닥나고 뱃속에는 해골 머리가 들어앉는다.

스즈랑의 여자애인 내 몸을 악기 삼아 불리는 돌림노래는 이렇게 시작된다. '군인이 삿쿠를 쓰고 요코의 몸에 다녀간다.'

돌림노래는 볏모 두 모숨을 심는 정도의 빠르기다. 볏모 한 모숨에는 볏모 여남은 가닥이 들어 있다.

제자리에서 돌고 도는 물레방아처럼 노랫말이 반복되며 이어지는 돌림노래는 한 번 시작되면 끝장을 보고야 만다.

돌림노래의 한 소절과 한 소절 사이에는 널빤지 문이 열리고 닫히는 소리가, 허리춤을 풀고 군복 바지를 엉덩이 밑까지 끌어 내리는 소리가, 군인이 몸에 삿쿠를 씌우는 소리가 끼어

든다. 군인들이 "메오 아케로(눈 떠)!" "아시오 히로게로(다리를 벌려)!" 하고 다그치는 소리도.

돌림노래 한 소절은 삿쿠 하나다.

돌림노래 한 소절은 군표 한 장이다.

'군인이 삿쿠를 쓰고 요코의 몸에 다녀간다.'라는 노랫말이 반복되는 돌림노래는 벌써 시작됐다.

"삿사토 삿사토(빨리 빨리)!"

군인들이 흥분해 내지르는 소리가 훼방꾼처럼 돌림노래에 끼어든다. 군인들은 돌림노래의 박자가 늘어지는 걸 참지 못한다. 돌림노래의 박자가 약간이라도 늘어지면 문을 발로 차고 문고리를 손으로 잡고 흔들며 소리친다. "삿사토 삿사토!"

돌림노래가 늘어지는 것은 대개 군인들 탓이다. 돌림노래가 중간에 갑자기 뚝 끊어지는 것도.

'군인이 삿쿠를 쓰고 요코의 몸에 다녀간다.'가 일곱 번쯤 반복되면 나는 생각한다. 집에 볏모 한 모숨 심을 땅만 있었어도 엄마가 날 만주 실 공장에 보내지 않았을 거라고.

'군인이 삿쿠를 쓰고 요코의 몸에 다녀간다.'가 열 번쯤 반복되면 나는 생각한다. 돌림노래를 부르는 것은 내가 아니라 간단후쿠라고. 요코는 내 이름이 아니라 간단후쿠의 이름이라고.

'군인이 삿쿠를 쓰고 요코의 몸에 다녀간다.'가 열다섯 번쯤 반복되면 나는 돌림노래가 언제까지나 끝나지 않을 것 같은 절망적인 기분이 든다. 돌림노래를 부르다 열여섯 살이 되기 전에 죽을 것 같다.

달이 지평선에 매달리고 동이 터 오도록 돌림노래가 끝나지 않으면 집에 돌아가고 싶다는 생각도 안 든다. 엄마가 보고 싶다는 생각도 안 든다.

열 개의 방마다에서 여자애의 몸을 악기 삼아 불리는 돌림노래는 합쳐져 하나의 돌림노래가 된다.

널빤지 문이 쿵 쾅 쿵 쾅 끽 박자를 넣는다.

배고픈 쥐들이 도토리보다 작은 발로 다닥 다다닥 여린 박자를 넣는다.

들판에 부는 바람도 추임새를 넣는다. 얼씨구, 으이, 좋다! 그렇지, 그렇지, 좋다!

몹시 흥분했거나 화가 잔뜩 나 엇박자를 넣는 군인들이 있다. 북을 치듯 주먹으로 우리의 머리나 얼굴을 퍽 하고 때려서.

거미들은 돌림노래를 일노래 삼아 실을 잣는다.

돌림노래가 빨라지면 오토상은 신이 난다.

돌림노래가 빨라지면 군인들은 정신을 못 차린다.

돌림노래가 빨라지면 열 개의 방은 기차가 되어 뚜뚜 기적을 울리며 들판을 제 집 마당처럼 휘젓고 다닌다. 바퀴인 발이 없어서 발목으로.

살가죽과 뼈뿐인 군인이 '이키테 이키테(살아서 살아서)…….' 훌쩍거리며 내 몸 위에서 날고 있다. 군인은 목의 핏대가 날 선 칼이 되도록 안간힘을 다해 날갯짓을 하지만 제자리다. 군인의 머리 위에는 거미줄이, 거미줄 위에는 널빤지가, 널빤지 위에는 쥐들이 먹을 걸 찾아 날아다니고 있다. 스즈랑에서는 배고픈 쥐들이 가장 높이 난다. 군인이 깃털 한 가닥 달리지 않은 두 팔로 날갯짓을 할 때마다 내 몸의 뼈들은 다투듯 일어나 서로를 때린다.

"이키테 이키테……. 이키테 카에테(살아서 돌아)……."

군인의 입에서 닭똥 썩는 냄새가 난다.

마당에서는 "삿사토 삿사토!"

"이키테 카에테쿠루요니 이놋테쿠레(살아서 돌아오라고 빌어 줘)."

들썩이던 문이 덜컥 열리고 군인 둘이 성큼 들어선다. 내 몸 위에서 날고 있는 군인의 양 날갯죽지를 잡고 들어 올리더니 마당으로 내동댕이친다.

군인의 몸이 느껴지지 않는다. 아래만 느껴진다. 아래가 아래를 찌르고, 아래가 아래를 물어뜯고, 아래가 아래를 찢어발긴다.

눈이 붙어 버린 군인이 내 귓속에 입을 밀어 넣고 하악 하악 입김을 토한다.

"마마(엄마), 마마!"

"나 네 엄마 아니야!"

"마마, 마마!"

돌림노래는 아직 끝나지 않았다. 돌림노래를 부르는 것은 내 몸도, 간단후쿠도 아니다. 이쯤되면 돌림노래를 부르는 것은 돌림노래 자신이다.

돌림노래가 불리는 내내 아래는 돌림노래와 함께 돌고, 돌고, 돈다. 아래는 돌고 도는 팽이, 물레방아, 다람쥐 통. 아래는 아리가토를 중얼거릴 기운도 없다.

군표

 돌림노래가 끝나자 천장 널빤지 위에서 날아다니던 쥐들이 내려와 잠이 든다. 허공에서 실을 잣던 거미들은 실에 매달려 잠이 든다.

 맹꽁이 썩는 냄새가 방 안에 진동한다. 배가 터져 죽은 맹꽁이들이 방 여기저기 널려 썩고 있는 것 같다.

 밤새 어디로 날아가지 않고 가시철조망 울타리에 악착스레 매달려 있던 간단후쿠들이 바람에 뒤채는 소리가 들려온다. 널빤지 문 하나가 죽어 가는 물고기의 아가미처럼 열렸다 닫혔다 하는 소리도 들려온다.

 나는 몸을 일으킨다. 무른 가지 같은 허벅지를 내려다보다 배꼽 위까지 말려 올라간 간단후쿠 자락을 손으로 끌어 내린다. 담요 여기저기 죽은 나방처럼 떨어져 있는 군표를 줍는다. 군인들이 던져 주고 간 군표들이다. 깡통 속 군표들도 꺼내 주운 군표들과 함께 차곡차곡 개키며 한 장 한 장 센다. 하나, 둘, 셋…… 열다섯 장이다.

군인들이 깡통 속에 버리고 간 삿쿠들 틈에 처박힌 군표가 눈에 들어온다. 나는 손을 뻗어 군표를 집어 든다. 그것에 묻은 군인 콧물을 간단후쿠에 문질러 훔친다. 돌림노래를 부르는 내내 내 머리맡에 아무 말없이 웅크리고 있던 보따리 밑으로 군표를 밀어 넣는다.

오토상의 방 괘종시계가 뎅뎅 운다.

마당에 나가니 레이코 언니가 방문 앞에서 담배를 피우고 있다. 담배 한 모금마다 가래 섞인 침을 뱉으며.

나는 군표 뭉치를 손에 들고 오토상의 방으로 간다. 그는 군표 개수로 지난밤 우리가 데리고 잔 군인이 몇 명인지 안다.

흙으로 지은 오토상의 방은 우리의 방과 떨어진 곳에 있다. 스즈랑이 되기 전에 중국인 가족이 살았다던 오토상의 방에는 부엌이 딸려 있다. 아궁이가 두 개나 있는 부엌에서는 돼지고기를 삶는 냄새나 말린 생선을 굽는 냄새, 밥 짓는 냄새가 난다. 돼지고기를 삶는 냄새가 나는 날이면 오토상의 얼굴뿐 아니라 눈빛과 목소리에도 기름기가 돈다.

요시에가 오토상의 방 앞에 서 있다. 간단후쿠 아래 두 다리는 말라 갈대 줄기가 됐다.

"제 빚이 얼마예요?"

"300엔."

"200엔이라고 하지 않았어요?"

"이자는 생각 안 해?"

요시에는 200엔이 얼마나 많은 돈인지 모른다. 300엔이 얼마나 많은 돈인지도. 하지만 200엔보다 300엔이 많다는 것은 안다. 2는 손가락이 두 개, 3은 손가락이 세 개니까. 그녀는 200엔이던 빚이 300엔으로 늘어나고 나서야 스즈랑에서는 모든 게 빚으로 돌아온다는 걸 알고 훌쩍훌쩍 운다. 까만 바구미가 깨처럼 박힌 보리주먹밥도, 소금으로만 간을 한 수제비도, 멀건 귀리죽도, 담요도, 간단후쿠도, 칫솔도, 발가락은 다섯 개인데 구멍은 두 개여서 신으면 돼지 발이 되는 헝겊 신도, 삿쿠도, 아래가 메말라 찢어지면 바르라고 나눠 준 달팽이색 연고도, 606호 주사*도, 변소를 쓰는 것도, 땅에서 뽑혀 내던져진 뿌리 같은 두 발이 애써 딛고 있는 마당도, 가시철조망 울타리 안에서 올려다보는 하늘도, 그 안에 부는 바람도, 볕도, 쪼그라들고 딱딱해져 호두가 된 가슴을 떨며 마시는 공기도.

---

* 매독을 비롯한 스피로헤타병의 치료약으로 쓰이던 살바르산.

우리는 가축만도 못하다. 장날 사서 데리고 온 송아지나 새끼 염소를 보고는 '네 빛이 얼마다.' 하고 말하지 않는다.

나는 오토상의 방 앞으로 가서 선다. 나는 그와 눈이 마주치지 않으려고 눈을 내려뜬다. 집에 보내 달라는 말이 튀어나올까 봐 입술을 안으로 말아 이빨로 꽉 문다.

오토상은 회색 기모노를 입고 일장기 아래서 내가 건넨 군표를 센다.

"오늘도 열다섯 장이야?"

오토상은 장부가 두 개다. 책상 위에 늘 펼쳐 두는 장부와 똑같은 장부가 그의 머릿속에 하나 더 있다. 그는 장부를 들여다보지 않고도 여자애들이 열흘 전에 가져다준 군표 개수를 기억한다. 그는 한 달에 한 번 여자애들을 마당에 모아 놓고 누가 군표를 가장 많이 가져다주고 누가 가장 적게 가져다줬는지 순위를 매겨 알려 준다. 고향에서의 '누가 다슬기를 가장 많이 잡았나?'는 만주에서 '누가 군인을 가장 많이 데리고 잤나?'가 된다. 그는 군표를 가장 많이 가져다준 여자애에게 상으로 비누나 치약을 준다. 가장 적게 가져다준 여자애에게는 두 팔을 들고 뙤약볕에 서 있는 벌을 준다.

"내일도 열다섯 장이면 배에 태워 남양으로 보내 버린다!"

스즈랑은 만주에 있다. 그리고 나는 스즈랑에 있다. 그래서 나는 만주에 있다. 나는 내가 있는 곳이 만주라는 것만 안다.

남양이 어디에 있는지 모르지만, 남양으로 보내 버리겠다는 말이 나는 가장 무섭다. 죽여 버리겠다는 말보다 더 무섭다. 남양은 만주보다 더 먼 곳에 있다. 나는 만주보다 더 먼 곳으로 가고 싶지 않다.

오토상은 군인을 데리고 자는 게 어떤 건지 모른다. 군인을 데리고 자 본 적이 없어서 그게 땅 짚고 헤임치기인 줄 안다.

오토상은 군인이 아니지만 총과 칼을 가졌다. 그는 우리에게 간단후쿠를 준다. 흰 가루 소독약, 물에 타 쓰는 붉은 소독약, 성냥, 담배, 칫솔, 치약, 비누, 샷쿠도 준다. 담요도 그가 준 것이다. 아편을 하는 여자애에게는 아편을 구해다 준다. 간호사가 돼 피가 맑아진다는 606호 주사를 우리의 팔뚝에 놓아 주기도 한다. 군인들과 밤마다 돌림노래를 부르는 것 말고는 하는 게 없는데도 우리의 피는 금방 더러워진다. 피가 전투에서 살아 돌아온 군인들 얼굴만큼 더러워지면 낯빛이 거무스름해지고 열이 나며 눈동자가 초점을 잃는다. 606호 주사는 맞을 때 도끼로 찍는 것처럼 아프다. 맞고 나면 하늘이 맷돌처럼 빙글빙글 돈다. 헛구역질과 함께 시큼하고 쓴 냄새가 코로 넘어오며 콧속 살갗이 칼로 저미는 것처럼 쓰리다.

오토상은 우리가 잊을까 봐 사흘돌이로 말한다. "너희는 천황이 군인들에게 내린 하사품이다. 몸과 마음을 다 바쳐 군인들한테 봉사해야 한다."

오토상은 스즈랑에 새 여자애가 오면 말한다. "군인들이 물으면 무조건 '하이(네)!' 해라."

오토상은 여자애들의 귀에 딱지가 앉도록 말한다. "너희 한 명이 군인 백 명을 상대해야 한다."

오토상은 술을 마시고 흥이 나면 허풍을 떨듯 말한다. "일본이 전쟁에서 이기면 손에 돈 보따리를 들려 집에 보내 줄게."

숱 적은 머리를 올빼미처럼 뒤로 넘기고 제비 꼬리 같은 콧수염을 기른 그는, 스즈랑에 새 여자애가 오면 "아타라시(새 것)."라고 부르며 일본 이름을 지어 준다.

그는 어린 여자애를 좋아한다. 계급이 높은 군인들이 어린 여자애를 좋아하기 때문이다. 계급장이 높고 밤늦게 찾아오는 군인일수록 어린 여자애를 좋아한다. 딸 같다며.

그는 착한 여자애를 예뻐하는데, 스즈랑에서는 군인을 한 명이라도 더 데리고 자는 여자애가 착한 여자애다. 집에 보내 달라는 말을 하지 않는 여자애가 착한 여자애다. 아파도 아프다는 말을 하지 않는 여자애가 착한 여자애다. 일본 말을 잘하는 여자애가 착한 여자애다. 아유미는 잠꼬대도 일본 말로 하지만 착한 여자애가 아니다. "이타이 이타이(아파 아파)."를 자주 하기 때문이다. 그녀가 "이타이 이타이." 할 때마다 오토상은 말한다. "너 자꾸 이타이 이타이 하면 팔아 버린다!"

 오토상은 에이코 언니를 시켜 여자애들에게 일본 말을 가르친다. 그녀는 열 살 때 일본인 장사꾼 집에 식모로 들어가 그 집 식구들한테 일본 말을 배웠다. 주인 여자는 에이코 언니가 열여섯 살이 되자 비단 공장에 취직시켜 주겠다며 그녀를 만주로 보냈다.

 나도 에이코 언니에게 일본 말을 몇 개 배웠다. 그녀가 내게 가장 처음 가르친 일본 말은 '아리가토고자이마스(고맙습니다).'였다. 그녀는 부엌에서 귀리죽을 먹으면서 내게 그 말을 가르쳤다. 열차처럼 기다란 벌레 이름 같은 그 말을 나는 까먹지 않으려 귀리죽 한 숟가락마다 아리가토고자이마스 하고 중얼거렸다.

 군인이 때리려고 하면 나는 말한다. "아리가토고자이마스."

 그래도 군인이 때리면 또 말한다. "아리가토고자이마스."

 그래도 군인이 계속 때리면 계속 말한다. "아리가토고자이마스, 아리가토고자이마스……"

 아리가토고자이마스는 번번이 돌림노래가 된다.

 아리가토고자이마스는 귀리죽을 먹고 귀리죽 냄새를 풍긴다. 내가 아리가토고자이마스 하고 중얼거릴 때 귀리죽 냄새는 목구멍에서, 이빨 새새에서, 혀 밑에서, 입천장에서 풍겨 나온다.

에이코 언니가 뜻을 알려 주지 않아서 나는 그 말이 무슨 뜻인지 몰랐다.

무슨 말인지 모를 때, 나는 그 말을 더 잘했다.

무슨 말인지 알고서는, 나는 그 말을 할 때마다 혀가 오그라든다.

에이코 언니가 하는 아리가토고자이마스와 내가 하는 아리가토고자이마스는 다르다. 에이코 언니의 아리가토고자이마스가 애교가 섞여 윤기 흐르는 쌀밥이라면, 내 아리가토고자이마스는 뚝뚝하고 밋밋한 귀리죽이다.

스즈랑에서 내가 가장 많이 먹은 건 귀리죽이다. 그리고 가장 많이 한 말은 아리가토고자이마스다. 그 둘은 그래서 한패다.

군인을 데리고 자는 공장

스즈랑은 바늘 공장이다.

스즈랑은 실 공장이다.

스즈랑은 비단 공장이다.

스즈랑은 신발 공장이다.

스즈랑은 군복 만드는 공장이다.

스즈랑은 돈 많이 버는 공장이다.

스즈랑은 좋은 공장이다.

스즈랑은 간호사 양성소다.

요시에가 바늘 공장에 가는 줄 알고 온 데가 스즈랑이다. 열세 살인 그녀는 열두 살 생일을 닷새 앞두고 만주로 던져졌다. 가을볕이 따갑게 내리쬐는 날이었다. 엄마와 목화 솜꽃을 따는 요시에를 눈여겨본 먼 친척 아저씨가 어느 날 그녀의 엄마에게 말했다. 아까운 딸년 목화나 따게 하지 말고 만주 바늘 공장에 보내 돈 벌게 하라고. 시집갈 나이가 되면 돌아와 시집가면 된다고. 어머니가 귓등으로만 듣고 넘기자 친척 아저씨는 며칠 뒤 군인이 모는 트럭을 데리고 왔다. 군인들은 요시에를 번개처럼 들어 트럭으로 던져졌다. 금방 딴 목화 솜꽃을 손에 든 그녀가 들어 올려질 때 엄마는 그녀의 발을 재빨리 붙잡았다. 그러나 친척 아저씨가 휘두르는 팔에 떠밀린 엄마는 요시에의 발에서 벗겨진 고무신과 함께 나동그라졌다. 목화 솜꽃 대신 눈발이 날리는 만주에서 요시에를 기다리던 것은 '양철 오리 주둥이'를 손에 들고 전봇대처럼 서 있는 간호사였다.

레이코 언니는 간호사 양성소에 가는 줄 알고 온 데가 스즈랑이다. 그녀는 읍내 방앗간에 기름을 짜러 갔다가 신문에 실린 간호사 사진을 우연히 본 뒤로 간호사를 꿈꿨다. 그녀는 흘러가는 거라고는 구름과 시냇물이 전부인 고향 마을을 떠나 도시로 가고 싶었다. 눈곱과 하품을 달고 사는 식구들 얼굴이 꼴도 보기 싫었다. 아버지가 자신을 저수지 너머 마을 홀아비에게 시집보내려 한다는 걸 알고, 그녀는 콩밭에 풀을 매러 가는 척 호미를 챙겨 들고 집을 나왔다. 마을 어귀에서 호미를 휙 던져 버리고 30리 길을 걸어서, 버스를 타고 읍

내 직업소개소를 찾아갔다. 파마머리를 한 직업소개소 여자가 그녀에게 말했다. "공짜로 간호사 공부시켜 주는 데가 있는데 소개시켜 줄까?" "우리 아버지가 세상에 공짜는 없다는데요?" 레이코 언니가 받아치자 여자가 말했다. "전쟁 중이어서 간호사가 모자라니까." 직업소개소 여자는 눈웃음을 치며 레이코 언니를 줄 끊어진 연처럼 만주로 날려 보냈다. 만주 들판에 뚝 떨어진 그녀를 맞은 건 가시철조망에 매달린 간단후쿠들이었다. 그녀는 간호복 대신 간단후쿠를 입고, 붕대 대신 삿쿠를 손에 들고, 부상당한 군인을 기다렸다. 밤이 되자 팔다리는 멀쩡한데 몸이 징그럽게 부어오른 군인들이 벌 떼처럼 몰려왔다.

나나코와 하나코 언니는 군복 만드는 공장으로 알고 끌려온 데가 스즈랑이다. 우물에 물을 뜨러 가며 나나코는 하나코 언니에게 물었다. "언니, 나 따라갈래?" 하나코 언니는 두 해 늦게 태어난 나나코를 그림자처럼 따라다녔다. 나나코가 우물가에 있으면 하나코 언니도 우물가에 있고, 나나코가 콩밭에 있으면 하나코 언니도 콩밭에 있었다. 나나코가 가는 곳에 하나코 언니도 갔다. 그래서 나나코가 있는 곳에는 하나코 언니도 있었다. 마치 서로의 보따리처럼. 자매는 우물에서 물을 긷고 있었다. 검은 천막을 두른 트럭이 오더니 군인 둘이 내렸다. 나나코를 들어 천막 안으로 던졌다. 눈앞에서 무슨 일이 벌어지고 있는지 몰라 두리번거리는 하나코 언니도 들어 휙 던졌다. 자매는 기차역 근처에 있는 창고에 감금돼 있었다. 밥때가 되면 주먹밥과 물을 넣어 주던 사내가 말했다. "군복 만드는 공장에 돈 벌러 가는 거니까, 도망갈 생각 말아라." 사흘 뒤 자매는 창고에서 꺼내져 열차에 실렸다. 검은 커튼이 창을 덮고 있는 다른 칸에는 군인들이 실려 있었다. 열차에 실린 지 한나절이 지나 하나코 언니가 나나코에게 물었다. "뭐가 보여?" 나나코는 검은 커튼을 바라보며 말했다. "하늘, 구름, 저수지, 집, 방앗간, 무덤, 누렁소……." 자매와 한 열차간에 실려 가던 여자애들이 소곤거리는 소리가 하나코 언니에게 들려왔다. "난 설탕 공장에 가는데 넌 무슨 공장에 가?" "난 끼니마다 흰 쌀밥에 고기반찬 나오는 공장." 스즈랑에서 나나코는 참빗으로 하나코 언니의 머리를 빗기며 말한다. "내가 꼭 집에 데려다줄게." 그래도 죄책감이 덜어지지 않아 나나코는 다시 말한다. "나는 집에 못 돌아가도 언니는 꼭 집에 데려다줄게." 나나코의 손이 하나코 언니의 머리를 빗기는 동안, 나나코의 눈은 널빤지 벽에 붙어 있는 달력을 응시한다. 3년 전 하나코 언니가 그 방으로 던져지기 전부터 붙어 있던 1938년 11월 달력이다. 달력은 귀퉁이가 말리고 쥐 오줌 자국 같은 얼룩이 졌다. 달력 때문에 하나코 언니의 방 시간은 1938년 11월 어느 날에 머물러 있다. 꿈은 반대여서, 나나코는 혼자 집에 돌아가는 꿈을 꾸곤 한다. 그녀는 아직 집에 닿지도 않았는데, 그리고 누가 물어오지도 않았는데 말한다. '언니는 나랑 같이 안 갔어요.' 나나코는 그 말을 군인을 데리고 자면서도 한다.

  나오미는 열두 살이 되던 해 시장에서 국밥집을 하는 엄마를 졸라 학교에 들어갔다. 교실에서 자기보다 머리 하나는 작은 아이들과 섞여 더하기와 빼기를 배우고 있는데, 아버지가 교실 문을 열고 들어섰다. 아버지가 호랑이 눈을 하고 그녀에게 말했다. "집에 가자." 아버지는 그녀가 엄마를 졸라서 산 책을 아궁이에 넣고 불태웠다. 계집애가 머리에 든 게 많으면 간이 배 밖으로 나와 남자를 우습게 안다며. 아궁이 위 가마솥에서는 돼지 뼈가 고아지고 있었다. 국밥집에서 심부름을 하며 지내던 그녀에게 국밥을 먹던 늙수그레한 사내가 나이를 물어 왔다. 열두 살이라고 하자, 자기 딸도 열두 살인데 만주 신발 공장에 취직해 돈도 벌고 공부도 하고 있다고 했다. 그녀가 부러워하자 사내는 신발 공장에 취직하고 싶으면 엄마 몰래 자기를 따라오라고 귓속말을 했다. 공부가 하고 싶어서 엄마 몰래 사내를 따라간 그녀는 시장을 벗어나자마자 트럭으로 던져졌다. 기차역까지 실려가 기차간으로 옮겨 던져져 그대로 만주의 기차역까지 실려 갔다. 만주의 기차역 근처 미용실에서 그녀는 허리까지 길게 땋아 내린 머리카락을 잘렸다.

나는 실 공장에 가는 줄 알고 왔다. 마을 일 보는 아저씨가 집에 다녀간 날 밤, 엄마가 내게 말했다. "만주 실 공장에 돈 벌러 갈래?" 나는 그 아저씨가 내 또래 여자애가 있는 집마다 돌아다니며 딸을 공장에 보내라고 을러대는 걸 봤다. 실 공장, 그릇 공장, 종이 공장, 단추 공장, 도자기 공장, 어묵 공장. 공장은 그때그때 달랐다. 만주 실 공장에서 실을 잣는 건 내가 아니라 거미들이다. 내가 간단후쿠를 입고 간단후쿠가 돼 돌림노래를 부르는 동안 거미들은 엉덩이를 물레처럼 돌려 뽑은 실을 허공에 널어놓는다. 거미들이 뽑은 실은 거둘 수 없다. 너무 가늘어서 손가락으로 잡으려 하면 오그라든다.

 스즈랑이 좋은 공장인 줄 알고 만주까지 온 여자애는 치요다. 스즈랑은 좋은 공장이다. 스즈랑이 좋은 공장인 건 오토상과 군인들에게 좋은 공장이기 때문이다.

 스즈랑이 바늘 공장이 아닌 걸 알고 요시에가 레이코 언니에게 물었다. "여기가 무슨 공장이에요?"

 "군인 데리고 자는 공장."

 좋은 공장이자 군인을 데리고 자는 공장인 스즈랑에는 중국인 할아버지가 있다. 곰보 얼굴이 종기 자국과 부스럼으로 뒤덮여 도깨비처럼 무서운 인상이지만 웃으면 아기 얼굴이 된다. 그가 스즈랑에서 하는 일은 한두 가지가 아니다. 중국인 마을까지 수레를 끌고 가 마실 물을 길어다 놓고, 귀리죽을 쑤고, 변소가 차면 비운다. 중국인 마을에서 술이나 만두 같은 걸 사다 달라는 여자애들의 심부름도 해 준다. 스즈랑에서 없어서는 안 되는 사람이지만 그를 위한 방은 없어서 그는 부뚜막에서 지낸다. 오토상한테 복날 개처럼 얻어맞곤 하지만 그는 스즈랑을 떠나지 않는다. 스즈랑이 아니면 갈 곳이 없기 때문이다. 그가 가진 거라고는 불에 그슬린 이불 한 채와 검은 베옷 한 벌이 전부다. 여자애들은 할아버지를 불쌍해하면서도 데리고 자지는 않는다. 그는 군인이 아니니까. 우리는 천황이 군인들에게 내린 하사품이어서 군인만 데리고 잔다.

할아버지를 가장 불쌍하게 생각하는 여자애는 아유미다. 할아버지는 그녀에게 고향의 할아버지를 생각나게 한다. 돈 많이 버는 공장으로 떠나는 아유미에게 친할아버지가 물었다. "아주머니, 뽕잎 뜯으러 가요?" 치매가 온 할아버지는 손녀딸을 아주머니라고 불렀다. "네." "뽕잎 뜯으러 어디로 가요?" "만주요. 거기에 뽕잎이 널렸대요." "우리 집 누에들은 작년 봄에 죄다 굶어 죽었잖아요. 앞산에도 뒷산에도 뽕잎이 하나 없어서요." 아유미는 만주의 돈 많이 버는 공장에 뽕잎을 뜨러 왔다. 돈 많이 버는 공장에서는 군표가 뽕잎이다. 그녀는 밤마다 간단후쿠를 입고 만주 들판을 헤매며 군표를 뜯는다. 소쿠리 대신 찌그러진 깡통을 들고, 군복을 입은 군인들과 숨바꼭질을 하며 돌림노래를 부르며. 그녀는 잠도 안 자고 밤새 뜯은 군표를 오토상에게 가져다준다. 그럼 그는 괘종시계 속에 가두어 두고 키우는 누에들에게 군표를 준다. 항상 배가 고픈 누에들은 째깍째깍 소리를 내며 군표를 갉아 먹는다. 누에들은 고치는 안 짓고 군표만 째깍째깍 먹어 치운다. 아유미는 종종 뽕잎이 수북이 담긴 소쿠리를 들고 고향 집을 찾아가는 꿈을 꾼다. 그녀는 자신이 고향 집에 닿기 전에 할아버지의 누에들이 굶어 죽었을까 봐 애가 탄다.

군인을 데리고 자는 공장에서 여자애들이 군인들과 돌림노래를 부르며 만드는 것은 울부짖음, 짧은 비명, 긴 비명, 움츠린 말, 뭉개진 말, 깨진 말, 애걸복걸, 탄식, 한숨, 한탄, 이타이 이타이, 아라가토고자이마스다.

위생 검사

 허물을 벗으며 기어가는 뱀처럼 한 줄로 걸어가는 여자애들의 머리 위에 노랗게 익은 탱자가 떠 있다.

 가시철조망에 거꾸로 매달린 간단후쿠가 팔을 흔든다. 길 잃지 말고 잘 다녀오라고.

 나리꽃처럼 생긴 철새 무리가 여자애들을 거슬러 날아간다.

 막사발 같은 그림자를 발목에 매달고 걸어가는 여자애들의 뱃속에서 귀리죽이 줄렁인다.

 오늘은 위생 검사가 있는 날이다. 스즈랑의 여자애들은 보름에 한 번 위생 검사소 막사가 있는 군부대까지 걸어가 위생 검사를 받고 돌아온다. 다녀오는 데 반나절이 걸려서 위생 검사가 있는 날은 강에 빨래하러 못 간다. 위생 검사소에서 우리는 아래에 병이 있는지 검사받는다. 병이 있어서 돌림노래를 부를 때 군인들에게 옮으면 안 되니까.

대개는 군부대까지 걸어갔다 걸어서 되돌아오는데, 들판이 쇳덩이처럼 어는 한겨울에는 군부대에서 보내오는 트럭을 타고 다녀온다. 돌아오는 길에 중국인 마을에 들러 목욕탕에서 목욕을 하고 시장에서 국수나 만두를 사 먹기도 한다.

맨 앞에 있는 레이코 언니는 턱을 앞으로 내밀고, 엉덩이는 뒤로 쭉 빼고 발을 놓는다. 그녀의 대추처럼 가벼운 머리와 늙은 호박처럼 무거운 엉덩이는 따로 논다. 따로 놀며 서로 점점 멀어진다.

짝짝이로 신은 헝겊신을 질질 끌며 걸어가던 요시에가 풀썩 주저앉는다.

나오미는 오줌소태가 난 아래가 화로처럼 타오르는 듯해 두세 발짝마다 몸서리친다.

아유미는 군인에게 걷어차여 멍이 든 다리를 절룩이며 걷는다.

우리는 전투에서 살아 돌아온 군인들과 밤새 돌림노래를 부른 탓에 서 있을 기운도 없다. 전투에서 살아 돌아온 군인들은 스즈랑으로 몰려와 우리와 돌림노래를 부르다 다시 전투에 나간다. 전투에서 또다시 살아 돌아온 군인들은 또다시 스즈랑으로 몰려와 우리와 돌림노래를 부른다. 전투에서 여러 번 살아 돌아온 군인들과 돌림노래를 부르다 보면, 나는 군인들이 우리와 돌림노래를 부르고 싶어서 전투에서 살아 돌아온 것만 같은 생각이 든다. 전투에서 여러 번 살아 돌아온 군인들은 표시가 난다. 그들의 눈동자는 빛바래 텅 비어 있고, 뒤틀려 다물어지지 않는 입은 나무를 쪼는 딱따구리처럼 쉬지 않고 지껄인다.

귀리죽 한 사발보디 기벼운 간단후구가 넝석처럼 묵직하게 느껴진다. 보풀과 실오라기는 철사 가시가 돼 살갗을 찔러 온다. 간단후쿠는 또 다른 가시철조망 울타리다. 몸을 올가미처럼 가두고 놓아주지 않는다.

아래가 천근이어서, 찔끔찔끔 오줌이 지려져서, 밤송이가 아래를 찔러 오는 것 같이 따끔거려서, 우리의 걸음이 한없이 느려지며 줄이 흐트러진다.

뒤에서 우리를 암탉처럼 몰던 오토상이 소리 지른다.

"삿사토!"

나나코의 간단후쿠 자락을 붙잡고 졸며 걸음을 놓던 하나코 언니가 놀라 깨어난다.

엉덩이를 땅에 붙이고 앉아 있던 요시에가 일어선다.

사쿠라코 언니는 스즈랑에 남았다. 그녀는 자기 혼자 스즈랑에 남겨진 줄도 모른다.

위생 검사소는 지평선 너머에 있다. 지평선은 가까워지기는커녕 멀어진다.

 오토상은 계급장이 없는 군복을 입고 총을 지녔다. 우리 중 하나가 무리에서 벗어나 달아나면 그가 총으로 빵 하고 쏠 게 분명하지만 나는 누구 하나라도 줄에서 벗어나 달아났으면 하고 바란다. 사방이 뚫려 있으니 어디로든 달아날 수 있다. 레이코 언니에게 기대를 걸지만 그녀는 맨 앞에서 자기보다 어린 여자애들을 이끌며 타박타박 발을 놓는다. 나나코는 하나코 언니 때문에 달아날 수 없다. 나오미는 아래가 불타고 있어서, 아유미는 애호박만 한 멍이 든 허벅지가 욱신거려서 달아날 엄두를 못 낸다. 에이코 언니는 달아날 마음이 없다. 미치코 언니의 마음은 도무지 알 수 없다. 요시에는 달아나는 게 뭔지 모른다. 하는 수 없이 내가 달아난다. 오토상이 총을 빼든다. 총알이 날아와 내 배에 가래떡 굵기만 한 구멍을 낸다. 나는 구멍으로 귀리죽을 토하며 들판에 쓰러진다. 오토상과 여자애들은 나를 들판에 버리고 가 버린다. 하도 기워 입어서 병신이 된 간단후쿠를 버리듯이. 나는 죽어서 들판에 버려지고 싶지 않다. 그래서 나는 달아날 생각을 하지 않는다. 결국 여자애들은 아무도 달아나지 못한다.

 한순간 군부대의 망루가 지평선을 밟고 선다. 굴뚝처럼 생긴 망루 뒤로 막사들이 풀을 뜯으러 나온 소 떼처럼 모여 있다.

트럭이 흙먼지를 일으키며 우리를 앞질러 달려간다. 짐칸에 여자애들이 소복이 타고 있다. 위생 검사를 받으러 군부대에 올 때마다 나는 다른 여자애들을 본다.

망루 아래를 지나며 나는 군인이 서 있는 망루 위를 올려다본다. 망루에서는 만주가 한눈에 내려다보일 것 같다. 스즈랑, 우리가 빨래하러 찾아가는 강, 기차역, 중국인 마을, 여자애들을 싣고 들판을 달리는 트럭들.

망루 하나를 더 지나가자 우리를 앞질러 갔던 트럭이 열기를 내뿜으며 서 있다. 짐칸에 실려 있던 여자애들은 어디로가 버리고, 너구리처럼 생긴 모자를 쓴 사내가 운전석에서 세차게 코를 골며 자고 있다.

위생 검사소 막사 앞에 쉰 명 남짓 되는 여자애들이 한 줄로 서 있다. 여자애들은 우리처럼 간단후쿠를 입었다. 기모노나 몸뻬를 입은 여자애도 더러 있다.

레이코 언니가 줄 끝으로 가서 선다. 레이코 언니와 나오미 사이에 서 있던 요시에가 흘끔 뒤를 돌아다보더니 다람쥐처럼 재빠르게 나오미의 뒤로 와서 선다. 내 뒤에는 미치코 언니가 서 있다. 나보다 머리 하나는 큰 그녀의 입에서 토해지는 숨이 내 정수리를 덥힌다. 하나코 언니는 나나코의 간단후쿠 자락을 붙잡고 내 앞에 서 있다. 요시에가 뒤를 흘끔흘끔 돌아다보더니 하나코 언니의 뒤로 와 선다. 나와 눈이 마주치자

뻐드렁니를 드러내며 히죽 웃는다.

여자애들은 한 명씩 차례로 막사 안으로 들어간다. 열까지 셀 만큼의 시간이 지나서 나오는 여자애도 있고, 귀리죽 한 사발을 먹을 만큼의 시간이 지나서야 나오는 여자애도 있다. 여자애들은 막사 안으로 들어갈 때와 나올 때의 표정이 다르다. 막사로 들어가기 전에는 겁에 질려 있거나 긴장한 얼굴에 초조해하는 기색이 가득하다. 등 떠밀리듯 마지못해 막사 안으로 들어간다. 막사에서 나오는 여자애들의 얼굴은 수치심으로 일그러져 있다.

여자애가 막사에서 나올 때마다 나는 얼굴을 살핀다. 혹시나 내가 열차로 던져질 때 함께 던져진 여자애일까 싶어서. 아니면 내가 트럭으로 던져질 때 함께 던져진 여자애일까 싶어서.

웅성거리는 소리가 들려 돌아다보니 내 뒤로 여자애가 스무 명쯤 서 있다. 군인들의 줄 서기와 여자애들의 줄 서기는 똑같고, 다르다. 한 줄 서기는 똑같지만, 줄이 좀체 줄어들지 않아도 여자애들은 결코 '샷사토!'를 외치지 않는다. 여자애들은 언제까지나 줄이 줄어들지 않기를, 그래서 자기 차례가 돌아오지 않기를 바란다.

어디선가 본 듯 낯이 익은 여자애들이 만주 어디서 오는지 나는 모른다. 내가 알고 있는 것은 여자애들도 스즈랑의 우리처럼 천황이 군인들에게 내린 하사품, 조센삐라는 것이다. 기모노를 입고 나막신을 신고 있어도. 일본 말로 소곤거려도. 나는 여자애들이 매번 많은 것에 놀란다. 이 많은 여자애들이 어떻게 만주까지 왔나 싶다. 여자애들은 스즈랑의 우리처럼 무리 지어 온다. 혼자 오는 여자애는 없다. 아무 여자애나 붙들고 '넌 무슨 공장에 가는 줄 알고 왔어?' 하고 묻고 싶지만 말을 걸고 싶지 않다.

내가 입은 것과 똑같은 간단후쿠를 입은 여자애가 머리를 세차게 흔들며 막사에서 나온다. 누렇게 뜬 얼굴이 낯익다. 내 옆으로 지나가는 여자애의 얼굴을 나는 빤히 들여다본다. 눈이 마주치자 여자애가 화가 난 고양이 같은 표정을 짓는다. 나는 얼른 눈길을 내리간다. 한날 위생 검사를 받으러 온 여자애들은 서로 눈길을 피한다. 혹시나 눈이 마주치기라도 하면 '난 너 못 봤어.' 하는 눈빛을 빠르게 주고받는다.

검사를 마친 여자애가 막사에서 나올 때마다 나는 번번이 여자애들의 얼굴을 들여다보게 된다. 아는 여자애일 것만 같아서. 아니라는 걸 깨닫고 안도한다. 아는 여자애를 만나고 싶지 않다. 위생 검사소 막사 앞에서 아는 여자애를 만나면 쥐구멍에라도 숨고 싶은 심정이 될 것 같다. 그러면서도 함께 열차로, 트럭으로 던져진 여자들을 한번쯤 만나고 싶다. 살아 있는지 죽었는지 알고 싶으니까.

서 있는 게 힘든 여자애들이 털썩 땅바닥에 주저앉는다. 아유미와 요시에도 땅에 엉덩이를 붙이고 있다. 자꾸만 뒤를 돌아다보는 여자애, 오줌이 마려워 다리를 꼬는 여자애, 왜가리처럼 서서 조는 여자애, 똑바로 서 있지 못하고 휘청거리는 여자애, 혼잣소리를 중얼거리는 여자애, 줄에서 벗어나 오줌을 누고 오는 여자애. 여자애들은 따로따로 논다.

요시에만큼 어려 보이는 여자애가 막사로 들어가고 비명이 들려온다. 여자애는 조금 뒤 훌쩍이며, 한쪽 다리를 쟁기처럼 끌면서 막사에서 나온다. 여자애가 내 옆을 지나갈 때 나는 여자애의 허벅지에 흐르는 피를 보고 만다.

여자애 하나가 막사로 들어갈 때마다 여자애 하나만큼 줄이 줄어든다. 위생 검사소 막사가 어떤 곳인지는 그곳에 들어가 봐야 안다. 밖에서만 보고는 어떤 곳인지 알 수 없다. 그곳의 간호사가 키우는 양철 오리 주둥이한테 아래를 물려 보지 않고서는.

줄이 줄어들어 내 앞에는 여자애가 열 명 남짓 서 있다. 나는 들판을 건너올 때보다 더 달아나고 싶은 심정이 된다. 내가 달아나지 못하는 것은 오토상 때문도, 우리를 내려다보고 있는 망루 위의 군인 때문도 아니다. 내 앞뒤로 줄지어 있는 여자애들 때문이다. 여자애들은 쇠사슬의 고리들처럼 서로 물고 물리며 서 있다. 여자애 하나가 떨어져 나가려고 하면 나머지 여자애들은 눈치 빠르게 알아차리고는 다 같이 한통속이 돼 물고 늘어진다. 여자애들은 서로를 놓아주지 않는다. 그래서 서로에게서 놓여나지 못한다. 일단 줄을 서면 차례가 될 때까지 꼼짝없이 서 있어야 한다.

레이코 언니가 땅에 침을 퉤 뱉고 막사로 들어간다. 막사에서 나오자마자 다시 땅에 침을 퉤 뱉는다. 나나코와 하나코 언니가 막사 안으로 들어가자 요시에가 짚불에 구워지는 메뚜기처럼 안절부절못한다. 나나코와 하나코 언니가 나오자마자 요시에는 너무 긴장한 나머지 얼떨결에 위생 막사로 뛰어 들어간다. 헝겊신 한 짝을 막사 밖에 떨어뜨리고. 조금 뒤 그녀가 내지르는 비명 소리가 막사 밖으로 뻗어 나온다.

마침내, 결국은, 내 차례가 온다.

나는 한 발짝 뒷걸음질 쳤다 막사 안으로 들어간다.

언제나처럼 간호사가 날 맞는다. 흰 블라우스와 흰 치마 위에 흰 앞치마를 두르고, 단발로 자른 머리에 조각배처럼 생긴 흰 모자를 쓰고, 백설기 같은 흰 신발을 신고. 양철 오리 주둥이를 오른손에 들고.

간호사가 입고 있는 옷과 앞치마가 너무 하얘서 내가 입고 있는 간단후쿠가 더 더럽게 느껴진다. 나는 그녀가 다른 옷을 입고 있는 모습을 본 적이 없다. 그래서 그녀가 잠을 잘 때도 간호복 차림일 것 같다. 머리가 기울어 그 위의 흰 모자가 침몰하면 안 되니까 밤새 전봇대처럼 똑바로 서서 잘 것 같다.

간호사는 일본 여자애다.

간호사는 흰 오리다. 그녀는 만주까지 흰 앞치마를 팔락팔락 흔들며 날아왔다. 그녀의 양철 오리 주둥이는 조센삐만 보면 물고 싶어서 꽥꽥 짖는다.

간호사는 전쟁 때문에 만주에 왔다. 스즈랑의 여자애들인 우리도 전쟁 때문에 만주에 왔다.

간호사는 붕대와 소독약으로 군인들을 위로하고, 우리는 간단후쿠를 입고 간단후쿠가 돼 군인들을 위로한다.

간호사는 양철 오리 주둥이를 악기 삼아 돌림노래를 부르고, 우리는 우리 몸을 악기 삼아 돌림노래를 부른다.

큰 키 때문인지, 흰 간호복 때문인지, 아니면 그녀의 손에 들린 양철 오리 주둥이 때문인지, 다리미로 다린 듯 뻣뻣한 자세 때문인지, 아니면 바위 같은 얼굴 때문인지, 내리뜬 눈 때문인지, 그녀 앞에 가면 기가 죽는다. 나는 그녀가 웃는 걸 못 봤다. 나무를 깎아 만든 탈처럼 그녀의 얼굴은 결코 웃지 않는다. 레이코 언니의 말처럼 그녀가 웃지 않는 것은 우리가 조센삐이기 때문인지도 모른다. 그런데 나는 그녀가 그냥 퉁명스럽고 딱딱한 여자애 같다.

레이코 언니는 간호사를 볼 때마다 간호사가 되지 못하고 조센삐가 된 게 억울하고 복장 터진다. 나는 간호사가 부럽지 않다. 내가 부러운 건 간호사가 신고 있는 신발이다. 백설기를 닮은 신발은 걸을 때 또각또각 소리를 낸다. 그 소리는 나막신이 내는 또각또각 소리와는 다르다.

"아가레(올라가)!" 간호사가 양철 오리 주둥이로 나무 의자를 가리킨다.

계단을 밟고 올라가야 할 만큼 높은 나무 의자가 막사 한가운데 덩그러니 자리하고 있다. 그 밑에는 양동이가 놓여 있다. 나무 의자는 변소처럼 가운데 네모난 구멍이 뚫려 있다. 등받이는 뒤로 기울어져 있다.

나는 계단을 밟고 나무 의자로 올라간다.

간호사가 또 말한다. "요코니나레(누워)!"

나는 간단후쿠를 배꼽까지 말아 올리고 등받이에 등을 기대고 누워 두 다리를 벌린다. 시큼한 소독약 냄새와 비린 피 냄새, 지린내가 위생 막사 안에 고여 있다.

나는 양동이에 눈길을 주지 않으려 간호사의 얼굴을 올려다본다. 언젠가 양동이를 내려다봤다가 그 속에 든 이상한 핏덩이를 봤다.

나는 나도 모르게 중얼거린다. '무서워.'

나는 간호사에게 물어보고 싶다. 전쟁이 언제 끝날지. 전쟁이 끝나면 우리가 정말로 집으로 돌아갈 수 있는지. 하지만 간호사는 일본 여자애고, 나는 일본 말이라고는 아리가토 자이마스와 스미마센과 이타이 이타이밖에 할 줄 모른다.

나는 속으로 묻는다. '전쟁이 언제 끝난대?'

간호사가 대답한다. '군인들이 전부 죽으면.'

'군인이 하나라도 살아 있으면 어떻게 돼?'

'전부 죽어야 전쟁이 끝나. 살아 있는 군인이 하나라도 있으면, 죽은 군인들을 살려 내서라도 전쟁을 계속하려고 할 테니까.'

'군인들이 전부 죽는 건 너무 끔찍한데.'

'그렇지. 그러니까 전쟁이 끝나면 안 돼.'

'너는 전쟁 봤어? 나는 열세 살 먹어 만주에 왔어. 근데 열다섯 살이 되도록 전쟁을 한 번도 못 봤어.'

'난 날마다 전쟁을 지긋지긋하게 보고 있어.'

'넌 종일 위생 막사에서 살면서 전쟁을 어떻게 봤어?'

'나는 지금도 전쟁을 보고 있어.'

'어떻게?'

'널 보고 있잖아.'

'나?'

'너, 조센삐.'

나는 간호사가 되고 싶은 마음이 없지만 두근거리는 가슴을 가라앉히려 간호사와 날 바꾸는 놀이를 한다. 고향에서 해 본 적 없는 놀이를 나는 레이코 언니한테 배웠다. 오이가 호박이 되고 호박이 오이가 되는 놀이다.

간단후쿠를 입고 나무 의자에 어정쩡히 누워 두 다리를 벌리고 있는 건 내가 아니라 간호사다. 간호사복을 입고, 조각배 모자를 쓰고, 백설기 신발을 신고, 양철 오리 주둥이를 손에 들고 나무 의자 옆에 서 있는 건 나다. 나는 간호사를 나무 의자에 앉혀 두고 또각또각 소리를 내며 막사를 걸어 나간다. 막사 앞에 줄을 서 있는 여자애들을 뒤로하고 망루를 지나, 들판을 걸어간다. 또각또각 또각또각. 나는 혼자 집까지 걸어서 갈 것이다. 나는 기차표를 살 돈도 없지만 기차역이 어디에 있는지 모르니까. 보따리는 필요 없다. 보따리 대신 백설기를 닮은 신발이, 양철 오리 주둥이가 날 집까지 데려다 줄 것이다. 내가 들판에서 방향을 잃고 헤매면 양철 오리 주둥이가 하늘을 날아가는 철새들에게 물을 것이다. '꽥꽥, 남쪽이 어디야?' 그럼 철새들이 날갯짓으로 남쪽을 가리켜 보일 것이다. 내가 잠들면 양철 오리 주둥이가 꽥꽥 내 아래를 깨물어 깨울 것이다. 배가 고프면 백설기 신발을 뜯어 먹으면 된다. 블라우스에 달린 흰 사탕 단추를 뜯어 먹거나. 또각또각 또각또각······.

"싯카리시로(정신 차려)!"

양철 오리 주둥이가 군의관의 손에 들려 있다. 살얼음 같은 안경을 쓴 군의관은 간호사보다 키가 작고 왜소하다. 그래서 간호사와 군의관이 나란히 서 있으면 꼭 엄마와 아들 같다.

발가락이 곱아들고 허벅지에 힘이 들어가며 다리가 오므려진다. 나는 아기 가진 걸 군의관에게 들킬까 봐 조마조마하다. 아직 아무도 내가 아기 가진 걸 모른다. 나는 어떻게 알았을까. 아기를 가져 본 적도 없으면서.

간호사의 손이 내 허벅지를 찰싹 때린다. 나는 무릎이 붙어 버린 다리를 부들부들 떨며 억지로 벌린다. 내 무릎 사이에 떠 있는 양철 오리 주둥이를 겁에 질려 바라본다.

양철 오리 주둥이가 내 아래로 쑥 들어온다. 나는 너무 아파서 눈을 질끈 감는다. 두꺼비가 매달려 있는 것처럼 부은 아래를 낫으로 스윽스윽 베는 것 같다.

괴팍한 양철 오리 주둥이가 내 아래에 대고 꽥꽥 소리를 지른다.

땅

나오미는 땅에 편지를 쓴다. 손가락을 연필 삼아.

그녀는 위생 검사를 받으러 갔을 때 땅에 글자를 쓰는 여자애를 봤다. 여자애가 손가락으로 쓴 글자들을 바라보던 나오미가 내 귀에 대고 말했다.

"아버지, 저는 열일곱 살이 되기 전에 죽을 거예요."

"응?"

"편지에 그렇게 썼네."

우리가 소곤거리는 소리를 듣고 여자애가 고개를 들어 우리를 바라봤다. 여자애는 땅에 쓴 편지를 두고 몸을 일으켰다. 내 또래 같던 여자애도 간단후쿠를 입고 있었다. 그 여자애를 나는 그 뒤로 다시 만나지 못했다. 정말로 열일곱 살이 되기 전에 죽어 버려서, 그래서 위생 검사를 받으러 오지 않는 걸까.

땅에 편지를 쓰는 여자애를 위생 검사소 막사 마당에서 만난 뒤로, 나오미도 손가락으로 땅에 편지를 쓴다.

마당에는 전날 다녀간 군인들의 발자국이 문양처럼 찍혀 있다. 나오미는 구부린 손가락 끝에 힘을 주고 땅을 파헤치며 글자를 새긴다.

글자가 하나에서 둘로, 셋으로, 넷으로, 다섯으로, 여섯으로 늘어난다. 글자가 늘어날수록 그녀의 손가락은 닳아서 뭉툭해진다. 전쟁이 언제 끝날지 모르지만, 끝날 때쯤이면 그녀의 손가락은 닳아서 없을 것이다.

강물에 쓰는 글자는 쓰자마자 흘러가 버리지만 땅에 쓰는 글자는 흘러가지 않고 한곳에 머물러 있다.

나는 글자를 읽을 줄 모르지만 편지에 뭐라고 썼는지 알 것 같다.

'아버지, 저는 열두 살에 팔자를 망쳤어요.'

열두 살에 팔자를 망친 나오미는 열네 살이다.

편지가 흘러가지 못해 땅이 흘러갔다. 땅은 편지를 남겨 두고, 간호사의 모자를 닮은 구름에 매달려 흘러간다.

언제부턴가 나오미는 아버지가 만주로 자신을 데리러 올 것 같다. 계급장 단 군복을 입고, 풀다 만 각반을 종아리에 매달고, 옥수수잎처럼 긴 군도를 허리춤에 매고. 딸을 집으로 데려가려면 오토상에게 딸의 몸값에 더해 먹여 주고 재워 준 값을 치러야 한다는 걸 모르고.

나오미는 아버지와 오토상이 자신을 두고 싸우면 어쩌나 싶다. 서로 자기 딸이라고. 아버지는 교실에서 데리고 나가듯 딸을 스즈랑에서 데리고 떠난다. 아리랑 아리랑. 여자애들이 마당에 나와 서서 노래를 부른다. 아리랑 아리랑. 아닌 밤중에 홍두깨처럼 딸을 빼앗겨 골이 난 오토상이 자기 방으로 들어가 총을 들고 나온다. 아리랑 아리랑. 1리도 가기 전에 총알이 나오미 아버지의 머리를 부수어 놓는다. 아리랑 아리랑.

나오미는 밤마다 아버지가 방문을 열고 들어설까 봐 조마조마하다. 나룻배가 돼 군인을 태우고 아리랑 아리랑 흘러가는 자신을 아버지가 볼까 봐. 그녀의 방에 들리려면 아버지도 군복을 입고, 풀다 만 각반을 발목에 매달고, 줄을 서야 한다. 당연히 군표도 내야 한다.

그녀는 땅에 편지를 쓴다. 똑같은 편지 스무 개를 스즈랑 마당 여기저기에. 편지 다섯 개를 쓰고 나자 손톱이 닳아 없어진다. 편지 다섯 개를 더 쓰고 나자 손가락 한 마디가 닳아 없어진다. 편지 다섯 개를 더 쓰고 나자 그다음 마디가 닳아 없어진다. 그녀는 마지막 남은 마디로 계속 편지를 쓰며 소리 내 읽는다.

"아버지 나오미는 찾지 마세요. 나오미는 봄에 만주에서 죽었어요."

나는 나오미에게 묻는다. "하필이면 봄이야?"

"우리 엄마가 그랬거든. 따뜻한 봄에 죽어야 죽은 사람도 상 치르는 사람들도 좋다고. 누이 좋고 매부 좋고."

나오미는 '나오미'가 누군지 아버지가 모른다는 걸 생각하지 못한다. 그 애는 만주에 오고 나오미가 됐다.

똑같은 편지 스무 개를 쓴 날 밤. 괘종시계가 열두 번을 울 때, 나오미는 방문을 덜컥 열고 들어서는 군인을 바라본다.

몸에 삿쿠를 씌우는 군인을 가물가물한 눈빛으로 바라보던 그녀는 벌떡 일어선다.

"아버지!"

놀란 군인이 화를 내며 발로 어깨를 툭 떠밀어 그녀를 도로 눕힌다.

방에서 나와 철조망으로 걸어가던 나는 핑그르르 돌다 픽 쓰러진다. 나는 땅에 등과 엉덩이를 붙이고 누워 버린다.

해도, 달도 보이지 않는 하늘을 올려다본다. 바람 소리 말고는 아무 소리도 듣지 못하는 귓속에 들어와 있는 것 같다.

내 두 팔과 두 다리가 메마른 땅을 파헤치며 파고든다.

지난밤 군인의 몸에 삿쿠를 씌워 주었던 손가락들도 땅속으로 파고들어 박힌다.

머리카락들도 한 가닥 한 가닥 땅으로 파고들어 땅을 움켜잡는다.

나오미가 방에서 걸어 나온다. 그녀는 땅이 된 내 몸에 편지를 쓰기 시작한다. 내 얼굴에 동그라미를 그리는 그녀의 손가락에서 군인 콧물 냄새가 난다. 나는 벌떡 몸을 일으킨다. 나오미가 놀라며 엉덩방이를 찧는다.

나오미가 그리다 만 동그라미가 내 얼굴에서 빙글빙글 소용돌이를 일으키며 돈다. 동그라미가 되려고 빙글빙글, 동그라미가 되지 못하고 빙글빙글.

요코

 할아버지가 쥐약을 먹고 죽은 쥐 세 마리를 손에 들고 들판을 걸어간다. 머리를 땅으로 향하고 달랑달랑 흔들리는 모양이 옥수수 세 자루 같다.
 아유미가 내게 말한다. "요코는 쥐약을 먹고 죽었어."
 그녀가 또 말한다. "요코, 죽더라도 쥐약은 먹지 마."
 그녀가 또 말한다. "쥐약을 먹고 죽는 건 못 할 짓이야."
 나는 요코다.
 나는 죽은 요코를 모른다. 얼굴도 본 적 없다. 그녀는 내가 스즈랑에 오기 전에 쥐약을 먹고 죽었다.
 스즈랑에 온 첫날, 오토상이 내게 말했다.
 "아나타노 나마에와 요코다(네 이름은 요코다)."

나는 내가 요코가 됐다는 걸 스즈랑에 온 지 보름이 지나고 나서야 알았다. 나를 보고 오토상도, 다른 여자애들도 요코라고 부르는 게 이상해서 나오미한테 물어보고서야.

아유미는 살아 있는 요코보다 죽은 요코와 더 친했다. 간혹 살아 있는 요코를 바라보며 죽은 요코를 보고 싶어 한다. 스즈랑에서 쥐약이 아니면 뭘 먹고 죽나. "소독약을 마시면 죽지는 않고 입속이 수세미가 돼. 완두콩알도 못 삼킬 만큼 목구멍이 쪼그라들어 평생 염소 우는 소리를 내며 살아야 해." 레이코 언니는 소독약을 마시고 죽다 살아났다.

아유미에게 쥐약을 먹고 죽은 쥐는 요코다.

할아버지는 밭에 거름 덩어리를 뿌리듯 요코 세 마리를 들판에 던지고 되돌아온다.

"요코, 요코……."

사쿠라코 언니가 으스스한 목소리로 요코를 부른다. 나는 그녀가 내가 아닌 죽은 요코를 부르는 것만 같아 대꾸하지 않는다.

"요코, 요코……."

사쿠라코 언니가 뼈다귀만 남은 몸에 걸친 간단후쿠에는 구더기 같은 보풀이 잔뜩 일어나 있다. 열아홉 살인 그녀는 아편 없이는 못 산다. 그녀는 아편을 하면 봄볕 속을 날아다니는 나비가 된다. 아편을 못 하면 쥐약 먹은 쥐를 잡아먹고 괴로워 발광하는 고양이가 된다. 그녀는 오토상에게 아편을 사려고 군인들에게 돈을 구걸한다. 오토상은 그녀에게 아편은 주면서 새 간단후쿠는 주지 않는다. 삿쿠는 주면서 비누는 주지 않는다. 밤이 되면 그녀의 방문 앞에도 군인들이 줄을 선다. 그녀는 아편을 하면 군인 백 명도 데리고 잘 수 있을 것 같다. 하지만 오토상은 그녀에게 아편을 잘 주지 않는다. 그녀가 열 번을 조르면 한 번 줄까 말까다. 그녀가 군표를 가장 적게 가져다주는 데다, 아편 빚이 눈덩이인데 갚을 생각은 않고 아편을 달라고 졸라 대기 때문이다.

"요코, 요코……. 요코는 참 착해."

사쿠라코 언니가 날 착하다고 하는 것은 내가 자신과 같은 사투리를 쓰기 때문이다. 스즈랑에서 같은 사투리를 쓰는 여자애를 만나는 것은 만주 하늘을 날다가 같은 울음소리의 새를 만나는 것과 같다. 같은 울음을 우는 새를 만나면 반가워서, 고향 생각이 더 간절히 나서, 저절로 울게 된다.

요코는 착하지 않다. 요코는 군인들이 어쩌다 던져 주고 가는 건빵을 다른 여자애들과 나눠 먹지 않고 혼자 몰래 먹는다. 요코는 대나무 바구니 속에 보리주먹밥 열 덩이가 담겨 있으면 눈동자를 재빠르게 굴린다. 보리밥알이 하나라도 더 붙어 있는 주먹밥을 집으려고. 요코는 병이 있는 군인이 자기 방이 아니라 다른 여자애의 방 앞에 줄을 서기를 바란다. 요코는 오토상 몰래 군표를 한 장씩 빼돌려 모으고 있다. 요코는 혼자라도 집에 돌아갔으면 하고 바란다.

죽은 요코도 착하지 않다. 그녀는 날 스즈랑에 데려다 놓았다. 죽으면 죽은 자신을 대신할 여자애가 있어야 하니까. 죽은 자신을 대신해 군인들을 데리고 잘 여자애가.

사쿠라코 언니는 장날 남편을 따라 읍내에 갔다가 그 길로 만주까지 왔다. 스즈랑에 팔려 온 첫날 그녀는 자신이 어떻게 만주까지 오게 됐는지 구구절절이 털어놓았다. 아리랑 아리랑 고개를 넘어가듯.

"내 나이 열일곱 살. 스무 살 더 먹은 홀아비한테 시집갔어. 연지 곤지도 못 찍고 꽃가마도 못 타고 걸어서 시집갔더니 죽은 조강지처가 낳은 자식 셋이 마루에서 고구마를 먹고 있었어. 고구마를 입에 하나씩 물고 날 지나가는 개 쳐다보듯 했어. 나도 모르게 꾸벅 인사를 했어. 종살이로 팔려 온 계집애처럼. 노름판을 기웃거리던 남편이 하루는 같이 갈 데가 있다며 날 읍내에 데리고 갔어. 장날이어서 장 구경 시켜주려나 보다 하고 강아지마냥 따라갔지. 국숫집으로 날 데리고 들어가더니 처음 보는 사내한테 인사시켰어. 남편보다 늙은 사내였어. 사내가 내 나이를 물었어. '열일곱 살이요.' 사내가 남편 앞에 돈뭉치를 놓았어. 남편이 헛기침을 하더니 돈뭉치를 슬그머니 집어 바지 주머니에 넣었어. 남편이 고기 국물에 끓인 국수 한 그릇을 시키더니 내 앞으로 밀어 놓아 줬어. 돈뭉치에서 한 장을 떼어 내 손에 쥐여 주며 말했어. '새로 시집간다고 생각하고 새 고무신 사 신어.' 그제야 남편이 날 방금 사내한테 팔아먹었다는 걸 알았지. 배가 고파서 국수를 먹고, 새 고무신 사 신고 사내를 따라 갔더니, 게딱지 같은 방 안에 여자애들이 소복하게 모여 앉아 있었어. 열여섯, 열일곱 살 먹은 여자애들과 한 광주리에 담긴 호박처럼 열차를 타고 온 데가 만주 술집이었어. 군인들도 드나들고, 장사꾼들도 드나들고, 노름꾼들도 드나드는 술집. 다른 여자들은 노래를 하거나 장구를 치거나 춤을 추는데 나는 할 줄 아는 게 없어서 술만 따라 줬어. 아버지가 인신매매 업자한테 팔아서 거기 와 있는 여자애도 있었어. 그 여자애도 나처럼 할 줄 아는 게 없어서 꽹과리만 밤낮으로 두들겼어. 내가 별로 인기가 없으니까 술집 주인이 날 라쿠엔*에 팔아먹었어. 그 집에 아버지가 팔아서 만주까지 온 여자애도 있었어. 그 여자애는 아버지처럼 보이는 손님이 오면 물었어. '아버지, 날 얼마에 팔았어요?' 라쿠엔 주인 사내는 날 또 스즈랑에 팔아먹었어. 죽기 전에 남편을 만날 수 있을까. 나도 남편을 다시 만나면 꼭 물어보고 싶어. 날 얼마에 팔았어요?"

* '낙원'을 뜻하는 일본어.

만주 들판에 놋대야만 한 보름달이 뜬다.

황금 달빛이 스즈랑 마당에 잔잔히 고이고 조센을 세에후쿠(정복)하러 몰려온 군인들이 해바라기씨처럼 빼곡하게 박힌다.

레이코 언니는 간단후쿠를 입고 맨 다다미 위에 누워 있다.

"갓테쿠루조토, 갓테쿠루조토(이기고 오겠노라, 이기고 오겠노라)."

머리를 빡빡 깎은 군인이 흐리멍덩한 등잔 불빛 속에서 노래를 부르며 몸에 샷쿠를 씌운다. 풀다 만 각반이 군인의 양 종아리에 뱀처럼 감겨 있다.

"갓테쿠루조토, 갓테쿠루조토." 군인의 목소리는 점점 코맹맹이 소리가 돼 간다.

전투를 앞둔 군인은 조센을 세에후쿠하러 왔다. 조센을 세에후쿠하러 군인들은 부모 형제와 눈물로 이별하고, 배를 타고, 기차를 타고 만주에 왔다.

군인들은 들판의 지평선을 넘어오며 말한다. '조센오 세에후쿠시니 이쿠(조선을 정복하러 간다).'

군인들은 들판의 지평선을 넘어가며 말한다. '조센오 세에후쿠시타(조선을 정복했다).'

'세에후쿠시니 이쿠'와 '세에후쿠시타' 사이에는 샷쿠와 군표가 있다.

오토상의 괘종시계가 뎅 하고 울기 시작한다. 괘종시계는 아홉 번을 울고 나서야 조용해진다.

가시철조망 울타리에 종일 매달린 걸로 모자라 밤새 매달려 있을 작정인 간단후쿠는 나나코의 방문 앞에 줄지어 서 있는 군인의 머릿수를 세고 나서, 하나코 언니의 방문 앞에 줄지어 서 있는 군인의 머릿수를 센다. 하나, 둘, 셋, 넷, 다섯, 여섯……

"갓테쿠루조토, 갓테쿠루조토."

군인은 술에 너무 취해서, 부풀었던 몸이 번데기처럼 쪼그라들어 버려서, 삿쿠를 씌우지 못한다. 삿쿠를 떨어뜨린다.

"갓테쿠루조토, 갓테쿠루조토."

군인은 자신이 떨어뜨린 삿쿠가 아니라 군인 콧물 묻은 삿쿠를 집어 든다. 삿쿠 속 군인 콧물이 흘러 손에 묻어나자 군인은 짜증을 낸다.

"키타나이(더러워)!" 군인은 군인 콧물이 흐르는 삿쿠를 레이코 언니의 얼굴에 던진다.

레이코 언니는 부아가 치민다. "병신 새끼!"

군인이 욕을 알아듣고는 발로 그녀의 종아리를 걷어찬다. "와루구치와 와루이(욕은 나빠)!"

군인들은 여자애들의 고향 말을 모르면서 욕은 용케 알아듣는다.

군인은 몸을 억지로 부풀린다.

레이코 언니가 젖 먹던 힘을 끌어모아 몸을 일으킨다. 삿쿠를 반만 걸치고 그녀의 얼굴 앞에 떠 있는 군인의 몸을 이빨로 물어 버린다. 군인이 비명을 지르며 주먹으로 그녀의 얼굴을 때린다. 호두가 으깨지는 소리가 나며 그녀의 코에서 피가 주르륵 흐른다.

군인이 방문을 발로 걷어치며 뛰쳐나간다. 마당에 홍수처럼 넘쳐 나는 군인들이 "와!" 하고 함성을 지른다.

"갓테쿠루조토, 갓테쿠루조토." 찢긴 삿쿠를 입에 매달고 노래를 부르는 레이코 언니의 입으로 피가 흘러든다. 귀리죽 냄새에 찌든 그녀의 이빨이 피로 물든다.

군인이 총검을 들고 그녀 앞에 다시 나타난다.

레이코 언니는 찢긴 삿쿠를 여전히 입에 매달고, 핏물이 들어 석류알 같아진 이빨을 드러내고, 히힉 히힉 기이한 웃음소리를 흘린다.

군인이 비틀비틀 레이코 언니를 향해 총검을 치켜든다.

"덴노 헤이카 반자이(천황 폐하 만세)!" 군인은 총검으로 그녀의 정수리를 내리친다. 피가 머리카락을 타고 흘러 그녀의 얼굴과 목을 삼킨다.

그녀의 방문 앞에 줄을 서 있던 군인들이 투덜거리며 흩어진다. 군인들은 다른 방문들 앞에 늘어선 줄에 가서 선다. 새

치기하려는 군인을 군인 셋이 번쩍 들어 내팽개친다.

요시에의 방에서는 군인이 그녀의 간단후쿠를 찢는다. 간단후쿠를 찢는 건 여자애를 찢는 것이다. 여자애는 간단후쿠고, 간단후쿠는 여자애니까.

피 가면을 쓰고 돌부처처럼 앉아 있던 레이코 언니가 앞으로 꼬꾸라진다.

쥐약을 먹고 죽은 요코 세 마리가 보름 달빛 아래서 돌멩이처럼 구르고 있는 들판의 밤은 더없이 고요하다.

요코네

요시에는 손이 두 개다. 그녀는 한 손으로는 귀리죽을 떠먹고, 다른 한 손으로는 아래를 긁는다. 목화밭에서 목화 솜꽃을 딸 때도 그녀는 손이 두 개였다. 한 손으로는 목화 솜꽃을 따고, 다른 한 손으로는 목화 솜꽃 담을 소쿠리를 들고. 요시에의 손은 모자라지도 남지도 않는다.

나오미는 귀리죽을 떠먹다 말고 변소에 오줌을 누러 간다. 또 오줌소태가 난 것이다. 오줌이 찔끔찔끔 나고 심하면 아래가 타들어 가는 것같이 아프고 오줌에 피가 섞여 나오기도 하는 오줌소태는 스즈랑의 여자애들이 흔히 앓는 병이다. 나오미는 풀방구리에 들락거리는 쥐처럼 변소에 들락거린다. 레이코 언니는 자두만 한 혹을 정수리에 달고 귀리죽을 떠먹는다. 그녀는 이틀 동안 기절한 꼽등이처럼 꼼짝 않고 누워만 있다가 다시 군인을 데리고 잔다. 사과를 쪼개듯 그녀를 두 조각내려 했지만 술에 너무 취한 탓에 실패한 군인은 전투에서 살아 돌아와 조센을 세에후쿠하러 스즈랑을 다시 찾아온다.

"이타이 이타이." 방에서 울고 있는 요시에의 아래를 에이코 언니가 들여다보더니 말한다.

"요코네*에 걸렸네."

"요코 언니요?"

"요코네!"

요코네는 요코가 아니다.

요코네는 여자애 이름이 아니다.

요코네는 내가 스즈랑에 오고 1년쯤 됐을 때 앓은 병이다. 그 병이 나면 개구리알처럼 동글동글한 응어리가 아래에 점점이 맺힌다.

요코네에 걸리기 전까지 내가 아는 가장 무서운 병은 마마였다. 고향 마을에 마마를 앓는 아이가 있으면 나도 마마를 옮아 엄마 얼굴처럼 곰보 얼굴이 될까 봐 무서웠다. 스즈랑의 여자애들은 번갈아 가며 요코네를 앓는다. 군의관도, 간

* '위안부'들은 '임질' 같은 성병을 '요코네'라고 부르기도 했다.

호사도, 오토상도 말해 주지 않았지만 우리는 알고 있다. 요코네가 밤마다 군인들을 데리고 자서 걸린 병이라는 걸. 요코네에 걸리지 않으려면 군인을 데리고 자지 않으면 된다. 하지만 우리는 밤마다 군인을 데리고 자야 한다. 그래서 요코네에 걸리지 않으려 소독약 푼 물로 아래를 씻고 씻는다. 소독약으로 아래를 씻고 씻다 보면 아래가 마르면서 쪼그라든다. 군인들이 몸에 삿쿠를 쓰고 들이오면 아래가 서미는 것처럼 쓰라린다. 요코네는 지독해서 606호 주사를 맞아도 걸린다. 요코네에 걸렸다 나으면 우리는 다시 군인을 데리고 잔다. 그리고 또 요코네에 걸린다. 군인을 데리고 자는 것과 요코네는 부모 자식의 인연처럼 끊으려야 끊을 수 없다.

요시에가 '이타이 이타이.' 하고 우는 건 '아파 아파.' 하고 울면 오토상이 꾀병을 부리는 줄 알까 봐서다.

나도 요코네에 걸려 봤다. 하지만 요시에가 얼마나 아픈지 모른다. 그래서 그녀가 '이타이 이타이.' 하고 우는 소리가 듣기 싫다. 그녀의 몸은 내 몸이 아니고, 그녀가 앓는 요코네는 내가 앓았던 요코네가 아니니까. 요시에가 매미처럼 쉬지 않고 '이타이 이타이.' 울자 레이코 언니가 소리 지른다. "요시에, 그만 울어!"

오토상이 요시에의 방문에 까치 꼬리 모양의 빨간 천 조각을 건다. 군인들은 요시에의 방문 앞에 줄을 서지 않는다. 방문에 걸린 빨간 천 조각은 그 방의 여자애가 병에 걸렸다는 뜻이고, 괜히 병 걸린 여자애를 세에후쿠했다가는 옮을 수 있기 때문이다. 자기들 때문에 우리가 병에 걸리는 것인데, 군인들은 병에 걸리면 우리 탓을 한다.

스즈랑에서는 여자애 하나가 병에 걸리면 나머지 아홉 명이 죽어난다. 열 개이던 줄이 아홉 개로 줄면서 여자애 한 명이 데리고 자야 하는 군인이 늘어나기 때문이다. 군인이 하나만 더 늘어도, 그래서 돌림노래가 한 구절만 길어져도 '나 죽겠네.'는 '나 죽었네.'가 된다.

요시에의 아래를 세에후쿠한 응어리들은 끓는 물방울처럼 부풀어 오르다 터져 피 섞인 고름으로 흐른다. 응어리는 군인들 못지않게 조센을 세에후쿠하려는 의욕이 넘쳐서 아래로 만족하지 않는다. 응어리는 요시에의 배꼽 주변에도 맺힌다. 응어리는 삿쿠도 쓰지 않고 군표도 내지 않고 여자애의 몸에 끈질기게 들러붙는다. 응어리는 귀리죽과 마른버짐이 엉겨 붙은 입가에도 맺히더니 손바닥에도 맺힌다. 요시에의 한 손이 귀리죽을 떠먹는 동안 다른 한 손은 아래를 긁다, 배꼽을 긁다, 입가를 긁다, 숟가락을 쥔 손바닥을 긁느라 정신이 없다.

군인들을 데리고 잔 것 때문에 병에 걸린 것인데, 오토상은 요시에를 식충이처럼 여긴다. 군인을 데리고 잘 수 없어서 군표를 가져다주지 못하자 그는 그녀에게 하루에 한 끼만 준다. 그녀가 방에서 나오지도 못하게 한다. 군인을 데리고 잘 수 없는 여자애는 굶어도 싸다.

요시에의 방문에 걸려 있는 빨간색 천 조각이 분홍색 천 조각으로 바뀐다. 보름쯤 지나서는 흰 천 조각으로 바뀐다.
빨간색 천 조각은 '여자애가 병에 걸렸다.'
분홍색 천 조각은 '여자애의 병이 낫고 있다.'
흰 천 조각은 '여자애의 병이 거의 나았다.'
흰 천 조각이 거둬지면 '여자애의 병이 나았다.'
요시에의 방문에서 거둬진 빨간색 천 조각은 아유미의 방문에 걸렸다. 빨간색 천 조각은 '수건 떨구기 놀이'의 수건이다. 널빤지 문에 빨간색 천 조각이 걸리면, 그 방의 여자애는 술래가 된다.

열 개의 널빤지 문이 만주 들판에 둥글게 모여 앉아 있다. 빨간색 천 조각이 몇 번째 널빤지 문에 걸릴지 아무도 모른다. 술래도 모른다. 술래는 빨간 천 조각을 흔들며 널빤지 문들 뒤를 빙글빙글 돈다. 술래가 한 바퀴, 두 바퀴, 세 바퀴 뺑뺑이 도는 동안 널빤지 문들이 노래를 부른다. '이타이 이타이, 나를 버리고 가시는 임은 10리도 못 가서 발병 난다. 이타이 이타이, 5리도 못 가서 발병 난다. 이타이 이타이, 2리도 못 가서 발병 난다. 이타이 이타이.' 노래는 돌림노래가 되고, 술래는 뺑뺑이 돌다 지쳐서 '에라 모르겠다.'는 심정으로 아무 널빤지 문에 빨간 천 조각을 건다.

우리는 '이타이 이타이.' 하고 울며 아래로 떨어진다.

'이타이 이타이.'는 꼭 '아파 아파.'를 깨뜨린 조각들을 다시 붙여 놓은 말 같다.

그리고 '이타이 이타이.' 하고 우는 건 우리의 아래다.

나를 잊어버리는 병

 요코네 말고도 스즈랑의 여자애들이 앓는 병은 또 있다. 병은 봄이면 내 고향의 들판과 논두렁에 피는 나물만큼이나 많다. 그리고 우리가 밤마다 군인들과 함께 부르는 돌림노래처럼 돌고, 돌고, 돈다.

 얼굴에 피는 벚꽃인 마른버짐, 눈꺼풀 떨림, 눈가와 입가 떨림, 손떨림, 손발 저림, 다리 경련, 얼굴빛이 울금처럼 변하다 흰자위까지 노래지는 황달, 머리가 다람쥐 통처럼 빙글빙글 도는 어지럼증, 잦은 설사와 헛구역질, 혀가 바늘꽃이가 된 것 같은 혓바늘, 가실 날 없는 멍 자국, 팔다리의 뒤틀림, 오금까지 내려온 엉덩이, 부풀어 오른 배, 벼룩 물림, 진드기 물림, 미열과 고열, 갑자기 쿵 하고 발바닥까지 떨어지는 심장, 숨 가쁨, 숨 막힘, 불안 초조, 귓속에서 들리는 여름 풀벌레 소리, 머리카락 빠짐, 치통, 머릿속이 연기로 꽉 찬 굴뚝이 된 것 같은 멍함, 하고 싶은 것이 아무것도 없음, 아무 생각 없음, 뱃속에 아기가 들어서는 것, 뱃속에서 아기가 죽어 버리는 것. 정월 초에 아유미는 귀리죽을 먹다 말고 부엌 바닥을 데굴데굴 구르다 아래로 핏덩이를 쏟았다. 핏덩이를 보고 에이코 언니가 말했다. "생기다 만 아기야."

스즈랑의 여자애들이 앓는 병은 더 있다.

밤새 군인을 데리고 자느라 잠을 못 자서 걸리는 '꾸벅꾸벅병'. 1년 열두 달 우리는 꾸벅꾸벅병을 한여름에도 떨어지지 않는 감기처럼 달고 산다. 우리는 강에서 삿쿠를 빨면서도, 귀리죽을 먹으면서도 꾸벅꾸벅 존다. 돌림노래를 부르면서도 꾸벅꾸벅 졸다 군인한테 머리나 얼굴을 주먹으로 한 대 얻어맞는다.

집이 그리워서 생긴 '향수병'. 향수병은 불현듯 온다. 향수병을 일으키는 것은 하늘에도, 들판에도 있다. 우리는 멍하니 하늘에 구름이 떠가는 걸 바라보다 향수병에 걸려든다. 철새들은 날아가며 깃털 한 가닥을 떨어뜨리듯 향수병을 우리에게 떨어뜨려 준다. 마당에 빗방울이 떨어지는 걸 바라보고 있으면 고향 집에 돌아와 있는 것 같은 착각이 든다. 향수병은 위생 검사에서 걸리지 않는다. 여자애들이 흔히 앓는 향수병이라는 병을 군의관이 모르고 있어서. 아니면 향수병은 아래에 있는 병이 아니어서. 군의관이 살피는 것은 우리의 아래다. 그의 안경알 너머 눈동자는 우리의 아래만 본다. 우리는 아래만 있다. 향수병은 감기와 달라서 시간이 지나도 낫지 않는다. 약도 없다. 그래서 우리는 군인에게 얻은 흑설탕이나 담배, 중국술을 약 삼아서 먹고 피우고 마신다. 폐결핵처럼 지독해서 몸과 영혼을 쇠약하게 하시만 오토상도 군의관과 마찬가지로 향수병을 별것 아닌 것으로 여긴다. 향수병에 걸려도 우리가 군인을 데리고 잘 수 있기 때문이다. 쥐약을 먹고 죽을 생각을 할 만큼 우리의 향수병이 깊어져도 오토상은 빨간 천 조각을 방문에 걸지 않는다.

향수병은 '망상병'과 함께 오곤 한다. 부모님은 벌써 날 잊었을 거라는, 아무도 날 기다리지 않을 거라는 망상병이 더해지면 향수병은 약도 없는 고질병이 된다. 고질병에 걸린 나는 집에 돌아와 있는 꿈을 꾼다. 나는 집에 있으면서 집에 돌아가고 싶어 애를 태우다 울며 깨어난다. 집에서 집으로 돌아가는 것은, 스즈랑에서 집으로 돌아가는 것보다 더 어렵다. 트럭을 타고도, 기차를 타고도 돌아갈 수 없다. 걸어서도.

살아서 집에 돌아가지 못할 거라는 상심에서 오는 '낙심병'은 우리가 집을 어쩌다 떠나왔는지 잊게 한다. 우리가 집을 떠나던 날의 계절도 바꾸어 놓는다. 아유미는 어떤 날은 참

외 단내를 맡으며 집을 떠나왔다고 말한다. 어떤 날은 감꽃을 밟으며 떠나왔다고. 또 어떤 날은 장독가에 핀 분홍 접시꽃을 바라보며 훌쩍훌쩍 울다가 떠나왔다고, 덜 익어 떫은 홍시 하나를 따 먹고 떠나왔다고도. 계절을 혼동하는 탓에, 그녀는 3년도 더 전에 떠나온 집을 떠나고, 떠나고, 또 떠난다. 그렇게 그녀는 집을 계속 떠나고 있어서, 집으로 돌아가지 못한다. 낙심병은 우리가 집을 떠나온 지 얼마나 됐는지 세던 날짜를 까먹게 한다. 우리의 나이도 까먹게 한다.

우리가 돈 벌러 가는 공장이 어떤 공장인지 부모님이 알고도 보냈을 거라는 '의심병'과 '원망병'도 있다. 두 병은 기침과 가래처럼 어깨동무를 하고 온다. '아버지는 돈 많이 버는 공장이 군인을 데리고 자는 공장이라는 걸 알고도 날 만주에 보냈다.' 아유미는 한 번 그 생각이 들면 아버지가 오토상보다도, 군인들보다도 밉고 원망스럽다.

우리가 알게 모르게 앓는 병은 또 있다. 슬픈 게 뭔지, 보고 싶은 게 뭔지 모르겠는 '무디어짐병'.

하고 싶은 말이 하나도 없어서 입이 있다는 것마저 잊어버린 '벙어리병'.

얼굴에 아무 감정이 없는 '무표정병'.

혼이 나가 버려 다른 여자애들이 지껄이는 소리를 못 듣는 '얼빠짐병'.

내가 어디에서 왔는지, 누구였는지, 누구인지, 자기 이름도 나이도 잊어버리는 '나를 잊어버리는 병'. 그 병에 걸리면 내가 조센삐라는 것도 잊어버린다.

1리도 못 가서 발병 난다

 스즈랑의 여자애들이 놋대야에 빨랫거리와 샷쿠를 담아 들고 들판을 걸어간다. 강을 찾아가는 여자애들의 머리 위에 간호사의 앞치마 같은 구름이 떠 있다.

 요코네를 호되게 앓고 난 요시에는 여남은 발짝마다 풀썩 주저앉는다.

 노래 부르길 좋아하는 하나코 언니가 노래를 부른다. "아리랑 아리랑 아라리요, 나를 버리고 가시는 놈은 10리도 못 가서 발병 난다."

 레이코 언니가 노래를 받아 쉰 목소리로 노래한다. "나를 버리고 가는 놈은 5리도 못 가서 발병 난다."

 에이코 언니가 노래를 받아 콧소리 섞인 목소리로 노래한다. "나를 버리고 가는 놈은 1리도 못 가서 발병 난다."

"1리도 못 가서요?" 나오미가 묻는다.

"나를 버리고 가는 놈은 1리도 못 가서 발병 날 걸!" 에이코 언니가 말한다.

"도망갈 놈이나 있어?" 레이코 언니가 묻는다.

"쌔고 쌨지." 에이코 언니가 말한다.

내 집에서 1리 밖에는 제비 날개를 닮은 제비쑥이 흔하게 나는 언덕이 있다. 2리 밖에는 물을 길어다 먹던 우물이 있고, 3리 밖에는 강이 흐른다. 5리 밖에는 저수지가 있고, 10리 밖에는 엄마와 헤어진 은행나무가 있다. 엄마는 그곳까지 나를 따라와 손을 흔들었다. 10리 밖을 모르던 나는 만주에 와 있다.

만주에서 1리 밖에는 들판이 있다. 2리 밖에도, 3리 밖에도, 5리 밖에도 들판이 있다. 10리 밖에는 강이 있고, 20리 밖에는 군부대와 위생 검사소 막사가 있다. 20리 밖은 가 보지 않아서 모르겠다.

요시에가 또 주저앉는다.

"요시에, 그만 돌아가." 레이코 언니가 말한다.

강까지 가려면 걸어온 것보다 더 많이 걸어가야 한다.

"싫어요. 나도 강에 갈래요."

"고집쟁이." 아유미가 말한다. 요시에는 엄마한테 하듯 언니들한테 고집을 부리곤 한다.

여자애들은 요시에를 두고 걸음을 놓는다. 여자애들은 요시에 때문에 시간을 끌고 싶지 않다. 그럼 그만큼 강에서 머물 시간이 줄어들기 때문이다. 여자애들은 강에서 조금이라도 더 머물고 싶다. 여자애들은 강에 가면 막힌 숨통이 뚫리는 것 같다. 강에는 가시철조망 울타리도 없고, 귀리죽이 끓는 가마솥도 없다. 오토상도, 괘종시계의 뎅뎅 소리도, 군인들도 없다.

1리쯤 가서 레이코 언니가 묻는다.

"요시에, 따라오고 있어?"

"아니요." 나오미가 말한다.

1리쯤 더 가서 레이코 언니가 다시 묻는다.

"따라오고 있어?"

"아니요." 나오미가 말한다.

"누가 업어 가지는 않겠지?" 에이코 언니가 말한다.

스즈랑의 가시철조망 울타리가 보이지 않을 즈음이면, 우리는 도망치고 싶은 마음이 굴뚝 같은 여자애들과 그럴 마음이 없는 여자애들로 나뉜다. 우리는 마음만 먹으면 얼마든지 도망칠 수 있다. 붙잡히는 걸 둘째로 치기만 하면.

도망칠 마음이 없는 여자애들은 누구 하나가 도망칠까 봐 뒤처지는 여자애들을 살핀다. 눈동자를 귀까지 길게 늘이고.

여자애 하나가 잘못하면 오토상은 나머지 여자애들도 같이 벌을 준다. 여자애 하나가 도망치면 도망치지 않은 여자애들을 벌주고, 도망친 여자애가 갚지 못한 빚을 여자애들에게 나눠 지운다.

도망칠 마음이 벼룩의 간만큼이라도 있는 여자애들은 들키지 않으려 딴청을 부린다.

얼마든지 도망칠 수 있지만 그러지 않는 것은, 도망치는 게 쉽지 않다는 걸 잘 알고 있기 때문이다. 들판 곳곳에 군부대들이 있고, 군인들 눈에 띄면 붙잡힐 것이다. 군인들은 간단후쿠를 입고 혼자 들판을 걸어가는 여자애가 스즈랑의 여자애인 걸 알아보고 산 채로 잡아 오토상에게 데려다줄 것이다. 아닌 척해도 군인들은 천황이 자신들에게 내린 하사품을 귀신같이 알아본다. 그래서 '군인들 밥해 주고, 빨래해 주러 왔어요.' 하고 울며 빌며 말해도 콧방귀도 안 뀐다.

오늘따라 강이 멀게 느껴진다. 어미 오리처럼 맨 앞에서 여자애들을 이끌며 걷고 있지만, 레이코 언니가 도망치고 싶어 안달하는 게 느껴진다.

레이코 언니가 놋대야를 내팽개치고 들판을 내달린다. 여자애들은 그녀가 멀어지는 걸 마냥 바라보고 서 있다. 나오미가 날 쳐다보더니 머리에 이고 있는 놋대야를 던져 버리고 들판으로 달려 나간다. 나나코도 하나코 언니의 손을 잡아끌며 들판을 달린다. 남겨진 아유미가 내게 말한다. '군인들이 총으로 쏴 죽일 거야. 어젯밤에 변소에 다녀오다 오토상이 군인한테 하는 말을 들었거든.' '뭐라고?' '들판에서 도망친 스즈랑의 여자애를 보면 죽어도 싸니까 총으로 쏴서 죽이라고.'

'탕' 소리 대신에 레이코 언니의 목소리가 들려온다.

"따라오고 있어?"

"저기 오네요." 아유미가 말한다.

비록 내 머릿속에서였지만, 나는 레이코 언니에게 물어보고 싶다. 어디로 도망치려 했는지. 어째서 우리한테 같이 도망치자고 하지 않고 혼자만 도망친 것인지. 도망치다 군인을 만나면 어쩌려고 했는지. 운 좋게 군인을 만나지 않는다 해도 밤이 되면 어쩌려고 했는지. 도망쳐서 어디로 가려고 했는지.

비록 내 머릿속에서였지만, 나는 레이코 언니가 도망칠 때 다른 여자애들한테서 도망치는 것 같았다.

비록 내 머릿속에서였지만, 그녀는 뒤 한 번 돌아다보지 않고 들판을 달려갔다. 우리가 '언니, 같이 가요.' 하면서 자신을 따라오기라도 할까 봐.

나는 레이코 언니에게 묻는다. "언니, 도망치다 군인을 만나면 군인이 총으로 탕 하고 쏴 죽일까요?"

"아니. 조센삐한테는 총알도 아깝거든."

조센삐한테는 총알도 아깝다는 걸 몰랐다. 조센삐한테 아까운 게 어디 총알뿐인가. 조센삐한테는 하늘도 아깝다. 그래서 요시에가 마당에 서서 마냥 하늘을 올려다보고 있으면 오토상이 그녀의 머리를 주먹으로 때리는 것이다. 조센삐한테는 땅도 아깝다. 그래서 나오미가 땅에 기껏 편지를 써 놓으면 군인들이 몰려와 글자들을 발로 짓밟아 뭉개 놓는 것이다. 조센삐한테는 쥐약도 아깝다. 그래서 할아버지는 쥐약을 여자애들이 찾지 못하는 곳에 꼭꼭 숨겨 둔다.

나는 강이 더 멀었으면 싶다. 들판에 어스름이 깔리고 군인들이 지평선을 넘어와 스즈랑 마당에 낙엽처럼 깔렸을 때 우리가 스즈랑에 없었으면 싶다. 벌레가 속을 다 파먹은 도토리처럼 방들이 전부 비어 있는 걸 보고 군인들이 오토상에게 물을 것이다. '다들 어디 갔어?' 그럼 오토상이 말할 것이다. '강에 목욕하러 갔어.' 그럼 군인들이 또 물을 것이다. '언제 와?' 그럼 오토상이 말할 것이다. '목욕 다 하면.'

'목욕을 언제 다 하는데?'

'전쟁이 끝나기 전에는 다 하겠지.'

만주의 바늘 장수

 소금으로만 간을 한 멀건 국물에 내 얼굴이 비춰 떠오른다. 얼굴 아래에 엄지손가락 한 마디만 한 수제비 덩어리 여섯 개가 가라앉아 있다. 호박 고명 대신에 할아버지의 흰 머리카락 한 가닥이 국물에 빠져 있다. 간혹 오늘 저녁처럼 귀리죽과 귀리죽 사이에 보리주먹밥이나 수제비가 별식처럼 끼어든다. 참깨를 친 듯 바구미가 박힌 보리주먹밥은 자라다 만 요시에의 주먹만 하고, 소금으로만 간을 한 수제비는 밀가루로 쑨 풀 같다. 보따리 말고 고향에서부터 만주까지 우리를 따라온 것이 있다면 그것은 굶주림이다. 우리가 트럭으로, 열차로, 스즈랑의 마당으로 던져질 때 굶주림도 함께 던져졌다. 세 끼를 먹어도 스즈랑에서의 굶주림은 고향에서보다 더 지독하다. 고향에서는 강에서 잡은 물고기로 죽을 끓여 먹고, 늙은 호박으로 죽을 쑤어 먹었다. 산으로, 들로 다니며 진달래꽃 찔레꽃을 따 먹고 칡뿌리를 캐 먹었다. 강에서 잡은 다슬기로 국을 끓이고 살을 빼 먹었다.

수제비 건더기를 다 건져 먹은 요시에가 후룩후룩 소리를 내며 국물을 떠먹는다. 에이코 언니와 아유미는 널빤지 방문을 꼭 닫은 방에서 군인이 가져다준 통조림을 먹고 있다. 들여다보지 않아도 눈치로 알 수 있다. 스즈랑의 여자애가 되고는 눈치만 빨라졌다.

나는 나무 숟가락으로 국물에 비친 내 얼굴을 헤집고 수제비 덩어리를 떠 올린다. 입에 넣고 우물우물 씹는다.

"레이코 언니."

수제비를 거의 다 먹은 레이코 언니가 얼굴을 들고 날 쳐다본다. "뭐?"

내가 말을 못 하고 입을 오물거리기만 하자 레이코 언니가 말한다. "답답하게 굴지 말고 할 말 있으면 해."

"아기, 보고 싶어요?"

구겨져 있던 레이코 언니의 이마가 펴지며 표정이 멍해진다. 쌍꺼풀이 지다 만 눈꺼풀을 깜박깜박한다.

"아기요, 보고 싶어요?"

"자다 봉창 두드려?" 그러곤 그녀는 수제비가 담긴 막사발을 자기 앞으로 끌어당긴다. 에이코 언니와 아유미가 부엌에 나타나지 않아 남은 수제비 두 사발 중 하나다. 그녀는 수제비를 떠먹기 시작한다.

하늘을 날아가는 새 한 쌍을 보며 나는 속으로 중얼거린다.
새 한 마리에 '레이코 언니는 바늘 장수가 아기를 데려갔다는 걸 잊었다.'
또 한 마리에 '레이코 언니는 아기를 낳았다는 걸 잊었다.'

"요코, 너 때문이야!"
놀라 뒤를 돌아다보니 레이코 언니가 주먹 쥔 손을 부들부들 떨며 날 노려보고 있다.
"너 때문에 흉한 꿈을 꿨지 뭐야. 바늘 장수가 내 아기를 궤짝에 매달고 들판을 걸어갔어. 썩은 무를 버리듯 아기를 들판에 버리더니 계속 걸어갔어. 나는 애가 탔어. '곧 군인들이 메뚜기 떼처럼 몰려올 텐데. 아기가 군인들 발에 밟히면 안 되는데.'"
레이코 언니는 가시철조망 앞으로 걸어간다. 가시철조망 울타리를 두 손으로 움켜잡더니 흔들기 시작한다. 가시철조망 울타리에 매달려 자고 있던 간단후쿠들이 깨어난다.
"요코, 바늘 장수가 내 아기를 들판에 버리진 않았겠지?"

나는 바늘 장수가 레이코 언니의 아기를 데리고 스즈랑을 떠나는 걸 봤다. 마침 오토상의 괘종시계가 뎅뎅 울었다. 스즈랑에서 동지섣달 추위에도 얼지 않는 건 소독약을 푼 물과 오토상의 괘종시계와 귀리죽을 쑤는 가마솥뿐이다. 바늘 장수는 굽은 등에 관처럼 커다란 궤짝을 매달고, 까만 광목천으로 둘둘 싸맨 아기를 옆구리에 매달듯 안고 들판을 걸어갔다. 들판에는 눈빛과 흙먼지 섞인 바람이 불었다. 바늘 장수는 멀어지다 바람 속으로 사라졌다. 바람 소리를 뚫고 들려오던 갓난아기의 울음소리도 어느 순간 더는 들려오지 않았다.

"요코, 바늘 장수가 설마 내 아기를 팔아먹진 않았겠지? 팔아먹으려고 내 아기를 데려간 건 아니겠지?"

"아기를 팔아요?"

"아기 없는 집에 곡식이나 돈을 받고 팔았을 수도 있잖아. 별의별 걸 다 파는 장사꾼이니까. 말린 돼지 귀, 썩은 오리알, 썩은 이파리 뭉치, 부적, 해바라기씨, 염주, 성냥, 바늘……."

바늘 장수의 궤짝에는 별의별 게 다 들어 있었다. 그런데 나는 그녀가 궤짝을 열어 보이려 할 때마다 그 안에 아무것도, 바늘 하나도 없을 것 같은 기분이 들었다.

"아기를 낳으며 한 가지만 빌었어. 계집애가 아니라 머슴애를 낳게 해 달라고. 머슴애였어. 얼굴을 안 보려고 손바닥으로 아기의 얼굴을 가리고 젖을 먹였어. 아기가 젖을 얼마나 악착같이 빨아 대던지 젖꼭지를 물고 매달려 떨어지지 않으려고 안간힘을 쓰는 것 같았어. 내가 아기 낳은 걸 어떻게 알았는지 바늘 장수가 찾아왔어. 아기를 들어 품에 안더니 손가락을 셌어. 니, 얼, 산, 스······. 나도 같이 셌어. 하나, 둘, 셋, 넷······ 열 개였어. 손가락이 열 개인 게 신기했어. 왜 하나가 모자라지 않지? 하나가 모자랄 줄 알았거든. 옳은 아기를 못 낳을 줄 알았는데 옳은 아기를 낳다니. 옳지 않은 아기를 낳을까 봐 무서웠거든. 바늘 장수가 아기 값으로 머릿기름 한 병을 내 머리맡에 두고 아기를 데려갔어. 젖 하나를 떼어 바늘 장수한테 들려 주고 싶었어. 아기가 배고파서 울면 물려 주라고. 병신 아기였으면 바늘 장수가 안 데려갔을 거야. 병신 아기는 팔아먹을 수 없으니까."

레이코 언니는 간단후쿠들과 함께 가시철조망 울타리에 매달려 바늘 장수를 기다린다. 바늘 장수는 그녀의 아기를 데려간 뒤로 발길을 끊었다. 내 고향에서는 오던 방물장수가 오지 않으면 마을 여자들이 그를 기다렸다. 스즈랑에서는 오던 바늘 장수가 오지 않으면 여자애들이 그녀를 기다린다.

좋은 공장이자 군인을 데리고 자는 공장의 여자애가 옳은 아기를 낳으면 바늘 장수가 데려간다. 그럼, 옳지 않은 아기를 낳으면 누가 데려가나.

몸

　몸은 또 하나의 가시철조망 울타리다.

　몸은 보따리이기도 하다. 몸이 있는 곳에 내가 있다. 그래서 나는 여기, 만주에, 스즈랑에 있는 것이다. 몸이 여기, 만주에, 스즈랑에 있으니까. 몸이 가면 나도 간다. 몸이 트럭으로, 기차로 던져지면 나도 함께 던져진다.

　군표와 삿쿠처럼. 군인과 오토상처럼. 귀리죽과 막사발처럼. 몸과 나는 한통속이다.

　오토상이 간단후쿠에, 널빤지 방에, 귀리죽에, 빚에, 괘종시계의 뎅뎅 소리에 가두고 있는 것도 내 몸이다.

　요코라는 이름은 오토상이 내 몸에 달아 준 문패 같은 거다.

　몸은 뭘까. 막사발 같은 걸까.

그러면 나는 막사발에 담긴 귀리죽이나 수제비 같은 걸까.

뼈, 살덩이, 살갗, 피, 머리카락, 털, 손톱, 발톱, 심장, 폐, 오줌보, 아래, 아기집, 입, 이빨, 귀, 눈동자……. 몸은 딱딱하고 물컹하다.

나는 이름이 네 개다. 아버지가 지어 준 이름인 개나리, 오토상이 지어 준 이름인 요코, 전투를 앞둔 군인이 지어 준 이름인 교코. 전투에서 살아 돌아온 군인이 지어 준 이름인 아이코. 이름은 영혼이다. 그래서 내 몸에는 영혼 네 개가 모여 산다. 개나리, 요코, 교코, 아이코.

영혼들은 몸에서 놓여나고 싶다. 내 몸을 떠나 다른 곳에 깃들고 싶다. 몸은 네 개의 영혼이 살기에는 약골이고 자주 병에 걸린다. 몸이 아프면 영혼들도 아프다. 몸이 배고프면 영혼들도 배고프다. 몸에서 이가 들끓으면 영혼들도 간지러워서 미칠 것 같다. 방문에 빨간색 천 조각이 걸리면 영혼들은 몸이 죽을까 봐 겁에 질린다. 영혼들은 호시탐탐 다른 몸으로 옮겨 가 볼까 싶어서 담 너머 건넛집을 엿보듯 다른 여자애들의 몸을 흘끔흘끔 곁눈질하지만 스즈랑에는 이들이 깃들고 싶은 여자애가 없다. 다들 소금에 절인 배춧잎처럼 풀이 죽어 있고, 눈빛은 생기 하나 없이 흐리멍덩하고, 늘 배고픈 입은 하품을 달고 산다. 위생 검사를 받으러 갈 때마다 다른 곳에서 온 여자애들을 눈여겨 살펴보지만 도긴개긴이다.

간혹 몰래 떠나는 영혼이 있다. 영혼은 멀리 가지 못하고 몸으로 되돌아온다. 영혼들은 자신을 놓아주지 않는 게 몸이 아니라 다른 영혼들 같을 때가 있다. 서로서로 쇠사슬이 돼 옭아매고 있는 스즈랑의 여자애들처럼 영혼들도 서로서로 옭아매고 있는 것 같은 때가. 그런 생각이 들 때면 영혼들은 서로를 원망하고 저주를 퍼붓는다. 몸이 받아먹는 귀리죽 한 숟가락은 긴단후구가 돼 영혼에게 던져진다. 영혼은 그걸 받아입고 간단후쿠가 된다.

'네 거기는 시궁창보다 더러워.'

'넌 처녀가 아니어서 고향에 돌아가도 시집을 못 갈 거야.'

영혼들이 내 몸에서 나가고 싶어 하는 게 느껴질 때가 있다. 그럼 나는 새장 속에 가둔 새를 한 마리씩 날려 보내듯 영혼들을 하나씩 날려 보낸다. 새장 문을 열듯 입을 벌리고, 눈빛을 흐리고.

영혼들 중 가장 고집이 센 영혼은 요코다. 얼마나 고집이 센지, 내가 아무리 날려 보내려고 해도 날아가지 않는다. 겨우 날려 보내면 오토상이나 스즈랑의 여자애들 중 하나가 도로 내 몸에 넣어 준다. "요코!" 하고 불러서.

나는 고향 집 마당으로 들어서며 얼결에 소리칠까 봐 걱정된다.

'엄마, 요코 왔어요!'

들판에 어스름이 내리기 시작하면 몸은 숨고 싶다. 하지만 스즈랑에는 몸이 숨을 만한 곳이 없다. 부엌에는 할아버지가 있고, 방마다 여자애들이 있다. 몸은 궁한 나머지 간단후쿠 속에 숨는다. 간단후쿠는 고향에서 동생들과 숨바꼭질을 할 때 내가 숨곤 하던 감자 창고만큼 깊지만 구멍이 네 개나 뚫려 있다. '가랑잎으로 눈 가리고 아웅한다.'라는 고향 속담처럼, 몸은 구멍들 밖으로 얼굴과 두 팔과 두 다리를 다 내놓고는 숨었다고 생각한다.

내가 몸을 위해 할 수 있는 것은, 몸에 다녀가는 군인의 개수를 세는 것이다.

그리고 내가 몸을 위해 할 수 있는 것은, 삿쿠를 끼지 않고 몸에 다녀가려는 군인에게 '삿쿠를 껴요.'라고 말하는 것이다.

그리고 내가 몸을 위해 할 수 있는 것은, 군표를 내지 않고 몸에 다녀가려는 군인에게 '군표를 내요.'라고 말하는 것이다.

나는 몸에서 달아날 궁리를 한다. 나는 꿈에서 아주 잠깐 몸이 아닌 곳에서 헤매다 몸으로 되던져진다. 나는 몸에서 달아날 기회를 엿본다. 밤새 돌림노래를 부르고 몸이 기진맥진해 있을 때. 몸이 삿쿠와 빨랫거리를 놋대야에 담아 이고 강을 찾아갈 때. 그런데 나는 몸에서 달아난 적이 없어서, 어떻게 달아나야 하는지 모른다.

몸이 없어지면 몸에서 놓여날 수 있으려나. 몸은 걸핏하면

멍들고, 찢어지고, 피가 나고, 무서워서 떤다.

나는 차라리 몸을 없애고 싶다. 그런데 몸은 없어지기는커녕 간단후쿠를 입고 또 하나의 스즈랑이 된다. 세상에 이런 곳이 있었나 싶은 곳이 된다.

스즈랑은 군인들 때문에 있다. 스즈랑이 된 내 몸도 군인들 때문에 있다.

빙에서 나와 변소로 걸어가던 나는 부심코 레이코 언니의 방 안을 들여다본다. 다다미 위에 놓여 있는 가위가 눈에 들어온다. 레이코 언니는 보이지 않는다. 부엌에서 그녀의 목소리가 들려온다. 그녀는 고향 말과 일본 말을 마구 뒤섞어 떠들고 있다. 할아버지도 중국 말로 뭐라 뭐라 중얼거리고 있다.

변소에 다녀올 때까지도 무쇠 가위가 여전히 다다미 위에 놓여 있다.

방으로 돌아온 나는 방문을 꼭 닫고 무쇠 가위로 손톱을 깎기 시작한다. 묵직한 무쇠 가위의 두 날에 잘린 손톱이 사방에 날린다. 철컹철컹, 내가 실려 온 기차의 쇠바퀴가 내는 것 같은 소리를 내는 무쇠 가위로 몸을 없앨 수 있을 것 같다. 머리부터 발톱까지 손톱을 깎듯 조금씩 깎아서.

머리카락을 잘라 나가는데 방문이 덜컥 열린다. 레이코 언니가 눈꼬리를 치켜 올리고 나를 쏘아본다. 그녀의 꽉 다물린 입이 움찔움찔한다.

"내 무쇠 가위를 누가 훔쳐 갔나 했더니, 요코 너였어?"

레이코 언니가 내 뺨을 찰싹 소리가 나도록 때린다.

"도둑년!"

그녀는 내 뺨을 한차례 더 찰싹 소리가 나도록 때리고 무쇠 가위를 빼앗듯 가져간다.

스즈랑에서는 군인들이 여자애를 때린다.

스즈랑에서는 오토상이 여자애를 때린다.

스즈랑에서는 여자애가 여자애를 때린다. 레이코 언니가 손바닥으로 내 뺨을 때릴 때 그녀의 얼굴은 화가 난 군인의 얼굴 같았다. 기분이 이상하다. 군인에게 맞았을 때보다 덜 아프다. 오토상에게 맞았을 때보다 덜 화가 난다. 그런데 엉엉 소리 내 울고 싶을 만큼 서럽고 슬프다.

레이코 언니에게 양 뺨을 얻어맞으니 몸을 더 없애고 싶다.

몸이 없으면, 그래서 입이 없으면, 배고픈 것도 모르겠지.

몸이 없으면, 그래서 얼굴이 없으면, 내 얼굴이 엄마 얼굴보다 늙은 것도 모르겠지.

몸이 없으면, 간단후쿠를 입지 않아도 되고 군인들을 데리고 자지 않아도 될 텐데.

몸이 없으면, 트럭으로 기차로 날 던지지 못했을 텐데.

하지만 몸이 없으면 집에 돌아가지 못한다. 몸 없이 집에 어찌어찌 돌아간다 해도, 내가 돌아온 걸 엄마나 동생들이 모른다.

귀리죽 쑤는 냄새를 맡고 나는 부엌으로 간다. 막사발을 손바닥에 받쳐 들고 귀리죽을 입으로 흘려 넣던 요시에가 날 보고는 말한다.

"요코 언니, 군인한테 맞았어요?"

"아니."

"오도싱한테 맞았어요?"

"아니."

나는 레이코 언니에게 맞았다고 말하지 못한다. 그럼 그녀는 내가 무쇠 가위를 훔쳐 갔다고 동네방네 떠들 것이다. 그럼 물건이 없어지기라도 하면 다들 내가 훔쳐 갔다고 의심할 것이다.

나는 하나코 언니와 요시에 사이에 끼어 앉는다. 귀리죽이 담긴 막사발을 내 앞으로 끌어당긴다.

"도둑년!" 레이코 언니가 날 흘겨본다.

나는 못 들은 척 나무 숟가락으로 쥐똥을 건져 부엌 바닥에 버리고 귀리죽을 떠 입으로 가져간다.

귀리죽을 떠먹던 아유미가 헛구역질을 한다.

"아유미, 아기 가졌어?"

레이코 언니의 한마디에 여자애들의 눈길이 아유미를 향한다.

다음 날, 나는 아유미의 방 앞을 지나가며 그녀가 우는 소리를 듣는다. 겁에 질려서 우는 울음이다.

며칠 뒤, 아유미가 말한다. 바둑알만 한 흑설탕을 입에 넣고 녹여 먹으며.

"아기 가진 줄 알고 무서워서 죽는 줄 알았어."

아유미, 요시에, 나. 그렇게 셋은 한 나뭇가지에 앉은 제비들처럼 가시철조망 울타리 앞에 쪼르르 앉아 있다. 아유미는 간단후쿠 안에 속옷을 입었다. 스즈랑의 여자애가 속옷을 입었다는 것은 생리를 한다는 것이다.

아유미가 또 말한다. "아기를 가질까 봐 무서워. 오토상이 그랬거든. 아기를 또 가지면 배를 찢고 아기집을 들어낼 거라고."

"아기집이요?" 요시에가 묻는다.

"아기 생기는 곳. 아기집을 들어내면 아기를 못 가져. 전쟁 끝나고 집에 돌아가 시집가면 아기를 낳아야 하는데. 여자는 시집가면 자식을 낳아야 해. 자식을 못 낳으면 소박맞아."

나는 아기 가진 걸 들키지 않으려 군인들을 데리고 잔다.
나는 아기 가진 걸 들키지 않으려 구역질이 나려고 하면 귀리죽을 먹다가도 변소에 가는 척 부엌을 나온다.

나는 없애고 싶은 몸을 씻긴다.
나는 없애고 싶은 몸을 먹인다.

나는 없애고 싶은 몸에 간단후쿠를 입힌다.

나는 없애고 싶은 몸에 햇볕을 쬐어 주고 들판에서 불어오는 바람을 쐬어 준다.

내 몸은 어떻게 생겼을까. 비루하고 구질구질할까. 흉측하고 역겨울까. 나는 내 몸을 제대로 본 적이 없다.

나는 방문을 열어 두고 지난밤 군인이 흘리고 간 담배를 피운다. 나는 에이코 언니한테 담배를 배웠다. 그녀는 군인한테 담배를 배웠다. 스즈랑에 온 지 넉 달쯤 됐을 때, 숨이 쉬어지지 않아 내가 주먹으로 가슴을 때리며 괴로워하자 에이코 언니가 자신의 입에 물려 있던 담배를 내 입에 물려 주었다. 그녀가 시키는 대로 담배 연기를 들이마시고 내쉬자 숨이 겨우 쉬어졌다.

요시에가 맹꽁이가 매달려 있는 것 같은 배를 내밀고 뒤뚱뒤뚱 내 방 앞을 지나간다. 쇄골이 고구마 캔 자리처럼 움푹이 꺼져 있다. 납작 눌린 엉덩이가 오금까지 내려와 있다. 내 몸도 저렇게 생겼을까.

레이코 언니가 방에서 나와 가시철조망 울타리로 걸어간다. 그녀의 몸은 말라 비틀어진 북어 같다. 군인들에게 밉게 보이려고 일부러 빗지 않는 머리는 꽃이 다 진 개나리 덤불 같다. 내 몸도 저렇게 생겼을까.

아유미의 몸은 무르기 시작한 오이 같다. 내 몸도 저렇게 생겼을까.

오토상한테 군표를 가져다줄 때마다 내 몸이 오토상 것이라는 걸 깨닫는다. 돌림노래를 부를 때는 군인들 것이라는 걸. 그럼 내 몸속 아기는 누구 것일까.

부엌에 가니 요시에, 아유미, 나나코, 하나코 언니, 나오미, 레이코 언니가 밥상에 둘러앉아 수제비를 먹고 있다. 꼴도 보기 싫은 내 몸 여섯 개가.

이름

스즈랑의 여자애들은 간단후쿠보다 이름이 많다.

때때로 생리 기저귀보다 이름이 많다.

여자애들의 이름이 많은 건, 이름을 지어 주고 싶어 하는 군인들이 있기 때문이다. 자기가 지어 준 이름을 부르며 여자애의 몸에 다녀가고 싶어 하는 군인들이 있기 때문이다.

스즈랑에서 이름이 가장 많은 여자애는 아유미다. 그녀는 이름이 여섯 개나 된다. 아버지가 지어 준 이름인 미자, 오토 상이 지어 준 이름인 아유미, 스즈랑에 온 첫날 그녀를 데리고 잔 늙은 장교가 지어 준 이름인 이케미, 북쪽에서 온 군인이 지어 준 이름인 유미코, 헌병이 지어 준 이름인 게이코, 서쪽에서 온 군인이 지어 준 이름인 사와야카.

이름이 여섯 개여서 아유미는 자신의 영혼이 여섯 개 같다. 이름 하나마다 영혼이 하나씩.

여섯 개의 영혼은 아유미의 몸에 모여 산다. 한 트럭에 실려 가는 여자애들처럼, 한 열차간에 실려 가는 여자애들처럼. 영혼 하나가 슬퍼서 울 때 하나는 아파서 운다. 영혼 하나가 무서워서 울 때 하나는 억울해서, 또 다른 하나는 갑갑해서 운다. 여섯 개의 영혼이 부둥켜 안고 목 놓아 울 때도 있다.

아유미가 귀리죽을 떠먹을 때 영혼 하나가 불쑥 말한다. '콩고물 묻힌 인절미 먹고 싶다.' 그럼 다른 영혼이 기다렸다는 듯 말한다. '나는 깨송편.' 잠자코 있던 다른 영혼들도 말한다. '나는 수수팥떡.' '나는 제비쑥떡.' 영혼들은 일본 여자 이름을 가졌지만 아유미의 할머니와 어머니가 만들어 주던 떡을 먹고 싶어 한다. 아무 말이 없던 영혼이 자다 봉창 두드리듯 말한다. '난 그냥 죽고 싶어.'

여섯 개의 영혼이 떠들어 대기 시작하면 아유미는 자신이 미친 것 같다. 그래서 미치지 않으려고 머리를 주먹으로 때린다.

여섯 개의 영혼이 모여 사는 아유미의 몸은 또 하나의 스즈랑이자 가시철조망 울타리다. 아유미의 몸이 간단후쿠를 입고 군인을 데리고 잘 때, 영혼들도 간단후쿠를 입고 군인을 데리고 잔다.

　상처를 입은 영혼들은 아유미가 차라리 죽어 버렸으면 하는 절망감에 사로잡힌다.

"아유미!"

　오토상이 아유미를 자기 방으로 부른다. 그녀는 나무 숟가락 들 힘도 없는 손으로 오토상의 다리를 주무른다. 깜박깜박 졸며. 괘송시계가 뎅뎅 울고, 오토상은 돼지기름이 묻어 번들거리는 입을 벌리고 코를 세차게 골며 잠에 빠져든다. 영혼들은 오토상이 언제까지나 잠에서 깨어나지 않았으면 싶다. 잠에서 깨어나면 그는 군인들에게 아유미를 던져 줄 것이다. 그녀가 던져질 때 영혼들은 덩달아 던져진다. 오토상은 인신매매 업자에게 아유미를 샀다. 그는 아유미를 스즈랑으로 데려오려 돈을 썼다. 그는 본전을 뽑고, 이문을 한 푼이라도 더 남기고 싶어 한다. 그는 늘그막에 크게 한번 장사를 해 보려고 오사카에서 만주까지 왔다. 군인들과 마찬가지로 배를 타고, 기차를 타고, 트럭을 타고. 그가 오사카에서 하던 장사는 만주에서 벌인 장사와 비슷했다. 그는 만주 벌판에 방 열 칸짜리 여관을 짓고, 여자애 열 명을 사서 방마다 집어넣었다. 여자애 하나가 죽어 빈방이 생기면, 여자애 하나를 구해 와 집어넣었다. 그는 더 많은 방과 더 많은 여자애를 원한다. 하지만 방 한 칸을 더 지으려면, 그리고 여자애 하나를 더 데려오려면 돈이 든다. 그는 이미 돈을 많이 들였다. 만주 벌판 한복판에 스즈랑을 짓느라 든 돈, 여자애들의 몸값으로 쓴 돈, 기차역에서 스즈랑까지 여자애들을 트럭에 태워 데리고 오느라 든 돈, 도망가는 여자애를 쏴 죽일 총과 총알을 사느라 든 돈, 여자애들에게 입힐 간단후쿠를 장만하느라 든 돈, 여자애들에게 하나씩 던져 준 담요를 마련하느라 든 돈, 하루 세 끼 여자애들을 굶기지 않고 먹이려 귀리와 밀가루를 사는 데 든 돈, 소독약과 연고와 비누와 칫솔과 아편을 사느라 든 돈. 그는 천황과 군대를 믿고 투자했다. 그는 만주에서 한밑천 크게 벌어 고향으로 돌아가 돈 걱정 없이 노년을 보내는 게 꿈이다. 여자애들에게만 빚이 있는 게 아니다. 그도 빚을 졌다. 여자애들만 집을 떠나온 게 아니다. 그도 집을 떠나왔다. 장사의 흥패는 전쟁에 달렸다. 전쟁이 승리해야 장사가 흥한다. 전쟁이 승리하려면 군인들의 사기가 하늘을 찔러야 한다. 사기를 높이는 데 어린 여자애들만 한 게 없다.

 영혼들은 때로는 아유미가 아니라 간단후쿠에 붙어 사는 듯한 기분이 든다. 아유미가 다른 간단후쿠로 갈아입으면, 영혼들은 갈아입은 간단후쿠로 옮겨간다.

군인 목소리

하나코 언니는 군인을 보지 못한다.

그녀가 보지 못해도 군인은 있다. 그녀가 보지 못해도 군인은 그녀를 찾아온다. 그녀가 보지 못해도 군인은 그녀의 몸에 다녀간다.

그녀가 보지 못해도 스즈랑은 있다. 가시철조망 울타리도, 들판도, 오토상도 있다.

하나코 언니는 본다는 것이 뭔지 모른다. 모르지만 보고 싶다. 보고 싶다는 말을 스즈랑의 어떤 여자애보다 많이 한다.

스즈랑의 여자애가 되고 그녀는 엄마가 보고 싶다. 아버지와 동생들이 보고 싶다. 스즈랑의 여자애가 되기 전까지 그녀는 하늘, 나무, 구름, 치자처럼 향기 나는 꽃, 나비, 눈송이, 까치, 참새…… 그런 것들이 보고 싶었다.

그녀가 고향 집에서 중얼거리던 '보고 싶어.'와 스즈랑에서 중얼거리는 '보고 싶어.'는 다른 말이다. 앞의 '보고 싶어.'에는 눈이 멀어 태어났다는 슬픔이 깃들어 있다. 뒤의 '보고 싶어.'에는 살아서 집에 돌아가고 싶다는 바람이 담겨 있다.

하나코 언니가 보지 못한다는 걸 알고 군표를 내지 않고 그녀의 몸에 다녀가는 군인들이 있다. 삿쿠를 쓰지 않고 다녀가는 군인들이 있다. 그래서 그녀는 자신이 보지 못한다는 걸 들키지 않으려 군인이 방문을 열고 들어오면 눈꺼풀을 치켜뜨며 말한다.

"군표오오!"*

"삿쿠오오!"**

하지만 벌써 소문이 나서 군인들은 그녀가 앞 못 보는 여자애인 걸 안다. 그녀는 아유미나 에이코 언니만큼이나 군인들에게 인기가 있다.

하나코 언니에게 군인은 옭아매는 무엇이다.

때리고 찌르는 무엇이고, 물어뜯는 무엇이며, 후벼 파는 무엇이다.

---

* 군표오 다시테쿠다사이(군표를 내요).
** 삿쿠오 츠캇테쿠다사이(삿쿠를 써요).

그녀는 군인을 보고 싶다. 군인을 보고 싶지 않다.

그녀가 군인을 보고 싶은 건 군인이 사람 얼굴을 하고 있지 않을 것 같기 때문이다. 그녀가 군인을 보고 싶지 않은 건 군인이 사람 얼굴을 하고 있을 것 같아서다.

군인도 사람이면, 그녀는 태어나서 처음으로 군인 사람한테 맞았다.

군인 사람은 그녀를 때리며 말한다. '바카야로(바보)!'

고향에서 그녀를 때리는 건 나무, 옥수수, 전봇대였다.

고향 마당의 감나무는 그녀를 때리며 말했다. '난 네가 태어나기 전부터 여기 서 있었단다.'

고향 집 뒤에 울타리로 심은 옥수수들은 그녀를 때리며 말했다. '옥수수 아직 안 영글었어.'

고향 신작로의 전봇대는 그녀를 때리며 말했다. '난 내일도 여기 서 있을 거야.'

군인은 꿈에서도 그녀의 몸에 다녀간다. 목소리로 다녀간다. 목소리는 깨져 있다. 그래서 그녀는 목소리가 하는 말을 알아들을 수 없다. 꿈에서도 그녀는 군인을 못 본다. 새벽꿈에 그녀의 몸에 다녀간 군인 목소리는 하나가 아니었다. 둘, 셋, 넷, 다섯, 여섯…… 열 개가 넘는 군인 목소리는 그녀를 그녀의 몸에 가두고 빙글빙글 돌리고 던지기를 하다가 몸에 불을 지르더니 높은 곳에서 떨어뜨렸다. 그녀는 꿈에서도 군인들이 다녀간다는 걸 나나코에게 말하지 않는다. 꿈에 목소리로 다녀가는 군인들은 다른 여자아이들이 모르게 다녀간다. 오토상도, 할아버지도 모르게. 삿쿠도 쓰지 않고, 군표도 내지 않고.

내일 전투에 나갈 군인들이 서쪽 지평선을 넘어와 스즈랑에 몰려온다.

하나코 언니는 군표를 내지 않고 자신의 몸에 들어오려는 군인에게 말한다.

"군표오오!"

군인은 그녀가 알아들을 수 없는 말을 중얼거린다.

"군표오오!"

"오토나시쿠 시로(얌전히 굴어)." 군인이 발로 그녀의 발을 걷어찬다. 그녀의 발이 놀란 새처럼 떨며 떠올랐다 풀썩 떨어진다.

"삿쿠오오!"

"군표오오! 삿쿠오오!" 군인이 그녀의 말투를 흉내 내며 삿쿠를 집어 든다. 흰 소독약 가루가 묻은 삿쿠가 찢어지자 투덜거리며 던져 버린다.

"삿쿠오오!"

"오토나시쿠 시로."

"삿쿠오오!"

하나코 언니는 허벅지를 붙인다. 그녀는 할 수만 있다면 허벅지를 바늘로 꿰매 붙이고 싶다.

"미타, 미타(봤어, 봤어)!"

군인은 그녀의 귀에도 눈동자가 달렸다는 걸 모른다. 그녀는 군표 떨어지는 소리를 못 봤다. 군표는 시든 감나무 잎이 떨어지는 소리를 내며 떨어진다. 그녀는 군인이 몸에 삿쿠를 씌우는 소리도 못 봤다.

"미타, 미타!"

군인은 군표도 안 내고, 삿쿠도 안 쓰고 하나코 언니의 몸에 다녀간다. 한 번. 또 한 번. 그녀는 군인의 얼굴이 보고 싶다. 눈동자는 그녀의 손에도 달렸다. 그녀는 군인의 얼굴로 손을 뻗는다.

"미타! 미타!"

뜨겁고 울퉁불퉁한 군인의 얼굴이 그녀의 손에 잡혀 온다. 그녀는 군인의 얼굴을 자신의 얼굴 가까이 끌어당겨 보려고 입과 이빨을 손으로 움켜잡고 매달린다.

"미타! 미타!"

새로운 돌림노래

 밤새 군인들과 함께 부르던 돌림노래가 끝나면, 새로운 돌림노래가 시작된다.
 '누구 아기일까?'
 돌림노래의 첫 구절은 맷돌처럼 몹시 천천히 돌아간다. '누구 아기일까?' 똑같은 노랫말이 반복되고 점점 빨라지며 이어진다. 술 취한 군인들이 반쯤 부숴 놓은 변소 문짝이 장단을 맞추겠다고 끽끽 소리를 낸다.
 내가 알지 못하는 사이에 노랫말이 슬그머니 바뀐다.
 '군인의 아기일까?'
 '꾸벅 인사를 하고는 여우볕에 콩 볶아 먹듯 내 몸에 다녀간 군인의 아기일까?'

'찢어진 삿쿠를 쓰고 내 몸에 다녀간 군인의 아기일까?'

'매미처럼 앵앵거리는 소리로 애인의 이름을 부르며 내 몸에 다녀간 군인의 아기일까?'

'먹던 건빵 봉지를 흘리고 간 군인의 아기일까?'

'1엔짜리 반쪽을 내 얼굴에 던져 주고 간 군인의 아기일까?'

'군인이 아니라 군인들 아기일까?'

돌림노래는 처음으로 되돌아간다. '누구 아기일까?'

처음과 끝이 같아서 돌림노래는 끝나지 않는다.

나는 몸을 일으킨다.

들뜬 문 틈으로 바람이 드나들며 내는 소리가 아버지가 부르던 휘파람 소리를 닮았다. 휘이. 휘이. 너덜너덜 해져 깃털 뭉치 같은 저고리를 입고 언덕배기에 서 있는 아버지는 한 마리 새였다. 도끼는 부리였다. 앙상한 산벚나무는 살을 다 발리고 가시만 남은 물고기였다. 아버지가 입을 골무 모양으로 만들고 부르는 휘파람 소리는 배고픈 새의 지저귐이었다. 얼마 뒤 아버지는 20리 너머에 있는 집에 머슴을 살러 갔다. 20리 안에는 아버지가 머슴을 살 만한 집이 없었다.

나는 깡통 밖에 떨어져 있는 군표를 집어 든다. 군표를 날리며 중얼거린다. '아버지, 이걸로 광목천 떠다 옷 한 벌 지어 입어요.' 군표는 제비가 돼 아버지를 향해 곧장 날아간다. 날려 보내고 나서야 나는 군표에 군인 콧물이 묻었다는 걸 깨닫는다. 옷 한 벌을 지어 입으려면 광목천이 다섯 마는 있어야 한다. 나는 군표 한 장으로 광목천을 몇 마나 뜰 수 있는지 모른다.

실 공장에서 돈을 벌면 가장 먼저 쌀 한 말 살 돈을 집에 부쳐 주고 싶었다. 그리고 돈이 또 좀 모아지면 광목천 다섯 마를 뜰 수 있는 돈을 부쳐 주고 싶었다. 아버지 옷 한 벌 지어 드리라고. 광목천이 남으면 막둥이 바지도 한 벌 지어 주고. 돈이 많이 모아지면 논 한 뙈기라도 사서 벼농사 지어 먹으라고 부쳐 주고 싶었다. 시집갈 나이가 되면 암송아지 한 마리 살 돈을 들고 집에 돌아가고 싶었다.

어제까지 내가 오토상에게 가장 하고 싶은 말은 '나, 집에 보내 줘요'.

오늘 내가 오토상에게 가장 하고 싶은 말은 '나, 실 공장에 보내 줘요'. 실 공장에 가는 줄 알고 온 데가 스즈랑이라는 걸 깜박 잊고는.

"언니."

가시철조망 앞에 서 있던 레이코 언니가 고개를 홱 돌리고 날 쏘아본다. 그녀는 여전히 내게 화가 나 있다. 내가 무쇠 가위를 몰래 가져간 것 때문에.

"아기요."

"뭐?"

"바늘 장수가 데려간 아기요. 누구 아기예요?"

"요코, 아기 가졌어?"

나는 고개를 흔든다.

"조심해. 아기를 갖는 건 지옥에 떨어져서 무서운 벌을 받는 것하고 똑같아. 죽 쒀서 개 준다더니 바늘 장수한테 줘 버릴 걸 아득바득 아기를 낳았을까."

"낳고 싶었어요?"

"뭐?"

"아기요, 낳고 싶어서 낳았어요?"

"아기를 낳으면 오토상이 아기하고 날 스즈랑에서 쫓아 버릴 줄 알았어. 아기가 태어날 때가 돼서야 아기를 하나가 아니라 열을 낳아도 날 절대 쫓아 버리지 않을 거라는 걸 알았지. 아니 아니야, 아기가 죽지 않아서 낳은 거야."

도리도리하듯 머리를 흔들던 그녀가 날 째려본다.

"요코, 아기 얘기 한 번만 더 꺼냈다간 나한테 또 맞을 줄 알아."

그녀는 누구 아기인지 말해 주지 않고 자기 방으로 들어가 버린다.

스즈랑의 여자애가 군인의 아기를 갖는 건 이상한 일이 아니다. 남자하고 여자가 자면 아기가 생긴다. 스즈랑의 여자애들은 군인과 잔다. 스즈랑의 여자애가 군인의 아기를 갖는 건 이상한 일이다. 그건 쥐가 고양이의 새끼를 갖는 것과 같다.

그런데 나는 남자하고 여자가 자는 게 뭔지 정말로 모른다.

군인하고 여자애가 자는 게 뭔지도 진짜로, 죽었다 깨어나도 모른다.

군인하고 조센삐가 자는 게 뭔지는 알 것도 같다. 그건 만주 들판에서 군인이 조센삐를 데리고 벌이는 위문 공연이다.

조센삐 엄마

"전쟁이 언제나 끝날까?"

전쟁 이야기라면 우리는 귀리죽만큼이나 질렸다. 하지만 우리는 또 전쟁 이야기를 한다. 냄새도 맡기 싫지만 먹을 게 그것뿐이어서 귀리죽을 먹듯 전쟁 이야기 말고는 할 얘기가 없어서. 고향 얘기나 가족들 얘기는 별로 하고 싶지 않다.

"이기든 해야 끝나겠지." 나오미가 말한다.

"전쟁이 이기고 있대?" 아유미가 전쟁이 남의 일인 듯 말한다.

"이기고 있다는데요." 요시에가 말한다.

"누가 그래?" 아유미가 묻는다.

"어제 내 방에 다녀간 군인이요." 요시에가 말한다.

"너 일본 말 모르잖아." 나오미가 말한다.

"세에후쿠는 알아요. 세에후쿠, 세에후쿠 했단 말이에요." 요시에가 말한다.

"바보야, 세에후쿠는 널 정복하겠다는 말이야. 콘야 와타시와 아나타오 세에후쿠스루(오늘 밤 나는 너를 정복한다)." 에이코 언니가 말한다.

우리는 전쟁을 보지 못했다. 우리가 날마다 보는 건 전쟁이 아니라 군인들이다. 그리고 위생 검사소 막사에 있는 군의관과 간호사다. 그리고 조센삐라고 불리는 여자애들이다. 고향 집에 있을 때 세상이 어떻게 돌아가는지 모르던 우리는 만주에 와서는 전쟁이 어떻게 돌아가는지 모른다.

나는 전쟁을 보고 싶지 않다. 그런데 전쟁이 어떤 모습인지 궁금할 때가 있다. 전투에서 여러 번 살아 돌아온 군인의 모습이 전쟁의 모습일까.

단골처럼 나를 찾아오던 군인이 있었다.

처음 날 찾아왔을 때 그 군인은 지나가다 '길을 물으려' 내 방에 든 사람처럼 굴었다. 쑥스러워하며 꾸벅 인사를 해 온 뒤 공손히 내 몸에 다녀갔다.

두 번째 찾아왔을 때는 '지나가다 목이 몹시 말라 냉수를 한 잔 얻어 마시러' 내 방에 든 사람 같았다. 번갯불에 콩 볶아먹듯 황급히 내 몸에 다녀갔다.

세 번째 찾아왔을 때는 '도둑맞은 닭이나 염소를 되찾으러' 내 방에 든 사람 같았다. 내 머리채를 잡아당기며 내 몸에 다녀갔다.

한참이 지나 다시 찾아온 군인은 내가 '바람나 자식새끼를 내팽개치고 집 나간 마누라'라도 되는 듯 날 목 졸라 죽이려고 했다.

나노 전쟁의 모습일까. 군인들은 자기 몸과 목소리와 군복에 찌든 전쟁을 내 몸과 간단후쿠에 묻히고 간다. 탄약 냄새, 괴성, 울부짖음, 발광, 경련. 눈동자가 마주칠 때 군인의 눈동자에 묻어 있던 전쟁이 내 눈동자에 묻어난다.

"삐!"

"저것들 또 왔네!" 레이코 언니가 강 건너를 바라본다.

우리는 우리를 조센삐라고 놀려 대는 사내아이들이 야속하고 괘씸하면서도, 우리가 강을 떠날 때까지 나타나지 않으면 괜히 서운한 마음이 든다. 우리를 잊은 건가 싶어서.

"삐!"

"조센삐!"

아유미가 사내아이들을 바라보며 웃는다. 그녀는 사내아이들을 남동생들같이 여긴다. 그녀가 집을 떠나오던 날, 가장 어린 남동생이 울면서 신작로까지 그녀를 따라왔다. 남동생이 계속 따라와서 그녀는 신작로에 나뒹구는 돌멩이를 집어던졌다. 돌멩이에 다리를 맞은 남동생이 울면서 소리쳤다. "누나, 딱 세 밤만 자고 와!" 앞니 세 개가 빠진 남동생에게는 세 밤이 가장 많은 밤이었다. 세 밤은 그녀가 기차에 실려 가는 동안 지나갔다. 세 밤은 옥수수 세 개가 아니다. 삿쿠 세 개도 아니다. 세 밤은 셀 수 없다. 그녀는 맨 앞에서 '삐!'를 외쳐 대는 사내아이가 막내 남동생으로 보인다. 세 밤이 지나도 누나가 오지 않자 누나를 찾아 만주까지 온 것이다.

하나코 언니가 해쓱한 얼굴을 들어 강 너머를 바라본다. 눈동자를 덮고 있는 눈꺼풀을 떨며 말한다. "못 보던 애가 있네."

간단후쿠를 강물 속에 담그고 흔들던 나오미가 강바닥의 돌멩이를 집어들어 강 건너로 던진다. 돌멩이는 날아가다 말고 강물 속으로 떨어진다. 그 틈을 타 간단후쿠가 강물에 실려 떠내려간다. 나오미가 첨벙첨벙 뛰어가 간단후쿠를 잡는다. 오토상은 여자애들이 도망가게 두지 않는다. 그리고 여자애들은 간단후쿠가 도망가게 두지 않는다.

사내아이들은 지치지 않고 '삐', '조센삐'를 외쳐 댄다.

전쟁이 끝나고 우리가 떠나면, 그래서 강 어디서도 우리를 볼 수 없으면 사내아이들은 섭섭해할까. 우리가 떠난 걸 모르고 우리를 기다릴까. 강에서 아래를 내놓고 빨래를 하고 머리를 감던 여자애들을 사내아이들은 어떻게 기억할까. 언제까지 기억할까.

"삐! 삐!"

돌에 대고 검은 몸뻬를 치대던 레이코 언니가 몸을 일으킨다. 쇳덩이처럼 힘이 들어간 두 팔을 부르르 떤다. 그녀는 더는 듣고 있을 수 없다. 사내아이들 중 하나가 지난겨울 자신이 낳은 아기 같아서. 아기가 봄비 맞은 죽순처럼 자라서 엄마인 자신을 찾아와 '조센삐!' 하고 부르는 것만 같아서. 그녀는 친엄마가 조센삐인 걸 아기에게 비밀로 해 달라는 말을 바늘 장수에게 하지 못했다.

레이코 언니는 바늘 장수가 들판을 걸어가다 만나는 사람들마다 붙들고 말했을 것 같다. '아기 엄마가 조센삐라오. 삐. 군인들 받아 주는 거시기.' 아기에게도 말했을 것 같다. '널 낳은 친엄마는 조센삐란다. 삐. 군인들 받아 주는 거시기.'

"조센삐!"

부들부들 떨던 레이코 언니가 강물로 저벅저벅 걸어 들어간다. 그녀는 걸어서 강을 건널 기세다. 그러나 반도 못 건너고 발을 헛디뎌 강물 속으로 풍덩 빠진다. 그녀가 허우적거리는 모습을 보고 신이 난 사내아이들이 "조센삐!"를 외치며 멀어진다.

아기는 자신을 낳은 여자가 조센삐인 걸 알면 더럽다고 생각할까. 더러운 구멍에서 자신이 태어난 걸 재수 없어 하며 더러운 구멍을 미워하고 욕할까. 더러운 구멍에서 태어나서 자기도 더럽다고 생각할까.

널뛰기 놀이

"어디 갔다 왔다고 할 거야?"

아유미의 그 말 때문에 내 마음은 널뛰기 놀이를 시작한다. 고향에서 하던, 더 높이 뛰어오르는 쪽이 이기는 놀이다.

널빤지 한쪽 끝에 집에 가고 싶다가 서 있다. 그 반대쪽 끝에는 집에 가고 싶지 않다가 서 있다.

둘 다 단발머리에 귀리색 광목 간단후쿠를 입고, 수레바퀴에 깔려 죽은 쥐 같은 헝겊신을 신었다. 간단후쿠 안에는 아무것도 입지 않았다.

집에 가고 싶다가 두 팔을 옆구리에 붙이고 등허리를 활처럼 말아 앞으로 숙이며 하늘을 향해 튕겨 오른다. 간단후쿠가 우산처럼 부풀어 오르고, 머리카락이 쭈뼛쭈뼛 일어선다.

집에 가고 싶다가 내려서자 숨을 고르던 집에 가고 싶지 않다가 하늘을 향해 튕겨 오른다.

둘은 번갈아 가며 비상과 착지를 반복한다.

하늘에는 간호사 모자가 떠 있다.

집에 가고 싶다는 하늘을 향해 점점 더 높이 튕겨 오른다. 하늘을 뚫고 그 너머로 날아가 버릴 듯 높이, 높이, 더 높이.

집에 가고 싶다가 내려오고, 집에 가고 싶지 않다가 널빤지를 박차고 힘차게 솟구쳐 단박에 구름까지 날아오른다.

집에 가고 싶지만 집에 갈 수 없다. 집에 가려면 기차를 타야 한다. 나는 기차역이 어디에 있는지 모른다. 물어물어 기차역을 찾아간다고 해도 기차를 타려면 기차표가 있어야 한다. 군표로 기차표를 살 수 있을까. 오토상 몰래 모은 군표 여섯 장으로. 기차표를 살 수 있다고 해도 나는 내가 번쩍 들려 기차간으로 던져진 기차역을 모른다. 그래서 어디까지 가는 기차표를 사야 하는지 모른다.

그래도 집에 돌아갈 수 있다면 어디에 다녀왔다고 해야 하나? 그냥 실 공장에 다녀왔다고 해야 하나? 만주 실 공장에서 밤마다 간단후쿠를 입고 실을 자았다고. 실 공장에서 번 돈은 잃어버렸다고 해야 하나? 집에 돌아가는 길에 아기가 태어나면 어쩌지? 아기는 어쩌지? 누구 아기냐고 하면 뭐라고 하나? 군인 아기라고 해야 하나? 군인들 아기.

집에 가고 싶지 않다는 간호사 모자에 얼굴을 파묻고 잠들어 버린다.

"내가 집에 편지 써 줄까?"
내가 눈만 끔벅거리자 나오미가 또 말한다.
"불러 봐."
뭐라고 써야 할지 모르겠어서 나는 여전히 눈만 끔벅거린다.
닳는 것은 땅에 편지를 쓰는 나오미의 손가락이 아니다. 집에 편지를 쓰고 싶은 마음이다.
나는 내가 글자를 몰라서 편지를 쓰지 못한다고 생각했다. 그러다 글자를 알아도, 그래서 편지를 써도, 그 편지를 부칠 방도가 없다는 걸 알았다. 나는 그래서 치요처럼 강물에 편지를 쓰고 싶었다. 강물을 따라 흘러가는 편지를. 강물이 어디로 흘러가는지 모르지만. 그런데 치요가 강물 물낯에 손가락을 가져가면 저절로 피어났던 글자가 내 손가락 끝에서는 좀처럼 피어나지 않는다.
은행나무 아래서 헤어지며 나는 엄마에게 말했다. '실 공장에 도착하면 꼭 편지 할게요.'
도착은 닿는 게 아니다.
도착은 떨어지는 것이다. 새가 날아가다 사냥꾼이 쏜 총알에 날개를 맞고 떨어지듯.

생각해 보니 나는 '실 공장에 도착하면 꼭 편지 할게요.'라고 말하지 않았다. 나는 집을 떠나기 전까지 도착이라는 말을 몰랐으니까. 그래서 날 만주까지 데려온 사내가 기차에서 여자애들에게 한 말이 무슨 말인지 몰랐다. 기차가 굴속으로 삼켜졌다 토해졌을 때, 함께 실려 가던 여자애들 중 하나가 물었다. "어디 가는 거예요?" 사내가 말했다. "도착하면 안다."

도착은 도착하면 안다.

도착이라는 말을 모를 때 나는 어서 도착하고 싶었다. 도착이라는 말을 알고 나서는 언제까지나 도착하고 싶지 않았다.

"얼른 불러 봐."

보고 싶다고 편지에 쓰려니, 아무도 날 보고 싶어 하지 않아 할 것 같다. 엄마도, 동생들도. 기다리지 말라고 편지에 쓰려니, 이미 날 기다리지 않을 것 같다.

나오미가 말한다. "그럼 집 주소 불러 봐."

"집 주소?"

"집 주소만 써서 보내게."

나오미가 군인 발자국 옆으로 손가락을 가져간다. 그 위에 주소뿐인 편지를 쓰려고.

"집 주소만 써서 보내도 네가 보낸 편지라는 걸 아실 거야."

나는 고향 집 주소를 말하지 못한다. 나는 집 주소를 모른다. 엄마는 내가 집 주소를 모른다는 걸 몰랐을까. 몰랐을 것 같다. 엄마도 집 주소를 모를 것 같다. 내 고향 집은 대문이 없다. 그래서 문패도 없다. 돌아가신 할아버지가 언청이여서 마을 사람들은 내 고향 집을 언청이 집이라고 불렀다. 할아버지가 돌아가신 뒤에도 마을 사람들은 내 고향 집을 언청이 집이라고 불렀다. 나도 내 고향 집을 언청이 집이라고 불렀다.

"집 주소 모르는데."

"집 주소를 모르면 나중에 집에 어떻게 돌아가?"

내가 아무 말도 못 하자 나오미가 땅에 글자 여러 개를 쓰더니 말한다.

"우리 집 주소야."

그녀는 자기 집 주소를 한 자 한 자 높낮이 없이 소리 내더니 말한다.

"외울 수 있겠어?"

내가 아무 말도 않자 나오미가 말한다. "혹시 나는 죽고 너는 살아서 돌아가면, 우리 집 찾아가서 알려 줘. 나오미는 죽어서 집에 오고 싶어도 못 온다고."

나오미는 자기 집 주소를 한 번 더 소리 내 읽는다. 이번에도 역시 한 자 한 자 높낮이 없이.

나오미는 자신이 만주에서 군인을 데리고 자다가 죽을 거라고 말하곤 한다. 하지만 그녀는 죽지 않았고 군인들을 데리고 잔다.

나오미는 자기 집 주소 앞에 나를 놔두고 방으로 들어가 버린다.

군인 발자국이 주소만 쓴 편지를 긴 날개처럼 매달고 들판을 걸어간다. 군인 발자국은 날지 못하는 새가 돼 편지를 매달고 걸어서 걸어서 나오미의 집까지 갈 것이다.

나는 나오미의 집 주소를 외우고 외운다. 까먹지 않고 기억해 두었다 내 집을 못 찾아가면 나오미의 집이라도 찾아가려고.

며칠 뒤 꿈에 나는 나오미의 집을 찾아간다. 나는 걸어서 그녀의 집을 찾아간다. 몇 걸음 안 걸었는데 그녀의 집이다.

나오미와 얼굴이 똑같이 생긴 나오미의 엄마가 날 보자마자 몹시 화난 목소리로 말한다.

'나오미는 안 오고 너만 왔니?'

꿈을 꾼 뒤로, 나는 나오미의 고향 집 주소를 까먹으려고 애쓴다. 내 집 주소도 아닌데 까먹어지지 않는다.

뻐꾸기

레이코 언니는 지난밤 군인이 방에 두고 간 중국술을 마신다. 귀리죽을 안주 삼아.

"내가 일본 여자애였으면 간호복 입고 군인 얼굴에 붕대를 친친 감고 있겠지. 군인 얼굴만 보면 붕대로 감아 버리고 싶어. 턱부터 머리끝까지. 눈, 코, 입, 이마……. 머리카락 한 가닥도 남기지 않고 붕대로 친친 감아서 얼굴을 누에로 만들어 버리고 싶어."

레이코 언니가 귀리죽을 떠먹다 말고 숟가락을 밥상에 탁 소리가 나게 내려놓는다. 몸을 일으키더니 부엌을 나가 오토 상 방으로 간다.

레이코 언니가 몸을 흐느적거리며 "뻐꾹, 뻐꾹." 딸꾹질을 한다.

"뻐꾹 나 뻐꾹뻐꾹 고향에 뻐꾹 보내 줘 뻐꾹뻐꾹."

그녀는 집에 보내 달라고 하지 않는다. 고향에 보내 달라고 한다. 그녀는 고향 얘기는 간혹 해도 고향 집 얘기는 잘 하지 않는다. 그녀의 고향에서는 여름이면 뻐꾸기가 울었다. 그녀는 뻐꾸기 우는 소리를 들으며 냇물을 건너고, 무덤들이 모여 있는 언덕을 넘어 고향 마을을 떠나왔다. 집 나가는 여편네처럼 종종걸음을 놓던 그녀는 불현듯 뒤를 돌아다봤다. 고향 마을은 산모퉁이에 가려 보이지 않았다. 그녀는 뻐꾸기 울음소리를 듣고 다시 걸음을 놓았다. 벌건 대낮이었지만 아무도 그녀가 떠나는 걸 보지 못했다. 버스가 다니는 신작로까지 걸어가는 동안 고향 마을 사람을 한 명도 만나지 않았다. 그래서인지 그녀는 자신이 떠나고 없는 걸 고향 마을 사람들이 모르고 있을 것 같다.

"전쟁에서 이기면 보내 준다." 오토상이 말한다.

"전쟁에서 뻐꾹 이기면? 뻐꾹뻐꾹."

"전쟁에서 이기기만 하면 보내 달라고 안 해도 보내 준다."

레이코 언니는 딸꾹질을 토하며 돌아선다. 부엌으로 와 식은 귀리죽을 숟가락으로 떠 입으로 흘려 넣는다. 혼잣말을 중얼거리다 다시 분연히 몸을 일으키더니 오토상의 방으로 간다.

"뻐꾹뻐꾹 전쟁에서 이기면 뻐꾹 정말 뻐꾹 보내 줄 거야? 뻐꾹? 뻐꾹?"

"전쟁에서 이기면 보내 달라고 보채지 않아도 보내 준다." 오토상이 말한다.

"거짓말 아니지? 뻐꾹뻐꾹."

"내가 너희한테 거짓말한 적 있어?"

"있는데 뻐꾹뻐꾹."

"가 봐!" 오토상이 소리친다.

그녀는 뻐꾹뻐꾹 딸꾹질을 하며 돌아선다. 부엌으로 도로와 술병 속 남은 술을 한꺼번에 입으로 흘려 넣는다.

"뻐꾹 오토상이 뻐꾹 자기는 뻐꾹 거짓말할 줄 뻐꾹 모른다네. 거짓말을 밥 먹듯 해 놓고 뻐꾹뻐꾹 거짓말 같은 거 뻐꾹 할 줄 뻐꾹 모른다네. 뻐꾹뻐꾹."

레이코 언니의 말대로 오토상은 거짓말을 했다. 밥 먹듯 했다. 그런데 딱히 기억나는 거짓말이 없다. 윽박지르고 욕하는 건 거짓말이 아니다. 때리는 것도. 고분고분하게 굴지 않는다고 굶기는 것도. 하루 세 끼 귀리죽만 주는 것도. 밤마다 군인을 데리고 자게 하는 것도. 일본이 전쟁에서 이기려면 너희 한 명이 군인 백 명을 상대해야 한다는 말도 거짓말이 아니다. 그에게 진 우리의 빚이 눈덩이처럼 불어나는 것도 거짓말이 아니다. 그는 돈을 주고 우리를 샀다. 그는 우리를 먹이고,

재우고, 입힌다.

오토상이 우리에게 한 약속은 한 가지다. 전쟁에서 이기면 우리를 집에 보내 주겠다는 약속이다. 그가 그 약속을 지키지 않은 건 전쟁에서 이기지 않았기 때문이다. 아직 전쟁이 끝나지도 않았기 때문이다.

레이코 언니가 몸을 일으키더니 다시 오토상의 방으로 간다.

"뻐꾹뻐꾹 뻐꾹 전쟁에서 지면 뻐꾹?"

"너희가 봉사를 게을리해서 군인들이 전쟁에서 진 거니까 너희 전부 총으로 탕 탕 쏴서 죽인다."

"뻐꾹 뻐꾹뻐꾹 뻐꾹뻐꾹뻐꾹뻐꾹."

레이코 언니의 딸꾹질은 멈추지 않는다.

만주에는 뻐꾸기가 없다. 레이코 언니의 몸속에는 뻐꾸기가 있다. 그녀의 몸속에 있는 뻐꾸기는 그녀가 술만 마시면 운다. 고향에 가고 싶은 건 그녀가 아니라 그녀 몸속의 뻐꾸기다.

만주에는 뻐꾸기만 없는 게 아니다. 감나무도 없다. 감꽃을 달여 먹으면 딸꾹질이 멎는다. 하지만 만주에는 감나무가 없으니 감꽃을 구할 수 없다.

검은 보름달

 빡빡머리 군인이 방으로 들어오자마자 무릎을 꿇으며 주저앉는다. 지렛대로 벌려 놓은 것 같은 군인의 입에서 기괴한 신음 소리가 토해진다. 방금 무덤에서 기어 나온 송장처럼 몰골이 끔찍한 군인은 군복 바지조차 제대로 내리지 못한다. 양볼이 움푹 들어가 있다.

"삿쿠! 삿쿠!"

 내 말에 군인이 고개를 끄덕이며 손으로 다다미 바닥을 더듬는다. 앞서 다녀간 군인이 벗어 던지고 간 삿쿠를 집어 든다. 삿쿠에 흥건히 묻은 **콧물**이 군인의 손가락과 손등으로 흘러내린다.

 콧물을 군복 바지에 문질러 훔치는 군인의 머리 위에는 쥐

구멍이자 검은 보름달이 떠 있다. 널빤지 천장에 떠 있는 검은 보름달에는 토끼가 아니라 쥐들이 산다. 쥐들은 절구에 떡방아를 찧는 대신에 새끼를 낳고 낳는다. 쥐들이 떡방아를 찧지 않는 이유는 떡방아 찧을 쌀이 한 톨도 없기 때문이다.

간혹 눈도 안 뜬 새끼 쥐가 검은 보름달에서 떨어진다. 달리다 멈춰 선 기차에서, 트럭에서 들려 던져진 여자애처럼. 오늘 아침에도 새끼 쥐 한 마리가 떨어졌다. 눈이 붙어 있던 새끼 쥐는 분홍 비단으로 지은 간단후쿠를 입고 있었다. 나는 새끼 쥐를 철 반합에 담아 할아버지한테 가져다주었다. 할아버지는 내가 알아들을 수 없는 중국 말을 중얼거리더니, 새끼 쥐를 아궁이 속에 던져 넣었다. 아궁이 위 가마솥에서는 귀리죽이 쑤어지고 있었다. 장작이 활활 타고 있던 아궁이로 던져질 때 새끼 쥐는 고구마였다. 분홍 비단으로 지은 간단후쿠를 입은 고구마였다.

군인의 얼굴이 천장을 향해 들린다. 나는 군인의 입속으로 새끼 쥐가 떨어질까 봐 조마조마하다. 똑바로 가누지 못하는 몸을 그네처럼 앞뒤로 흔들던 군인이 괴성을 지르며 내 몸 위로 엎어진다. 격렬히 떨며 내 몸에 매달린다. 내 배에 대고 뜨거운 입김을 가쁘게 토한다.

"마마, 마마!"
"죽지 마, 죽지 마!"

"마마, 마마!"

"죽으려면 네 엄마 몸 위에서 죽어!"

나는 군인이 죽을까 봐 무섭다. 아니다. 내 몸 위에서 죽을까 봐 무섭다. 아니, 아니다. 군인이 죽는다면 간단후쿠 위에서 죽는 것이다. 나는 간단후쿠를 입고 간단후쿠가 됐으니까. 군인도 군복을 입고 군인이 된 걸까.

내가 군복을 입으면 나도 군인이 되는 걸까. 간단후쿠가 되는 것보다 군인이 되는 게 나으려나. 군인이 되면 밤마다 군인을 데리고 자지 않아도 되니까.

'간단후쿠, 군복, 간단후쿠, 군복……' 나는 머릿속에서 해당화만큼이나 꽃잎이 많이 달린 꽃의 꽃잎을 하나씩 따며 간단후쿠와 군복을 번갈아 중얼거린다. 겹겹이 난 꽃잎은 따도, 따도 있다. 그래서 나는 계속 꽃잎을 딴다. '간단후쿠, 군복, 간단후쿠, 군복, 간단후쿠, 군복……'

난 간단후쿠가 되는 것도 싫지만 군인이 되는 것도 싫다. 난 천왕의 하사품인 여자애들의 아래가 무섭다.

담요

 강에 다녀오니 사쿠라코 언니가 마당에 널브러져 있다. 먹물에 담갔다 꺼낸 것 같은 그녀의 두 다리에 담요가 둘둘 말려 있다. "추워, 추워……." 그녀가 바들바들 떨며 으스스하고 기이한 웃음소리를 흘린다.
 할아버지가 지나가자 사쿠라코 언니가 말한다.
 "나 또 팔아먹으려고요?" 사쿠라코 언니의 눈에는 할아버지가 자신을 팔아먹은 남편으로 보인다.
 레이코 언니가 사쿠라코 언니에게 다가가자 오토상이 소리지른다. "놔둬!"
 우리는 오토상이 사쿠라코 언니를 방에서 끌어내 마당에 놓아둔 이유를 모른다. 햇볕을 좀 쬐라고? 바람을 좀 쐬라고?

하늘을 좀 보라고? 죽으려면 마당에서 죽으라고? 그럼 들판에 내다 버리는 게 한결 수월할 테니까.

사쿠라코 언니가 아편을 하게 된 건 군인들 때문이다. 그녀가 전에 있던 곳의 주인 사내는 그녀에게 아편을 하게 했다. 그걸 하면, 아래서 피고름이 흘러도 아픈 줄 모르고 군인을 데리고 잘 수 있기 때문이다. 그는 여자애들을 데리고 남양으로 떠나서 사구라코 언니를 오토상에게 팔았다. 사쿠라코 언니는 세 번 팔렸다. 한 번은 만주 술집에, 또 한 번은 라쿠엔에, 또 한 번은 스즈랑에. 하지만 그녀는 자신이 한 번 팔렸다고 생각한다. 자신을 판 사람도 남편 한 사람뿐이라고 생각한다. 열 번을 팔렸어도, 스무 번을 팔렸어도, 사쿠라코 언니는 한 번 팔렸다. 그리고 열 사람이, 스무 사람이 그녀를 팔았어도, 사쿠라코 언니를 판 사람은 한 사람이다.

에이코 언니는 사쿠라코 언니를 쳐다보지 못한다. 그녀도 아편을 한다. 그녀는 자신도 사쿠라코 언니처럼 될까 봐 무서운 것이다. 그녀는 강물에 빤 삿쿠와 간단후쿠를 서둘러 널고 자기 방으로 들어가 버린다.

트럭이 흙먼지를 달고 들판을 달려온다.

계급장 없는 군복을 입고 종아리에 누런 광목 각반을 두른 사내가 트럭 운전석에서 내린다. 코 옆에 도토리만 한 사마귀가 있는 사내는 사쿠라코 언니를 보고는 오토상에게 화를 낸다.

사쿠라코 언니에게는 사내도 남편으로 보인다. "나 얼마에 팔아먹었어요?"

레이코 언니가 오토상에게 묻는다. "사쿠라코를 어디로 보내려고요?"

오토상이 말한다. "좋은 데. 너도 갈래?"

사쿠라코 언니의 남편은 집에 팔아먹을 가축이 없어서 마누라를 팔았다. 그녀는 팔리고 나서야 자신이 팔렸다는 걸 알았다고 했다.

어쩌면 사쿠라코 언니는 남편이 자신을 팔려고 한다는 걸 알고도 자신이 안다는 걸 남편이 알까 봐 모르는 척 시치미를 떼고 있었던 게 아닐까. 자신이 알고 있다는 걸 남편이 알면 민망해할까 봐 남편이 내미는 돈을 쭈뼛쭈뼛 받았던 게 아닐까. 자신이 알고 있다는 걸 남편이 안다 해도 마음이 바뀌지 않을 거라고 생각해서.

어쩌면 사쿠라코 언니는 팔고 사는 게 뭔지 몰랐던 게 아닐까. 열일곱 살이던 그녀는 시장에서 물건을 팔아 본 적도, 사 본 적도 없었다.

사쿠라코 언니의 남편이 그녀를 판 건 여자애들을 사고파는 사람들이 있기 때문이었다. 읍내 국숫집에서 그녀를 기다리고 있던 사내나 오토상처럼.

여자애를 사고파는 사람들이 있는 건 여자애들을 '세에후쿠'하고 싶어 하는 군인들이 있기 때문이다. 여자애들을 세에후쿠하는 것은 닭장 속 닭을 세에후쿠하는 것보다 쉽다. 여자애들은 담요 위에 깃털이 뽑힌 닭처럼 누워 있다. 그런데도 군인들은 만주 땅을 세에후쿠한 것처럼 우쭐해한다.

사쿠라코 언니가 실린 트럭이 지평선 너머로 사라졌는데도 계속 팔을 흔드는 산난우후들 속에는 내 간단후쿠도 있다.
'잘 가.'

'잘 가.'라는 말이 내게는 '살아.'라는 말로 들린다. '살아, 살아.'

사쿠라코 언니가 왜 살아야 하지? 군인을 데리고 자야 하니까? 사쿠라코 언니가 죽지 않고 살아서 할 수 있는 게 있다면 아편을 하는 것과 군인을 데리고 자는 것이다.

사쿠라코 언니가 살아야 하는 것은, 남편을 꼭 다시 만나야 하기 때문이다. 남편이 자신을 얼마에 팔았는지 알아야 맘 편히 죽을 수 있기 때문이다.

쓸 만한 건 다 팔아서 아편을 산 줄 알았는데 사쿠라코 언니가 남긴 물건 중 우리가 나누어 가질 것들이 있다.

변소로 걸어가는 요시에의 오른발에 사쿠라코 언니가 두고 간 검은 헝겊신이 신겨 있다. 그녀는 헝겊신이 커서 질질 끌며 걸어간다.

나오미는 철 반합을, 아유미는 광목 보자기를, 레이코 언니는 몸뻬를, 쥐들이 갉아 먹고 남긴 비누 조각은 에이코 언니가 챙겼다.

사쿠라코 언니가 트럭에 실릴 때 그녀의 다리에서 흘러내려 마당에 떨어진 담요는 내가 챙겼다. 담요를 던져 줄 수 없을 만큼 트럭이 멀어지고 나서야 나는 깨달았다. 사쿠라코 언니가 스즈랑을 떠나며 챙겨 갈 만한 게 있었다면 담요였다는 걸.

내가 담요를 슬그머니 주워 드는 걸, 둘둘 말아 들고 내 방으로 가져가는 걸, 하나코 언니가 봤다. 그녀는 모든 걸 보고 있다. 그녀가 보지 못하는 것만 빼고. 그녀가 보지 못하는 것은 군인이다. 군인들이다.

담요 한 장을 깔고 누워 군인을 데리고 자는 것과 두 장 깔고 누워 군인을 데리고 자는 것은 하늘과 땅 차이다. 담요 한 장이 더해지면 어깻죽지와 등허리와 엉덩이가 훨씬 덜 배긴다. 우리의 몸은 살갗이 복숭아 껍질처럼 얇아지고 뼈가 튀어나와 툭하면 멍이 들고 찢겨 피가 흐른다.

담요 때문에 사쿠라코 언니에게 미안한 마음이 들 때마다 나는 사쿠라코 언니가 '좋은 데'로 갔을 거라고 생각하려 애쓴다. 좋은 데는 좋은 데다. 좋은 공장이 좋은 공장인 것처럼 좋은 공장이 어떻게 좋은 공장인지는 그곳에서 지내 봐야지만 알 수 있다. 좋은 데도 어떻게 좋은 데인지 지내 봐야지만 알 수 있다. 좋은 데는 좋은 데지만 나는 좋은 데로 가고 싶지 않다. 좋은 데는 사쿠라코 언니가 팔려 간 곳이니까.

나는 나도 사쿠라코 언니처럼 '좋은 데'로 보내질지 모른다는 불안에 시달린다. 나는 떠나고, 내 보따리는 남겨진다. 여자애들이 내 방에 모여 광목 보따리를 풀어 헤치는 장면이 내 머릿속에 그려진다. 레이코 언니가 광목 보따리를 풀어헤치자마자 대나무 참빗을 집어 들며 말한다. '참빗은 내가 가질래.' 아유미는 치마와 저고리를 챙긴다. 그녀는 그것들로 생리 기저귀를 만들 것이다. 건빵 한 봉지와 생리 기저귀는 요시에가 갖는다. 내가 오토상 모르게 모은 군표는 그새 누군가가 몰래 챙겨 보따리 속에 없다. 에이코 언니는 놋대야를, 나오미는 철 반합을 챙겼다. 담요 두 장은 나나코와 하나코 언니가 하나씩 나누어 가졌다. 삿쿠와 군표를 담던 깡통 두 개는 할아버지가 챙긴다.

보따리는 나 자신이고, 나는 보따리라는 생각은 틀렸다.

보따리가 가지 않아도 나는 간다.

나는 떠나고 보따리는 남는다.

죗값

 레이코 언니의 방 앞에 여자애들이 모여 있다. 레이코 언니는 알을 품은 늙은 암탉처럼 방 안에 앉아 있다.
 여자애들은 지푸라기 하나를 집어 들 의욕도 없다. 물 한 방울만큼의 생기발랄함도, 서리 맞은 부추만큼의 파릇함도 없다. 위생 검사를 받고 돌아온 여자애들에게는 멍함만 있다. 인생을 다 살아 버린 것 같은 표정만 있다. 여자애들은 집 생각도 안 난다. 엄마 생각도 안 난다. 봄에 뜯으러 다니던 나물들 이름도 생각 안 나고, 떡 이름도 생각 안 난다. 여자애들은 돌멩이처럼 아무 생각도, 감정도, 느낌도 없다. 몸이 있으니까 있는 것이다. 여자애들은 오늘이 며칠인지 모른다. 오토상의 괘종시계는 시간이 가는 것만 알려 준다. 날짜가 가는 것은 알려 주지 않는다. 시간은 또 다른 돌림노래여서 돌고, 돌고, 돈다. 여자애들은 살아 있다는 것도, 여기에 있다는 것도 느끼지 못한다. 몸이 여기에 있어서 있는 여자애들 속에는 나도 있다.

요시에가 간단후쿠 속으로 손을 넣어 아래를 긁는다. 그녀는 아래가 또 미치게 간지럽다.

나오미의 배에서 천둥이 친다. 그녀는 손에 움켜쥔 봉지를 열고 건빵 하나를 꺼내 입에 넣는다. 딱딱하고 마른 건빵이 입속에서 침과 섞여 입천장에 닿도록 부풀 때까지 기다린다.

가려움이, 배고픔이, 헛구역질이 여자애들을 여기에 데려다 놓는다. 때마침 지평선에서 검은 새 서너 마리가 떠오른다. 새들은 들판을 가로질러 날아와 스즈랑의 지붕 너머로 날아간다.

"너희들, 우리가 왜 이 개고생을 하는 줄 아니?" 레이코 언니가 묻는다.

"왜요?" 나오미가 묻는다.

"전생에 지은 죄 때문이야."

"전생이요?" 요시에가 손으로 아래를 긁으며 묻는다.

"전생에 지은 죄 때문에 우리가 이 먼 데까지 끌려와 이 개고생을 하는 거야."

"난 전생에 아무 죄도 안 지었는데요." 요시에가 말한다.

"요시에, 넌 전생에 뭐였지?"

"전생에……." 요시에가 우물쭈물한다.

"전생에 자기가 뭐였는지 아는 사람은 거의 없어. 그래서 무슨 죄를 지었는지도 몰라."

"언니는 알아요?" 나오미가 묻는다.

"나는 전생에 사냥꾼이었어. 새끼를 밴 고라니를 죽여서 그 죗값을 치르고 있는 거야." 레이코 언니가 말한다.

"언니는 전생을 어떻게 알았어요?" 나오미가 묻는다.

"전생을 봤으니까." 레이코 언니가 말한다. "친척 할아버지한테 전생을 보여 주는 책이 있었어. 엄마가 도랑에서 잡은 미꾸라지로 끓인 어죽 한 대접을 할아버지한테 갖다드리라고 했어. 할아버지가 평생 장가도 안 가고 혼자 외로이 살고 계셨거든. 내가 보는 앞에서 어죽 한 대접을 맛있게 드신 할아버지가 방으로 들어가더니 썩은 낙엽 뭉치 같은 책을 들고 나왔어. 전생을 보여 주는 책이라고 했어. 할아버지가 책을 펼치더니 그림 하나를 내게 보여 줬어. 고라니가 배에 화살 세 개를 맞고 피를 흘리며 눈밭 위에 쓰러져 있었어. 털모자를 쓰고 털옷을 입고 화살을 손에 든 사냥꾼이 그림 귀퉁이에 서 있고. 내가 고라니한테서 눈을 못 떼자 할아버지가 그랬어. 내가 전생에 사냥꾼이었는데 새끼를 가진 고라니를 죽였다고."

"새끼 밴 고라니를 왜 죽였어요?" 내가 묻는다.

"왜? 사냥꾼이니까. 사냥꾼은 토끼, 고라니, 멧돼지를 사냥해 먹고사는 사람이니까. 새끼를 밴 고라니인 줄 알았으면 안 죽였을 거야."

나오미가 몸을 일으킨다. 요시에도 따라서 몸을 일으킨다. 그녀들은 군인들이 오기 전에 잠을 자 두려고 방으로 간다. 레이코 언니의 빙 앞에 나 혼자 남는다.

"정말이야, 뱃속에 새끼를 가진 고라니인 줄 알았으면 안 죽였을 거야."

내가 아무 말이 없자 레이코 언니가 화를 낸다.

"정말이라니까! 전생 그림을 잊고 있었어. 새벽에 변소에 다녀오다 노란 초승달을 봤는데 전생 그림이 떠올랐어. 전생의 죗값을 치르느라 이 고생을 한다고 생각하니까 덜 억울하더라. 죗값을 얼마나 더 치러야 할까. 죽을 때까지 치러야 하는 건 아니겠지."

우리는 모른다. 쑥밭이 된 언덕에 목화밭에, 우물가에, 집 마당에 있던 우리가 왜 천황이 군인들에게 내린 하사품이 돼 스즈랑에 와 있는 것인지. 우리는 알고 싶지만 아무도 말해 주지 않는다. 나를, 우리를 트럭으로, 기차간으로, 다시 트럭으로 던진 사람들도. 우리에게 일본 여자애 이름을 지어 준 오토상도, 밤마다 우리의 몸을 악기 삼아 돌림노래를 부르며 떼로 우리 몸에 다녀가는 군인들도.

오토상은 알고 있을까. 오토상이 우리에 대해서 알고 있는 건 뭘까. 우리의 몸값, 우리가 아침에 가져다준 군표 개수, 우리를 스즈랑까지 데리고 오는 데 든 여비, 우리가 진 빚과 이자.

레이코 언니의 말대로 전생에 지은 죄 때문에 벌을 받고 있는 걸까. 전생에 나는 무슨 죄를 지었을까.

방으로 돌아온 나는 한숨 눈을 붙이려 담요 위에 눕는다. 레이코 언니가 봤다는 그림이 내 방 허공에 펼쳐진다.

폭설이 내려 온통 새하얀 눈밭을 새끼를 가져 배가 부른 고라니가 힘겹게 뛰어간다. 머리에 털모자를 쓴 사냥꾼이 고라니를 뒤쫓고 있다. 고라니는 나다. 사냥꾼은 오토상이다. 그는 군복을 입고 종아리에 각반을 둘렀다. 손에는 화살 대신 총검을 들고 있다. 하늘에는 해도, 달도 없다. 세상이 너무 눈부시게 밝아서 오히려 빛 한 점 없는 깜깜한 밤 같다. 눈밭에는 작은 토끼 발자국조차 없다. 세상이 너무 고요해 나는 뒤를 돌아다본다. 오토상이 내 배를 향해 총 구멍을 겨눈다.

탕!

내 방문이 덜컥 열린다.

"요코, 네가 내 머릿기름 훔쳐 갔지?"

나는 놀라 일어난다. 레이코 언니가 날 노려보고 있다.

그녀는 눈을 가늘게 뜨고 내 머리를 살핀다. 기름기가 돌면 날 머릿기름을 훔쳐 간 도둑으로 몰리고.

"어느 놈이 훔쳐 갔을까?"

조금 뒤 마당에서 그녀의 목소리가 들려왔다. "아유미, 네가 내 머릿기름 훔쳐 갔지?"

레이코 언니는 아무도 그녀의 머릿기름을 훔쳐 가지 않았다는 걸 안다. 바늘 장수가 아기를 데려가며 두고 간 머릿기름을 그녀는 에이코 언니에게 팔았다.

며칠 뒤 레이코 언니가 또 내 방문을 덜컥 열더니 소리친다. "요코, 네가 내 바늘 훔쳐 갔지?"

레이코 언니는 뭔가를 잃어버렸다. 그래서 다른 것들도 잃어버렸다고 생각하는 것이다. 잃어버린 것이 무엇인지, 그녀 자신도 모른다. 그래서 그녀는 잃어버린 걸 찾을 수 없다.

나는 그녀가 어느 날 내게 불쑥 물어 올 것만 같다. '요코, 네가 내 아기 훔쳐 갔지?'

트럭

아유미의 방문에 또 빨간 천 조각이 걸린다.

오토상의 괘종시계가 다섯 번을 운다. 마당에 나와 서 있던 나는 들판을 가로지르며 스즈랑을 향해 달려오는 트럭을 본다. 들판이 넓어서 트럭이 팽이처럼 제자리에서 도는 듯 보인다. 사쿠라코 언니를 싣고 떠났던 트럭이라는 걸 나는 들판에 울리는 소리로 알아차린다. 바퀴 네 개가 내 고향 집 아궁보다 시키멓고 커다란 트럭은 돼지 멱따는 소리를 낸다.

땅에 편지를 쓰고 있던 나오미와 그 옆 요시에가 얼굴을 들고 트럭을 바라본다.

들판을 달리고 있는 것은 트럭뿐이다. 하늘 아래를 달리고 있는 것도. 하늘과 들판 사이를 달리는 것도.

트럭은 달릴 때 트럭이다. 멈춰 서 있을 때 그것은 그냥 네 개의 바퀴 위에 놓여 있는 쇳덩어리다.

들판은 트럭이 달리라고 펼쳐져 있다. 하늘도 트럭이 달리라고 펼쳐져 있다. 간호사의 치마를 닮은 구름 한 점이 트럭이 달리라고 흘러가지 않고 멈춰 있다. 하늘과 들판은 트럭이 그 사이로 달리라고 벌어져 있었다. 귀리죽을 먹고 배고픈 여자애들의 입저럼. 지평선은 트럭이 멀리서 달려왔다는 걸 알려 주려 들판 끝에 놓여 있다.

트럭과 군인들의 닮은 점은 지평선 너머에서 온다는 것이다. 그리고 들판에 내려와 날개를 쉬고 있는 철새들을 허공으로 쫓으며 온다는 것이다. 그리고 스즈랑의 여자애들이 기다리지 않아도 온다는 것이다.

고구마에 호박잎 두 장을 꿰매 놓는 것처럼 생긴 철새 다섯 마리가 트럭을 따라 날아오다 트럭을 앞지른다. 철새들은 종일 볕을 받아 뜨겁게 달구어진 스즈랑의 양철 지붕을 건너뛰고 동쪽으로 날아가 버린다.

들판을 달리는 트럭을 보면 내 심장은 요란히 울리는 징이 된다. 내가 보따리와 함께 트럭에 실려 가고 있는 것 같아서. 나는 트럭이 날 어디로 데려가는지 모른다. 나는 가만히 있는데 트럭이 달린다.

들판을 달리는 트럭에는 여자애가 실렸다. 팔려 가거나 팔려 오는. 여자애의 보따리도 함께 실렸다.

트럭은 길이 없는 들판을 달려 공장에 닿는다. 좋은 공장이자 여자애들이 군인을 데리고 자는 공장에.

기차는 북쪽으로, 북쪽으로 꾸준히 내달린다. 트럭은 미친 들개처럼 사방으로 내달린다. 기차에서는 백설기나 주먹밥, 호박엿 같은 게 여자애들의 보따리 속에 들어 있다. 트럭에서는 백설기 쉰내와 주먹밥 쉰내만 그 안에 들어 있다.

나는 트럭이 처음이었다. 그렇게 부산스럽고, 그렇게 거칠고, 그렇게 시끄럽고, 그렇게 딱딱하고, 그렇게 빠른 건. 고향을 떠나기 전까지, 나는 바퀴 달린 걸 타 본 적이 없었다. 트럭은 기차보다 빨랐다. 기차는 쇠사다리 위를 달리다 큰 마을이 나오면 방앗간의 나락 빻는 기계가 퍼지는 소리를 내며 섰다. 하지만 트럭은 마을이 나와도 서지 않았다. 트럭은 눈 깜짝할 새 10리를 갔다. 또 눈 깜짝할 새 20리를, 30리를 갔다. 고향을 떠나기 전까지 내게 가장 먼 거리는 10리였다. '아리랑 아리랑, 나를 버리고 가시는 임은 10리도 못 가서 발병 난다.' 나는 트럭에 실려 가며 노래를 불렀다. 생각나는 노래가 그 노래뿐이어서. 나는 노래가 부르고 싶었다. 집 한 채 없는 생경스럽고 황량한 풍경이 노래를 부르고 싶게 하는 것인지, 실 공장에 취직해 돈 벌 생각을 하니 마음이 들떠서 노래가 부르고 싶었던 것인지 알 수 없었다. 고향에서 부를 때는 슬프지 않던 노래가 이상하게 슬펐다. 아리랑 아리랑 고개를 넘어가는 노래를 나는 할머니에게 배웠다. 아무도 이름을 지어주지 않아서 평생 이름 없이 살다 돌아가신 할머니는 모르는 나물 이름이 없었다. 모르는 새 이름이 없었다. 물레 돌리는 소리를 내며 울면 물레새, 쏙독 쏙독 울면 쏙독새, 쑥 쑥 울면 쑥새, 뻐꾹뻐꾹 울면 뻐꾹새, 콩을 잘 쪼아 먹으면 콩새, 추측 측 측 방정맞게 울면 족새.

트럭이 계속 달리는데도 풍경은 바뀌지 않았다. 야트막한 산들이 한 번, 그보다 큰 산들이 또 한 번, 그보다 더 큰 산들이 또 한 번 에워싸고 있는 내 고향의 풍경은 이쪽에서 바라볼 때와 저쪽에서 바라볼 때가 달랐다.

트럭이 달리기 시작하고 반나절쯤 지나 하늘에 노을이 번져 오며 풍경이 바뀌었다. 그제야 나는 트럭이 지나온 들판 어딘가에 내가 가진 무언가를 떨어뜨려 두고 온 것 같은 기분이 들었다. 내가 트럭으로 던져질 때 함께 던져진 뭔가. 내 안에 있던, 아니면 보따리 안에 들어 있던 뭔가. 나는 내 안에 있던 뭔가가 떨어졌길 바랐다. 보따리 안에 있는 것은 하나도 잃어버리고 싶지 않았다. 트럭에는 나 말고도 여자애가 셋 더 타고 있었다. 스즈랑까지 오는 동안 트럭은 두 번 섰다. 한 번은 왜 섰는지 모르겠다. 트럭은 먹구름 같은 연기를 내뿜으며 갑자기 서 버렸고 발광하듯 떨다가 다시 달리기 시작했다. 또 한 번은 여자애들이 오줌을 눠야 해서. 나는 보따리를 끌어안고 여자애들과 트럭에서 내렸다. 기차에서부터 오줌을 참은 나는 창피한 걸 잊고 들판에 쪼그려 앉았다. 여자애들이 오줌을 누는 동안, 만두 모자를 쓴 사내도 오줌을 눴다. 그는 오줌을 금세 다 누고는 담배를 피우며 여자애들이 오줌 누는 걸 구경했다. 여자애 하나가 사내에게 물었다. "그릇 공장은 아직 멀었어요?" "그릇 공장? 흐흐 거의 다 왔다." 사내는 웃으며 트럭에 타라는 손짓을 했다. 여자애들이 꾸물거리자 사내가 욕을 했다. 트럭이 떠나려고 해서 나는 오줌을 누다 말고 나를 트럭으로 던졌다. 트럭은 다시 달리기 시작했고 나는 트럭이 언제까지나 계속 그렇게 들판을 내달릴까 봐 불안했다.

레이코 언니가 방에서 나온다. 트럭을 보고는 말한다. "또 누굴 팔려는 걸까?"

나나코와 하나코 언니도 마당에 나와 손을 잡고 트럭을 바라보며 서 있다.

스즈랑의 여자애들은 트럭을 기다린다. 트럭을 타고 스즈랑에 왔기 때문이다. 막상 트럭이 들판을 달려오는 게 보이면 여자애들은 불안하다. 트럭으로 또 던져질까 봐.

군인처럼 차려입은 오토상이 방에서 나온다.

트럭이 가시철조망 울타리를 치받을 듯 선다. 군복처럼 생긴 잠바에 당꼬 바지를 입은 사내가 트럭에서 내린다. 마당에 모여 서 있는 여자애들을 심드렁히 바라보며 바지춤을 추어 올린다.

트럭 짐칸에 오도카니 앉아 있는 여자를 보고 오토상이 짜증을 낸다. "가라쿠타(고물이잖아)!"

비둘기색 기모노 차림의 여자가 짐칸에 멀거니 앉아 있다. 비 둑판만 한 거울을, 그것이 갓난아기라도 되는 듯 꼭 끌어안고. 이불 보따리만큼 커다란 검은 보따리가 여자 옆에 덩그러니 놓여 있다. 눈을 뜬 채로 깊이 잠이 든 듯 아무 표정이 없는 여자에게 사내가 말한다. "오리로(내려)!"

그제야 여자가 미간과 이마를 찡그리며 혼잣소리를 중얼거린다. 가슴에 꼭 붙이고 있던 거울을 떼어 내더니 금 간 데가 없는지 살핀다.

사내가 말한다. "오리로!"

여자는 한 손으로 거울을 끌어안고, 다른 한 손으로 짐칸 바닥을 짚으며 몸을 일으킨다. 트럭을 둘러싸고 자신을 바라보며 서 있는 여자애들을 향해 거울을 내밀며 말한다.

"구경만 하지 말고 받아."

여자와 눈이 마주친 나오미가 쭈뼛쭈뼛 앞으로 걸어 나가 거울을 받아든다. 트럭에서 내린 여자가 스즈랑을 둘러보더니 투덜거린다.

"차라리 남양 같은 데로 보내 달라고 했더니 만주에서 만주로 보냈군. 만주가 넓긴 넓어."

그러곤 여자는 나오미가 들고 있는 거울을 빼앗듯 도로 가져간다.

레이코 언니가 돌아서더니 자기 방으로 들어가 버린다. 에이코 언니도 자기 방으로 들어가 버린다.

여자는 내 엄마만큼 나이가 들어 보인다. 광대가 튀어나오고 쌍꺼풀 없는 눈꼬리가 치켜 올라가 매서운 인상이다. 파마한 머리카락은 철사처럼 억셀 것 같다.

기차간처럼 다닥다닥 붙어 있는 방들을 바라보며 여자가 묻는다. "내 방은 어디야?"

나는 사쿠라코 언니의 방을 손으로 가리켜 보인다. 비어 있는 방은 그 방뿐이다.

"코딱지네." 방을 들여다보던 여자가 손으로 코를 감싸며 투덜거린다.

"이 집구석은 우물이 어디에 있지?"

"없는데요." 요시에가 말한다.

"이 큰 집구석에 우물도 없단 말이야."

집구석은 집이다. 방 안이 어질러져 있으면 엄마는 "정신 나간 놈의 집구석 같다."고 했다. 스즈랑을 집구석이라고 말한 여자애는 여자가 처음이다. 여자는 어디서 왔을까. 몇 살일까.

얼마에 팔려 왔을까. 어쩌다 팔려 왔을까. 여자가 전에 있던 곳도 스즈랑 같은 곳일까. 그곳에는 우물이 있었던 걸까. 그곳 여자애들은 기모노를 입고 군인들을 데리고 자나. 레이코 언니나 에이코 언니도 간혹 기모노를 입지만 스즈랑의 여자애들은 간단후쿠를 입는다.

나막신이 가지런히 놓여 있는 사쿠라코 언니의 방 앞을 지나가며 나는 호기심에 안을 들여다본다. 여자가 창문 밑에 매달아 놓은 거울 앞에 엎디듯 앉아 걸레질을 하고 있다. 사쿠라코 언니가 온종일 창유리를 가려 두었던 천 쪼가리가 거두어지고 없다. 늦은 오후지만 아직 밝은 바깥 기운이 창유리로 흘러들어 방 안에 번져 있다. 천장 모서리와 벽에 귀신처럼 늘어져 있던 거미줄도 거둬지고 없다. 여자는 걸레로 쓱쓱 소리가 나도록 다다미를 문질러 닦는다. 방 안에 놓여 있는 검은 보따리에 내 눈길이 간다. 여자의 보따리는 내가 만주까지 오는 동안 봤던 그 어떤 보따리보다 크다. 나는 기차에서도, 트럭에서도 저렇게나 큰 보따리를 보지 못했다. 기모노 밖으로 삐죽 나와 있는 여자의 발을 보고 나는 조금 놀란다. 여자의 발이 요시에의 발보다 작아서.

여자가 허리를 펴고 얼굴을 들더니 거울을 바라본다. 조금 비뚤게 걸린 거울을 반듯하게 건다. 거울을 들여다보던 여자가 뒤를 홱 돌아다본다.

"이 방이 누구 방이었지?"

"사쿠라코 언니요."

"사쿠라코? 어디 갔지?"

내가 대답을 못 하자 여자가 중얼거린다. "죽었나 보군."

"죽지 않았어요."

"그럼?"

"집에 돌아갔어요."

"전쟁이 끝나지도 않았는데 집에 돌아갔단 말이야? 이 집 구석은 집에 가고 싶다고 하면 보내 주나 봐." 여자가 빈정거린다.

"집에 꼭 돌아가야 해서 돌아갔어요."

"차라리 팥으로 메주를 쑨다는 말을 믿지, 여자애가 집으로 돌아갔다는 말은 못 믿겠는걸."

돌아서던 나는 트럭을 몰고 온 사내가 하나코 언니의 방에 드는 걸 본다.

하나코 언니는 사내를 군인이라고 생각할까. 간혹 낮에 스즈랑을 찾아오는 군인들도 있으니까. 사내도 군표를 내고 하나코 언니의 몸에 다녀갈까. 건빵 봉지를 들고 방에서 나온 나나코는 하나코 언니의 방문 앞에 놓여 있는 사내의 시커먼 신발을 보고 도로 자기 방으로 들어간다.

하나코 언니의 방 앞을 지나가며 나는 널빤지 문 너머에서 들려오는 하나코 언니의 목소리를 듣는다. "누구세요? 누구세요?" 사내가 군인이 아니라는 걸 하나코 언니는 어떻게 알까.

나는 여자를 싣고 온 트럭에 다가간다. 트럭에 아직 남아 있는 열기가 훅 끼친다. 트럭은 내가 실려 온 트럭보다 낡았다. 나는 트럭을 바라보고 서서 보따리와 함께 나를 트럭 짐칸으로 던지는 상상을 한다. 트럭은 스즈랑의 가시철조망 울타리를 뒤로하고 들판을 달려간다. 가시철조망 울타리에 널어놓고 걷지 않은 내 간단후쿠가 팔을 가만가만 흔든다. 스즈랑의 여자애들도 모두 마당에 나와 손을 흔들고 있다. 나는 트럭이 언제까지나 멈추지 않고 계속 달리기를 바란다. 트럭이 달리는 동안에는 내가 실 공장에 가는 줄 알 테니까. 그리고 트럭이 달리는 동안에는 군인을 데리고 자지 않아도 되니까. 트럭은 내가 오줌이 마려울 때만 선다. 내가 오줌 누는 걸 구경하고 서 있는 운전사에게 나는 시치미를 뚝 떼고 물을 것이다. '실 공장은 아직 멀었어요?'

귀리죽 쑤는 냄새를 맡고 여자애들이 부엌에 모인다. 밥상에 둘러앉아 귀리죽을 먹는 여자애들 속에 새로 온 여자도 있다.

말없이 귀리죽을 떠먹고 있는 미치코 언니에게 여자가 시비조로 묻는다.

"너도 혹시 평양 기생 출신이야?"

미치코 언니는 무시하고 귀리죽을 떠먹는다.

"전에 있던 집에도 평양 기생 출신이 둘이나 있었어. 둘 다 속아서 왔다고 했어. 군인들 드나드는 카페 같은 곳인 줄 알고 왔다고. 콧대가 높았어."

미치코 언니가 귀리죽만 떠먹자 여자가 소리 지른다. "너, 귀머거리야? 내 말 못 들었어?"

미치코 언니는 여자에게 눈길도 주지 않는다.

"저 언니 귀머거리 아닌데요." 요시에가 말한다.

"넌 이름이 뭐야?"

"요시에요."

여자가 요시에의 얼굴을 들여다보더니 말한다.

"할머니야, 애기야? 얼굴은 할머닌데, 목소리는 애기네."

"열두 살이요." 요시에가 말한다. 그녀는 스즈랑에 오고 열세 살이 됐지만 여전히 자신의 나이를 열두 살로 알고 있다. 그녀는 삿쿠를 세느라 나이를 셀 짬이 없다. 그녀의 나이는 그녀의 엄마가 세고 있다. 집에 돌아가면 그녀는 엄마한테 물어볼 것이다. '엄마, 나 몇 살이야?' 엄마가 나이를 알려 주기 전까지 그녀는 자신의 나이를 모른다. 그녀는 자신이 몇 살이나 먹었는지 알고 싶어서라도 집에 돌아가야 한다.

나오미가 여자에게 묻는다. "언니는 고향이 어디예요?"

"없어."

"고향 없는 사람도 있어?" 레이코 언니가 말한다.

"난 고향 같은 거 없어." 여자가 말한다.

"언니는 이름이 뭐예요?" 요시에가 묻는다.

"아, 난 고토코. 전에 있던 집에서 날 고토코 대장이라고 불렀지."

"대장?" 레이코 언니가 묻는다.

"여자애들 대장."

귀리죽을 다 먹은 미치코 언니가 몸을 일으킨다. 그녀는 배고프다는 말은 하지 않지만 귀리죽을 남기는 법이 없다. 귀리죽을 먹는 동안 다른 여자애들과 눈빛도, 말도 섞지 않는다. 눈칫밥 먹는 군식구처럼 귀리죽을 먹자마자 부엌을 떠난다.

"화냥년 시집 다니듯 쫓겨 왔으면 얌전히 밥이나 먹어!"

레이코 언니의 말에 고토코 언니의 일그러진 입이 경련하다 벌어진다.

"조, 센, 삐!"

머리를 한 대 얻어맞은 듯 멍한 표정이 레이코 언니의 얼굴에 떠오른다.

"뭐?"

"조, 센, 삐!"

레이코 언니가 고토코 언니의 머리를 두 손으로 움켜잡는다. 밥상이 엎어지며 그 위의 막사발들이 부엌 바닥에 나뒹군다. 고토코 언니도 레이코 언니의 머리를 움켜잡는다.

조센삐와 조센삐가 부엌에서 서로의 머리끄덩이를 잡고 매달려 있는 동안 군인들이 지평선을 넘어온다.

군인들도 자기들끼리 싸운다. 술 취한 군인들이 스즈랑 마당에서 자기들끼리 싸우는 건 이상하지 않다. 그런데 조센삐들이 싸우는 건 이상하다. 한배에서 태어난 자식들이 싸우는 게 세상에서 가장 보기 싫다던 할머니의 말을 생각나게 한다.

조센삐는 조센삐다.

기모노를 입고, 일본말을 하고 일본 여자처럼 표정을 지어도.

조센삐는 병이 들어도 조센삐다. 병들어 죽어도.

고토코 언니가 스즈랑을 집구석이라고 말한 뒤로, '낙심병'이 도진다. 전쟁이 끝나도 집으로 돌아갈 수 없다는 절망감 때문이다. 나오미는 말하곤 한다. 집에 돌아가면 아무 데도 가지 않을 거라고. 시집도 안 가고 집귀신이 될 거라고. 우리는 집에 가고 싶다. 그런데 우리는 집에, 집구석에 있다. 집구석에서 우리는 오늘 밤도 군인들과 돌림노래를 부르며 날을 지새울 것이다.

노란 공단 원피스

 노란 공단 원피스를 입은 여자애가 가시철조망 울타리 앞에 앉아 있다.

"치요?"

여자애가 훌쩍 뒤를 돌아다본다.

"치요 원피스를 왜 네가 입고 있어?" 내가 묻는다.

"치요가 나 입으라고 했어." 나오미가 말한다. "새벽에 깼는데 죽은 치요가 원피스를 입고 내 옆에 누워 있었어. 하나도 무섭지 않았어. 추웠어. 내가 발가벗겨져 있었거든. 군인이 발가벗겨서. 도로 잠들었다 깨어났더니 치요는 어디로 가 버리고, 치요가 벗어 놓고 간 원피스만 내 옆에 누워 있었어. 나는 추워서 원피스를 입었어."

치요의 원피스는 나오미에게 작다. 원피스는 치요한테도 작았다.

좋은 공장에 취직시켜 주겠다며 치요를 만주까지 데려온 여자는 치요에게 노란 공단 원피스를 사 입히고 오토상에게 팔았다. 여자가 치요에게 노란 공단 원피스를 사 입힌 건, 치요를 팔며 한 푼이라도 더 받으려는 꿍꿍이속 때문이었다. 노란 공단 원피스를 입으면 더 예뻐 보일 테고, 그럼 값이 조금이라도 더 나갈 테니까. 아니면 치요에게 미안한 마음이 들어서 그 마음을 덜려고 사 입혔는지도 모른다.

치요는 노란 공단 원피스를 입고 마당에 나와 들판을 바라보며 서 있곤 했다. 그녀는 여자가 자신을 데리러 오기를 기다렸다. 여자는 치요를 만주에 두고 돌아가며 말했다. "말 잘 듣고 있으면 데리러 올게." 치요가 아끼느라 입지 않는 동안 원피스는 작아졌다. 그녀는 원피스를 입고 벗을 때마다 두 앞발로 도토리를 잡고 있는 다람쥐처럼 어깨를 움츠려야 했다.

그날도 치요는 노란 공단 원피스를 입고 마당에 나와 서 있었다. 스즈랑의 양철 지붕 위로 날아가는 철새 다섯 마리를 눈으로 좇던 그녀가 말했다.

"맨 앞에서 날아가는 새는 그 아줌마야. 뒤에서 날아가는 새들은 여자애들이고. 뒤에서 날아가는 새들이 물어. '우리 어디 가요?' 아줌마 새가 대답해. '좋은 공장.'"

철새들은 끼룩끼룩 울며 지평선 너머로 날아갔다.

"조금 더 날아가다 새들이 또 물을 거야. '우리 어디 가는 거예요?' 그럼 아줌마 새가 말할 거야. '좋은 공장.' 아줌마 새는 여자애 새들에게 원피스를 한 벌씩 사 입힐 거야. 목단강 기차역에 닿으면."

"목단강?"

"목단상. 기차역에서 멀지 않은 곳에 옷가게가 있거든."

치요는 간단후쿠를 입고 강물에 떠내려갔다. 간단후쿠에 쓴 편지가 되어. 편지는 강물을 타고 흘러가고 있다. 치요는 노란 공단 원피스를 입고 강물에 떠내려갈 수도 있었다. 하지만 그렇게 하지 않았다. 노란 공단 원피스는 편지지가 될 수 없으니까.

요시에가 치요의 노란 원피스를 입고 마당에 나와 서 있다. 나오미는 원피스가 자신에게 너무 작다는 걸 깨닫고 요시에에게 입으라고 준 것이다. 노란 공단 원피스는 처음부터 요시에의 옷이었던 듯 그녀에게 딱 맞다.

내 고향에서는 사람이 죽으면 그 사람이 입었던 옷을 태운다. 옷에 죽은 사람의 영혼이 묻어 있다고 믿기 때문이었다. 노란 공단 원피스에는 치요의 영혼이 묻어 있다. 요시에가 입고 있는 것은, 목단강 기차역에서 헤어진 여자를 기다리는 치요의 노란 영혼이다.

노란 공단 원피스는 귀리죽을 먹고 귀리죽 빛깔을 띠어 간다. 목과 소매 구멍이 늘어나고, 치맛단 솔기의 실이 풀리더니, 단추들이 하나, 둘 눈송이처럼 떨어져 간단후쿠가 된다.

닫힌 입

 미치코 언니의 입은 귀리죽을 먹을 때만 벌어진다. 수제비나 보리주먹밥을 먹을 때만. 그리고 그녀 자신도 모르게 한숨과 신음을 토할 때만.
 그녀는 벙어리가 아니지만 벙어리가 돼 가고 있다. 전쟁이 끝났을 때 그녀는 '엄마' 소리도 못 하는 벙어리가 돼 있을 것 같다. 그녀가 말을 하고 싶어도 말이 나오지 않아 말을 할 수 없을 것 같다. 말하는 걸 잊어버려서. 잃어버려서.
 미치코 언니는 아무하고도 친구가 되지 않는다. 그녀는 데리고 자야 하는 군인 말고는 스즈랑의 여자애들과 아무것도 나누지 않는다. 그래서 그녀가 어쩌다 이곳에 오게 됐는지 아무도 모른다. 그녀는 내가 오기 전부터 이곳에 있었다. 아무도 그녀의 진짜 이름을 모른다. 그녀의 나이도 모른다. 레이코 언니와 동갑이거나 한두 살 더 먹었을 거라고 짐작할 뿐이다. 사투리를 쓰긴 하지만 거의 말을 하지 않는 데다 처음 들어 보는 낯선 사투리여서 그녀의 고향을 짐작하기도 어렵다. 그녀는 아프다는 말도, 배고프다는 말도 하지 않는다. 누가 보고 싶다는 말도 하지 않는다. 오토상에게 집에 보내 달라는 말도 하지 않고, 자신의 빚이 얼마인지도 물어보지 않는다. 군인 얘기도 하지 않아서 그녀의 방에는 군인이 다녀가지 않는 게 아닐까 하는 의심이 들기도 하지만 그녀의 방에도 빨간 천 조각이 걸리곤 한다. 가시철조망에는 그녀가 강물에 빤 간 단후쿠가 널려 있고, 널빤지에는 그녀가 강물에 씻은 삿쿠가 널려 있다.

집에 돌아가면 어디에 갔다 왔는지 말하고 싶지 않아서 미치코 언니는 벙어리가 돼 가고 있는 게 아닐까. 절대로, 결코.

미치코 언니의 꼭 다물린 입을 보고 있으면 벌리고 싶다. 콩꼬투리를 벌리듯 손가락으로 벌려 놓고 싶다.

미치코 언니의 입을 벌리는 것은 늘 귀리죽이다. 때때로 수제비나 보리주먹밥이다. 그녀가 가까이 있으면 나는 저절로 그녀의 입을 살피게 된다. 그녀의 얼굴에서 입만 보인다. 나뭇가지를 분질러 무심코 붙여 놓은 것 같은 그녀의 입은 매일매일 더 희미해지고 있다. 군인들이 돌아가고 나면 고무지우개로 지우는 듯 흐릿해지는데, 흐릿해질수록 입밖에는 안 보인다.

나는 미치코 언니의 입이 벌어지기를 기다린다. 벌어지지 않기를 기다린다.

미치코 언니의 입을 바라보고 있으면, 덩달아 내 입도 다물린다. 내가 그녀의 입속에 들어가 웅크리고 있는 것 같은 기분마저 든다. 새장의 새처럼. 간단후쿠를 입고.

내가 말한다. "말하는 게 나을까?"

나오미가 말한다. "뭘?"

내가 또 말한다. "말하지 않는 게 나을까?"

나오미가 또 말한다. "뭘?"

집에 보내 달라는 말을 하지 않으면, 집에 보내 주지 않는다. 집에 보내 달라고 아무리 말해도, 집에 보내 주지 않는다.

군인을 데리고 자기 싫다는 말을 하지 않으면, 군인을 데리고 자야 한다. 군인을 데리고 자기 싫다고 아무리 말해도, 군인을 데리고 자야 한다.

말을 해도, 말을 하지 않아도, 똑같다.

아니다. 똑같지 않다. 집에 가고 싶다고 말하고 나면 더 집에 가고 싶다. 당장 집에 가고 싶어서, 지금 당장 집에 가지 않으면 영원히 집에 돌아가지 못할 것 같다.

군인들을 데리고 잤다고 말하면, 엄마가 알게 된다. 기껏 저고리 지어 입혀 실 공장에 돈 벌라고 보냈더니 실은 잣지 않고 군인들이나 데리고 잤다는 걸. 결코, 절대로 말하지 않으면, 내가 군인들을 데리고 잔 걸 엄마는 모른다.

미치코 언니의 꾹 '다물린' 입을, 고토코 언니의 들떠 '벌어진' 입은 견딜 수 없어 한다. 말을 하고 싶어서 들썩거린다. 혀가 안달이 나 팔딱팔딱 뛰고 이빨들이 풍풍거리고, 목울대가 부어오른다. 목에서 쉭쉭하는 소리가 새 나온다.

고토코 언니의 입이 미치코 언니의 입을 때리듯 묻는다.
"너, 고향이 어디야?"

미치코 언니의 입은 가만히 있고 요시에의 입이 대답한다.
"저 언니 고향은 우리도 몰라요."
"나이는?"
"저 언니 나이는 우리도 몰라요."
"너한테 안 물었어!" 고토코 언니가 요시에의 머리를 주먹으로 툭 때린다.

앞니와 윗입술이 돌출된 고토코 언니의 입은 방아 찧는 손처럼 분답스럽다. 돌격대원들한테 배운 군인 노래를 부르느라, 간밤 자신을 괴롭힌 군인을 저주하느라, 자신이 스즈랑의 여자애들과 다르다는 걸 여자애들에게 누누이 일깨우느라, 귀리죽을 불평하느라. 나는 고토코 언니의 입이 미치코 언니의 입을 깨물까 봐 조마조마하다.

나는 미치코 언니의 입을 바라보고 있다. 그녀의 앞에 귀리죽이 든 막사발이 놓여 있다. 그녀가 나무 숟가락으로 귀리죽을 뜬다. 그녀의 입이 나무 숟가락을 향해 벙긋 벌어진다. 입속으로 귀리죽이 흘러 들어간다. 숟가락 속 귀리죽을 받아 머금자마자 입은 도로 다물린다. 결국, 그녀의 입을 벌리는 것은 귀리죽이다.

군표 한 장으로 살 수 있는 것

 밭에 심어 놓은 옥수수들처럼 여자애들이 줄지어 서 있다. 메마른 잎이 타들어 가는 소리를 입으로 토하며, 영글다 만 옥수수가 오그라드는 소리를 온몸으로 뱉으며 노란 태양이 여자애들의 머리 위에서 빙글빙글 돌고 있다. 군부대 확성기에서 흘러나오는 군인 목소리가 매미 소리처럼 왕왕 울린다. 여자애들은 한곳을 바라보고 서 있다. 키가 고르지 않아 들쭉날쭉한 여자애들 속에는 나도 있다.

 간단후쿠를 입은 여자애들은 끝단을 배꼽까지 둘둘 말아 손으로 움켜잡고 있다. 앞으로는 아래를, 뒤로는 엉덩이를 내놓고. 아직 털이 나지 않은 여자애들은 아래의 민낯을 그대로 드러내 놓고. 기모노를 입은 여자애는 허리끈을 풀고. 몸뻬를

입은 여자애들은 풀밭에서 오줌을 누다 뱀을 보고 놀라 일어
선 듯 오금까지 몸뻬 바지춤을 끌어 내리고 서 있다.

구름이 흰자위를 까뒤집고 오리알처럼 생긴 눈으로 여자
애들의 아래를 흘낏흘낏 쳐다본다.

망루 위 성냥개비만 한 보초병도 여자애들의 아래를 내려
다본다.

다디미 자국 같은 검은 새 세 마리도 날개 밑으로 여자애
들의 아래를 곁눈으로 슬쩍 훑으며 날아간다.

땅에 뒹구는 돌들도 깨알 같은 눈을 치뜨고 여자애들의
아래를 올려다보고 있다.

흙먼지 실린 후덥지근한 바람이 여자애들의 아래를 더듬
고 지나간다.

나는 두 번째 줄에 서 있다. 흙먼지 신발을 신고 간단후쿠
끝단을 말아 잡고. 아래가 벌집이 돼 와글와글 끓어오른다.

아래도, 엉덩이도 내놓지 않은 여자애는 간호사뿐이다. 그
녀는 장부 같은 걸 손에 들고 여자애들의 맞은편에 혼자 우
뚝 서 있다. 간호복과 모자가 막사 안에서보다 더 하얗게 빛
난다.

혼자인 간호사와 50명이 넘는 여자애들 사이에는 보이지
않는 깊고 어두운 골짜기가 있다. 골짜기 저 너머는 간호복
세상이고, 이쪽은 간단후쿠 세상이다.

간호복은 옷이 아니다. 그것은 여자애들에게 뜬구름 같은 거다. 뜬구름은 잡을 수 없다.

간단후쿠는 옷이 아니다. 그것은 여자애들에게 귀리죽 같은 거다. 먹어도 먹은 것 같지 않은 귀리죽처럼 입어도 입은 것 같지 않다.

위생 검사소 마당에 고여 있는 지린내는 병들었거나 병들고 있는 여자애들의 아래가 풍기는 냄새다.

나는 오줌이 찔끔 나려는 걸 참으며 내 앞에 덩그러니 떠 있는 엉덩이를 바라본다. 엉덩이는 두 쪽 난 보름달이고, 핏줄이 도드라져 푸르스름하게 얼룩져 보이는 허벅지는 달무리다. 까만 몸뻬는 부채처럼 접힌 밤하늘이다. 나막신 두 짝은 밤하늘 아래 떠 있는 나룻배 두 척이다. 나룻배 두 척은 멀찍이 떨어져 떠간다.

딱따구리가 나무를 쪼듯 머리로 허방을 쪼며 졸던 여자애가 픽 쓰러진다. 여자애는 비틀비틀 몸을 일으킨다. 간단후쿠에 묻은 흙을 대충 털고 끝자락을 둘둘 말아 올린다. 또다시 딱따구리가 돼 머리로 허방을 쪼아 댄다. 그 옆의 여자애는 손으로 아래를 긁고 있다. 그 앞의 흰색 기모노를 입은 여자애가 철퍼덕 주저앉는다. 그 옆의 여자애도 덩달아 주저앉는다. 나막신 위에 벌을 받듯 올라서서 잠꼬대까지 하며 자고 있던 여자애가 새된 비명을 지르며 깨어난다.

알을 낳으려는 암탉들처럼 땅에 엉덩이를 내려놓고 앉아 있는 여자애들에게 간호사가 말한다.

"다테, 다테(일어나, 일어나)!"

여자애들이 마지못해 일어난다. 흔들흔들 비틀비틀 서 있다가 도로 주저앉는다. 일어나는 척하며 그냥 계속 버티고 앉아 있는 여자애들도 있다.

구름을 붙들고 구름에 매달려 흘러가고 싶은 여자애들의 엉덩이를 땅으로 끌어 내리는 것은 아래다. 방아깨비처럼 엉덩이로 땅을 쿵쿵 찧게 하는 것도 아래다. 천근만근인 아래를 붙들고 있기에는 여자애들의 골반이 헐겁다. 아래를 떠받치고 있기에는 여자애들의 다리가 부실하다.

내 뒤에서 여자애들이 소곤거리는 소리가 들려온다.

"넌 어느 집에 있어? 난 긴레에에 있어."

"그게 뭐야?"

"은방울."

"은방울이 뭐?"

"내가 사는 집 이름이 은방울이라고. 긴레에."

"긴레에는 뭐야?"

"은방울이 긴레에고, 긴레에가 은방울이야."

은방울은 예쁜데, 긴레에는 기차 이름 같다. 긴레에, 기차. 기차 이름 같은 곳에 살면 내내 기차에 실려 어딘가로 가고 있는 것 같은 심정일까. 기차의 덜컹거림은 여전히 내 목뼈 틈마다, 갈비뼈 틈마다, 등뼈 틈마다 손가락과 발가락 뼈 틈마다 덜컹덜컹 고여 있다.

"네가 있는 집에서는 밥으로 뭘 줘?"

"만주좁쌀."

"세 끼 다?"

"수제비 끓여 줄 때도 있고, 귀리죽 줄 때도 있지."

"내가 사는 집하고 똑같네."

"네가 사는 집 이름은 뭐야?"

"몰라. 그런 거 없어."

자신이 살고 있는 집의 이름을 모른다는 것은 글자를 읽을 줄 모른다는 것이다. 나도 내가 살고 있는 집 이름이 스즈랑이라는 걸 반년이나 지나서야 알았다.

간호사가 말한다. "시즈카니(조용히)!"

퉤퉤 침을 뱉던 레이코 언니가 간호사한테 말을 건다. "간호복은 어디서 났어? 사 입었어?"

"시즈카니!"

"나도 너처럼 간호복 입고 간호사 하려고 만주에 왔어. 만주에 온 지 4년이 넘었는데 간호복을 한 번도 못 입어 봤네. 간호복은 어디서 났어? 군인들이 줬어? 간호복 입고 군인들 얼굴을 전부 붕대로 친친 감아 놓는 게 내 소원이거든."

"시즈카니, 시즈카니!"

"너는 군인들 안 데리고 자? 간호복 입고. 아리가토고자이마스(고맙습니다), 이타다키마스(잘 먹겠습니다), 도조(부디), 도모(고마워), 스고이(대단해), 요로시쿠 오네가이시마스(잘 부탁드립니다), 구다사이(주세요), 이카시테쿠다사이(살려 주세요)."

여자애들이 킥킥 소리 죽여 웃는다.

"시스카니시로!"

군의관이 위생 막사에서 나온다.

간호사가 소리친다. "다테!"

땅에 엉덩이를 붙이고 앉아 있던 여자애들이 깨어나 억지로 몸을 일으킨다. 나막신을 신은 여자애가 일어서다 발목이 꺾여 엉덩방아를 찧는다.

"다테!"

여자애는 엉덩방아를 두 번 더 찧고 나서야 일어선다.

군의관은 잣대처럼 몸을 꼿꼿하게 세우고 빠르지도 느리지도 않은 걸음으로 여자애들 앞을 지나간다. 그의 호미만큼 뾰족한 턱은 들려 있지만, 안경 너머 개구리알 같은 눈은 아래를 향해 있다. 그는 여자애들의 얼굴은 쳐다보지 않는다. 아래만 본다. 여자애들에게는 아래만 있다는 듯이.

마당에 모여 서 있는 것은 여자애들이 아니라 아래다.

위생 검사를 받으러 온 여자애들이 많으면 군의관은 오늘처럼 여자애들을 막사 앞마당에 줄 세우고 아래를 검사한다. 눈으로 보고 병이 있는 것 같은 여자애들을 골라내 앞으로 나오게 한다. 아래가 심하게 부었거나, 고름이 흐르고 있거나, 미치게 간지러워서 손으로 긁고 있거나 하면. 앞으로 불려 나온 여자애들은 위생 검사소 막사에서 다시 검사를 받는다.

부끄러움을 감추려 얼굴을 땅으로 떨구거나 눈꺼풀을 내리뜨고 있는 여자애도 있다.

모가지가 비틀린 닭처럼 고개를 외로 오르로 돌리는 여자애도 있다.

얼빠진 표정으로 멍하니 구름에 눈길을 파묻는 여자애도 있다.

괜히 머리를 긁적이는 여자애도 있다. 고개를 떨구고 눈을 옆으로 치켜뜨는 여자애도 있다.

보름에 한 번꼴로 위생 검사를 받는데도 매번 긴장되고 어쩔 줄 모르겠는 심정이다. 가슴이 두근거리고 식은땀이 흐른다. 숨을 쉬는 게 힘들고 눈길을 어디에 둬야 할지 모르겠다.

나는 떨어뜨렸던 얼굴을 든다. 내 앞에 서 있는 여자애들의 아래를 검사하는 군의관의 안경 너머 개구리알 같은 눈동자를 바라본다. 눈동자는 내 아래를 보느라 내가 저를 보고 있다는 걸 모른다.

위생 검사가 끝나고 여자애들이 흩어진다.

"요시에!"

레이코 언니가 새된 목소리로 요시에를 부른다. 흰색 기모노 차림에 나막신을 신고 걸어가는 여자애의 뒤꽁무니에 매달려 따라가던 요시에가 뒤를 돌아다본다.

요시에가 뒤뚱뒤뚱 오리처럼 뛰어오자 레이코 언니가 주먹으로 머리를 쥐어박는다. "요시에, 다른 집에 가고 싶어?"

흰색 기모노 차림의 여자애는 다른 여자애들과 함께 트럭을 타고 떠난다. 레이코 언니가 부르지 않았으면 요시에도 트럭을 타고 떠났을까. 나도 요시에가 흰색 기모노 차림의 여자애를 졸졸 따라가는 걸 봤다. 하지만 나는 그 애를 부르지 않았다. 강 건너 불구경하듯, 그 애를 바라보고 있었다. 흰색 기모노 입은 여자애를 요시에는 누구라고 생각하고 따라갔던 걸까. 흰색 기모노를 입고 있어서 여자애는 상갓집에 가는 사람 같았다. 내 고향에서는 사람이 죽으면 흰옷을 입는다.

걸어서 군부대를 나오던 우리는 망루 밑에 벌목한 나무들처럼 널브러져 있는 군인들을 본다. 얼굴을 하늘로 향하고, 혹은 땅으로 향하고. 혹은 끌어안듯 포개져서.

"죽은 군인들이야." 나오미가 내 귀에 대고 속삭인다.

그 소리를 들은 하나코 언니가 흠칫한다. 그녀의 얼굴이 죽은 군인을 향한다.

"많이도 죽었네." 하나코 언니가 그렇게 중얼거려서 죽은 군인들이 내 눈에 보이는 것보다 더 많게 느껴진다.

미치코 언니는 죽은 군인들에게 눈길을 주지 않는다. 나는 눈이 배에 달리기라도 한 듯 손으로 배를 가린다. 지난밤 내가 데리고 잤던 군인들 중 하나가 죽은 군인들 속에 있을 것 같다. 살아서 돌아오라고 빌어 달라던 군인도.

"얼굴이 없어요." 요시에의 목소리가 염소 울음소리처럼 떨린다.

그제야 턱만 남아 있는 얼굴이 눈에 들어온다. 피범벅인 군복이, 떨어져 나가고 일부만 남은 팔다리가.

나는 턱만 남아 있는 군인의 얼굴을 바라본다. 얼굴이 거의 다 날아가 버리고 없는데, 얼굴을 보고 있는 것 같은 착각이 든다.

"죽은 군인들을 어떻게 할까?" 나나코가 중얼거린다.

"집에 보내 주겠지." 나오미가 말한다.

"흥, 보내는 동안 썩어서 구더기가 들끓을걸." 고토코 언니가 말한다.

스즈랑으로 돌아온 우리는 쉰내를 풍기는 보리주먹밥을 한 덩이씩 먹고 방으로 들어간다.

나는 보따리를 풀고 군표를 꺼내 세어 본다. 한 장, 두 장, 세 장, 네 장, 다섯 장, 여섯 장. 몇 장을 모아야 송아지를 살 수 있을까. 군표를 한 장이라도 더 모으려면 군인을 한 명이라도 더 받아야 한다. 그래야 군표를 몰래 빼돌려도 오토상이 의심하지 않을 테니까. 레이코 언니도 군표를 몰래 모으고 있다.

군표 한 장으로는 뭘 살 수 있을까. 쌀 한 되는 살 수 있을까. 군인들은 군표 한 장으로 스즈랑의 여자애를 산다.

"레이코 언니, 레이코 언니."

"누구야?"

"요코요. 언니, 군표 한 장으로 뭘 살 수 있어요? 쌀 한 되는 살 수 있어요?"

"귀리 한 되나 살 수 있으려나?"

"또 뭘 살 수 있어요."

"머릿기름 한 병? 참빗? 중국 만두 서너 개 사 먹을 수 있으려나?"

"겨우요?"

"어쩌면 아무것도 살 수 없는지도 몰라."

"아무것도요?"

"몰라. 묻지 마. 골치 아파."

레이코 언니는 군표 한 장으로 스즈랑의 여자애인 자신을 살 수 있다는 건 미처 생각하지 못한다.

놋대야에 소독약을 풀고 있는데 천장에서 찍찍 소리가 들려온다. 나는 불그스름해진 물에 얼굴을 비춰 보며 중얼거린다. '레이코 언니가 군표를 세나 보네.' 찍찍 소리로 나는 레이코 언니의 군표 개수가 늘어난 걸 알 수 있다. 내 군표 개수는 여섯 장에서 더 늘지 않았다. 나는 레이코 언니가 벽돌만 한 군표 뭉치를 양손에 들고 웃으며 열차에 오르는 모습을 그려 본다. 그녀는 내게 거짓말을 한 걸까. 나도 자신처럼 군표를 몰래 모으고 있다는 걸 알고는. 내가 몰래 군표를 빼돌리는 걸 오토상에게 들키는 통에 자신도 들키게 될까 봐.

나는 바늘 장수를 기다린다. 그녀가 오면 나는 군표 한 장을 내밀며 말할 것이다. '바늘.' 그녀가 구걸하는 개를 쫓듯 손을 내저으면 군표는 종이 쪼가리가 된다. 그녀가 내게 바늘 하나를 주면, 군표는 바늘 하나가 된다. 바늘 두 개를 주면 바늘 두 개가, 바늘 세 개를 주면 바늘 세 개가.

바늘 장수는 만주에서 값을 매기는 사람이다. 백발인 머리를 실타래처럼 묶어 정수리 밑에 매달고 다니는 그녀는 모든 것에 값을 매긴다. 그녀는 절대로 값을 흥정하지 않는다. 한 번 값을 매기면, 매긴 값에서 한 푼도 깎아 주지 않는다. 그녀가 구름이 10엔이라고 하면 10엔이 된다. 구름 아래로 날아가는 철새가 1엔이라고 하면 1엔이 된다. 만주 하늘 아래에 있는 것들 중 그녀가 값을 매기지 못할 것은 없다. 그녀는 만주 하늘 아래서 태어난 레이코 언니의 아기를 두고도 값을 매겼다. 손가락 열 개를 남지도, 모자라지도 않게 똑바로 달고 태어난 아기의 값은 머릿기름 한 병이었다.

군표 한 장으로 아무것도 살 수 없는지도 모른다. 스즈랑의 여자애 하나 말고는 아무것도. 스즈랑의 여자애는 군인만 살 수 있다. 레이코 언니는 아무것도 살 수 없는 군표를 오토상 몰래 모은다.

나는 강물에 빨아 말린 간단후쿠를 입고 간단후쿠가 돼 담요 위에 눕는다. 썩은 호박처럼 느껴지는 얼굴을 외로 떨군다. 무 쌀을 시는 고구마 술기처럼 늘어뜨린다. 두 다리를 레이코 언니의 무쇠 가위처럼 벌리고 눈을 감는다.

널빤지 문이 덜컥 열리고 땀내에 찌든 군인이 헐떡헐떡 뜨거운 숨을 토하며 들어선다. 군인이 발로 내 허벅지를 툭툭 찬다. 눈을 뜨라고. 그러나 나는 눈을 뜨지 못한다. 절벽이 된 턱만 남은 군인이 날 내려다보고 있을 것 같아서. 머리가 날아가 버리고 없는 닭처럼.

흰 보따리

 날이 부쩍 더워지면서 파리와 하루살이, 모기가 기승을 부린다. 파리들은 밥상에 까맣게 내려앉아 있다가 귀리죽 담긴 막사발이 놓이면 잽싸게 날아올라 우리보다 먼저 막사발을 차지한다.

 하루살이는 허공에 해골을 그리며 몰려다니다 동공이 풀린 우리의 눈 속으로, 헌 입과 코 속으로 날아든다.

 모기는 606호 주사를 맞아도 맑아지지 않는 우리의 더러운 피를 빨아 먹고 산다. 우리가 군인을 데리고 자는 동안에도 모기는 우리의 얼굴과 다리에 매달려 피를 빨아 먹는다.

 배고픈 쥐들은 천장 여기저기에 검은 보름달을 만들고 귀리가 든 쌀독 속에 들어가 똥을 싸지른다. 에이코 언니의 비누를 갉아 먹고, 아유미가 갱지에 싸 둔 만두를 몰래 먹어 치우고, 레이코 언니의 보따리 속에 새끼를 세 마리나 낳아 놓는다. 쥐는 변소에도 있다. 까만 눈을 반짝이며 우리의 아래를 올려다본다.

간단후쿠를 뒤집어 입은 요시에가 귀리죽을 떠먹다 말고 중얼거린다. "쥐똥이네."

레이코 언니가 말한다. "썩은 귀리야."

"쥐똥 같은데요."

"썩은 귀리라니까."

요시에는 쥐똥으로 보이는 까만 덩어리를 부엌 바닥에 버리고 귀리죽을 마저 먹는다. 쥐똥인지 썩은 귀리인지 모르겠는 건 내 귀리죽에도 있다. 내 눈에도 그것은 쥐똥으로 보인다. 나는 쥐똥을 건져 부엌 바닥에 버리고 귀리죽을 마저 먹는다.

변소는 구더기로 들끓는다. 구더기들은 발판까지 기어올라와 우리의 헝겊신 속으로 파고들거나 발목을 타고 오른다. 스즈랑을 찾는 군인들도 변소의 구더기만큼 늘어난다. 군인들은 여자애들과 자려고 전쟁을 하는 것 같다. 그리고 오토상은 언제까지나 전쟁이 끝나지 않기를 바라는 것 같다. 군표를 한 장이라도 더 갖고 싶은 욕심에. 그에게 여자애들은 군표라는 알을 낳고 낳는 암탉이니까. 귀리죽은 여자애들의 몸에 들어가 군표로 열린다. 감자처럼 줄줄이 열리는 군표를 여자애들은 아래로 낳는다.

고토코 언니도 전쟁이 끝나지 않기를 바라는 게 아닐까. 돌아갈 고향 같은 게 그녀에게는 없으니까. 전쟁이 언제까지나 끝나지 않으면 우리는 어떻게 될까. 군인들은 어떻게 될까.

"허리에 찬 군도에 매달려, 데려가 주세요, 어디라도. 데리고 가는 건 쉽지만, 여자는 태우지 않는 수송선."

거울 앞에 앉아 노래를 부르던 고토코 언니가 자신의 방 앞으로 지나가는 날 거울로 보고는 묻는다.

"넌, 이름이 뭐지?"

"요코요."

"요코? 내가 전에 있었던 집에도 요코가 있었지. 내가 떠나올 즈음 요코네에 걸려 배꼽까지 곪아 들어갔는데 살았는지 죽었는지 모르겠군."

고토코 언니가 날 향해 고개를 돌린다. 콩깍지 같은 눈을 가늘게 뜨고 내 배를 노려본다.

"군인 아기를 가졌군."

"군인 아기요?"

"군인 아기가 아니면 누구 아기겠어? 아기를 가진 게 처음인가 보네. 설마 아기 가진 걸 모르는 거야?"

"아기 안 가졌어요."

"내가 군인 아기를 넷이나 가져서 아기 가진 배는 귀신같이 알아보지. 아기가 클수록 떼는 게 곤란하다는 건 알고 있지? 다 큰 아기를 떼려다 배에 구멍이 나 죽은 여자도 봤어. 나한테 도와 달라는 말은 하지 마. 나는 아기 낳는 것도, 약을 먹고 떼는 것도 혼자 했으니까."

내가 가지 않고 서 있자 그녀가 말한다. "난 못 도와줘. 네 뱃속에 있는 아기니까, 낳든지 말든지 네가 알아서 해."

"아기들은 어디 있어요? 언니의 군인 아기들이요."

고토코 언니가 얼굴을 도로 거울로 돌린다. 얼굴에 분을 바르며 말한다.

"처음 낳은 아기는 주인 여자가 데려갔어. 내가 전에 있던 집 주인 여자. 아기 우는 소리를 군인들이 싫어한다며. 하나는 뱃속에 있을 때 약을 먹고 떨어뜨리고, 하나는 죽어서 태어났어. 작년 봄에 낳은 아기는 돌격대원 가네야마의 아기였어. 토벌에서 돌아오자마자 그 짓을 하려고 날 찾아온 가네야마한테 그랬지. '나, 당신 애를 가졌어.' 가네야마가 그러더군. '네가 몸뚱이를 준 군인이 한둘이야.' 칼을 빼 들더니 획획 휘둘러 내 배를 갈기갈기 찢는 시늉을 하다가 그 짓을 하려고 내 몸에 달라붙었어. 애가 태어날 즈음에 토벌을 나가서 돌아오지 않았어. 족제비처럼 재빨라서 총알이 소나기처럼 퍼부어도 살 줄 알았는데 말이야. 토벌을 나갈 때마다 죽어 버리라고 빌었으면서 막상 죽었다는 소식을 들으니까 기분이 이상했어. 약을 먹고 떨어뜨리려다가 참았어. 낳고 싶었거든. 정말로 가네야마의 애인지 궁금했어. 가네야마는 죽고 없는데 말이야. 가네야마의 애가 맞으면 그를 한 군데라도 닮았을 거라고 생각했지. 가네야마. 생긴 게 평범하지 않았어. 곱슬머리에다 눈이 매 발톱처럼 날카로웠어. 그래서 악착같이 낳았지. 가네야마의 아기였어. 일곱 달 만에 태어나 눈도 못 뜨고 젖도 못 빠는 아기가 가네야마의 얼굴을 하고 있었어. 탯줄을 자른 아기를 안고 집 뒤에 있는 언덕으로 올라갔어. 언덕 아래 돌격부대를 향해 아기를 내밀며 소리쳤지. '가네야마, 아기 얼굴을 똑똑히 봐. 네 아기야. 널 똑 닮은 네 아기야.' 메뚜기 떼같이 모여 있는 군인들 속에 가네야마는 죽고 없는데 말이야."

며칠 뒤, 군인들이 전부 돌아가고, 밤새 날뛰던 쥐들도 잠든 새벽. 기절했다 깨어난 나는 고토코 언니의 방에서 들려오는 소리를 듣는다.

"아가야, 뭐 하고 놀았어?"

고토코 언니의 목소리다.

"배고파? 젖 줄까?"

나는 몸을 일으킨다. 널빤지 틈새로 고토코 언니의 방을 들여다본다.

고토코 언니가 베개보다 작은 흰 광목 보따리를 품에 끌어안고 거울 앞에 앉아 있다. 풀어 헤쳐진 기모노 자락 사이로 누릿한 젖가슴과 허벅지가 드러나 있다. 창유리로 새벽빛이 고여 들어서 방은 우물처럼 깊어 보인다. 그녀가 등을 진 거울은 이 세상 물건이 아닌 듯 이물스레 번들거린다. 그녀가 거울에 바짝 붙어 앉아 있어서 그 속에 덩그마니 들어앉아 있는 것 같은 착각이 들기도 한다.

군인 콧물 묻은 삿쿠가 고토코 언니의 발치에 죽은 물고기처럼 점점이 떨어져 있다.

"엄마는 군인들을 위로하는 여자……. 천황의 뜻을 받들어. 일본이 전쟁에서 이겨야 하니까……. 엄마 이름은 고토코……. 돌격대원이던 네 아빠가 엄마 이름을 지어 주었지……. 고토코……. 거문고처럼 맑고 우아한 아이라는 뜻이란다……."

고토코 언니가 흰 보따리를 품으로 더 꼭 끌어당겨 안더니 손으로 쓰다듬는다. 마치 품에 안겨 얌전히 젖을 빨고 있는 아기를 쓰다듬듯.

"아가야, 엄마 해 봐. 엄마, 엄마."

고토코 언니는 요람 바구니처럼 자기 몸을 흔들기 시작한다. 거울도 덩달아 흔들흔들 흔들린다.

"엄마, 엄마."

흰 보따리 속에 아기가 있다. 돌격대원이었다던 군인을 닮은 아기가. 그 군인의 아기인지 아닌지 알고 싶어서 고토코 언니가 기어이 낳은 아기가. 일곱 달 만에 태어나 눈도 못 뜨던 아기가.

나는 고토코 언니도 레이코 언니처럼 아기를 팔아먹은 줄 알았다. 그런데 아기는 그녀와 함께 있었다. 그녀는 아기를 흰 광목 보자기에 싸 보따리를 만들었다. 스즈랑에 팔려 오며 검은 보따리 속에 넣어 데리고 왔다.

아기는 엄마가 군인을 데리고 자는 동안 엄마 곁에 있었다. 배가 고팠을 텐데도 젖을 달라고 보채거나 울지 않았다. 엄마는 군인들과 끊임없는 돌림노래를 불러야 하니까. 돌림노래를 부르면서 아기에게 젖을 물려 줄 수는 없으니까. 그리고 군인들은 아기 우는 소리를 발정 난 고양이 울음소리보다 싫어하니까. 자신은 아기였던 적이 없다는 듯. 엄마 뱃속에서부터 군복을 입고 군인으로 태어나기라도 한 듯. 탯줄 대신에 각반을 종아리에 친친 감고. '샷사토 샷사토!' 울어 젖히며, 허공이 널빤지 문짝이라도 되는 듯 세차게 발길질을 하며.

군인들이 전부 돌아가고, 방에 엄마와 자신뿐인데도 아기는 울지 않는다. 엄마 품에 안겨서도 울지 않는다.

아기가 울지 않아서 다행이다.

아기가 울지 않아서 이상하다.

아기가 울지 않아서 불안하다.

아기가 울지 않아서 무섭다.

아기가 울지 않아서 나라도 울어야 할 것 같다.

고토코 언니는 아기가 울지 않는 게 이상하지 않나? 무섭지 않나?

아기는 왜 울지 않는 걸까. 레이코 언니의 아기는 세상에 나오자마자 스즈랑이 떠나가도록 울었다. 그래서 오도상도 아기가 태어난 걸 알 수밖에 없었다.

나는 아기를 울리고 싶다. 흰 보따리를 풀어 헤치고 아기의 볼을 꼬집어서라도, 손가락이나 발가락을 깨물어서라도, 머리카락을 잡아당겨서라도. '아가야, 울어라! 울어라!' 아기의 귀에 대고 소리치고 싶다. 곯아떨어졌던 여자애들이 아기 울음소리에 깨어난다. 부뚜막에 붙어 자고 있던 할아버지도 깨어난다. 거미들도 깨어나 미친 듯이 실을 잣는다. 고픈 배를 번데기처럼 접고 잠든 쥐들도 깨어나 날뛴다. 울음이 터진 아기는 더 세차게 운다. 자다 깬 여자애들이 고토코 언니의 방에 모인다. 레이코 언니가 아기를 흘끔 쳐다보며 말한다. '눈도 못 뜬 병신 아기여서 팔아 봐야 머릿기름도 못 받겠어.' 간단후쿠를 뒤집어 입은 요시에는 까딱까딱 졸며 아기의 손가락 개수를 센다. 삿쿠를 세듯. '하나, 둘, 셋, 넷, 다섯…… 열.' 손가락은 모자라지 않는다. 어떻게 된 일인지 나보다 숫자를 더 잘 세는 요시에는 연이어 손가락을 센다. '열하나, 열둘, 열셋, 열넷…….' 개수가 더해질 때마다 두릅 새순처럼 손가락이 올라온다. 아기가 계속 울자 하나코 언니가 거울에 대고 말한다. '아가야, 울지 마.' 에이코 언니가 말한다. '울게 놔둬. 우는 아기는 호랑이도 안 잡아먹는다잖아.' 눈을 감고 있어서 코와 입만 있는 것 같은 아기의 볼을 쓰다듬는 나나코의 발에는 군인 콧물 묻은 샷쿠가 달라붙어 있다. 미치코 언니도 고토코 언니의 방에 와 있다. 그녀는 입을 다물고, 소독약 탄 물이 담긴 놋대야 옆에 웅크리고 앉아 있다. 할아버지가 마당에 저승사자처럼 서서 방 안을 들여다보고 있다. 아유미는 흑설탕 가루를 아기의 입으로 떨어뜨려 준다. 나오미는 아기의 엉덩이에 편지를 쓴다. '엄마, 엄마, 엄마…….' 고토코 언니의 방이 끼익 소리를 내며 뒤척이더니 트럭으로 탈바꿈한다. 들판을 내달리는 트럭 짐칸에는 스즈랑의 여자애들과 아기가 타고 있다. 나나코가 하나코 언니의 손을 잡아 아기의 눈으로 가져간다. '만져 봐. 눈동자가 있어.'

뎅 하고 괘종시계가 울자, 고토코 언니의 방 안에 모여 있던 여자애들이 물거품처럼 사라진다.

아기는 여전히 흰 보자기 속에 있다. 아기는 울지도 않고 엄마 소리도 내지 않는다.

"우리 아기가 엄마 소리를 언제나 할까?" 흰 보따리를 안고 흔들거리던 고토코 언니가 한순간 옆으로 쓰러진다. 그녀는 잠들면서도 흰 보따리를 놓지 않으려 두 팔로 매달리듯 끌어안는다.

"아가야 엄마 해 봐. 엄마, 엄마……."

아기는 죽은 게 아닐까. 죽어서 울지 않는 게 아닐까. '아기야, 살았니? 죽었니?'

위문 출장

군용 트럭이 들판을 달려간다. 스즈랑의 여자애 다섯을 짐칸에 싣고. 간단후쿠 다섯 벌이 한없이 지루해하며 매달려 있는 가시철조망 울타리를 뒤로하고.

지난밤 자고 가는 군인이 있어서 날을 꼬박 새운 나나코가 꾸벅꾸벅 졸기 시작한다. 나나코와 나오미, 나. 셋은 광목 간단후쿠를 입었다. 고토코 언니는 스즈랑에 팔려 오던 날 입었던 비둘기색 기모노를, 레이코 언니는 검은 몸뻬에 누런 광목 블라우스를 입었다.

들판에 길을 내며 지평선을 향해 달려가는 군용 트럭 위로 도라지꽃 빛깔의 하늘이 하염없이 펼쳐진다. 간호사 모자를 닮은 구름 한 조각이 하늘에 둥둥 떠 있다.

나는 군용 트럭이 달려가는 방향과 반대로 앉아 실려 간
다. 군용 트럭이 이미 지나친 풍경이 내 앞에 펼쳐지는 동시에
멀어지는 걸 바라보며. 달궈진 다리미 같은 짐칸 바닥에 엉덩
이를 붙이고 앉은 내 앞에는 놋대야가 놓여 있다. 놋대야 속
에는 광목 수건과 삿쿠가 든 깡통, 군표 받는 깡통, 철 반합,
헝겊신 등이 들어 있다. 군용 트럭이 들썩일 때마다 내 엉덩이
도 덩달아 들썩인다. 놋대야와 그 안에 담긴 것들도.

가시철조망 울타리는 점점 쪼그라들어 가락지만 해지더니
흙먼지에 삼켜진다. 가시철조망 울타리에 매달려 있던 간단후
쿠들도, 밤이면 열 칸짜리 기차로 돌변해 들판을 거침없이 내
달리는 널빤지 방들도, 마당에 나와 서서 군용 트럭이 떠나는
걸 바라보고 서 있던 요시에와 하나코 언니도 함께 삼켜진다.

기분이 이상하다. 고향 집을 떠나올 때처럼 가슴이 녹아내
리는 것 같다. 오늘 아침에 귀리죽을 먹으면서도 도망치고 싶
었던 스즈랑으로 도로 되돌아가고 싶다. 가시철조망 울타리
가 간단후쿠들을 끌어안고 흙먼지에 삼켜지는 순간 심장이
쿵 하고 엉덩이까지 떨어지는 것 같았다. 스즈랑이 보이지 않
는 게, 보이지도 않는 스즈랑에서 멀어지는 게 겁난다.

스즈랑 같은 공장이 만주뿐 아니라 세상 어디에도 없었으
면 싶지만 스즈랑이 없으면 안 된다. 스즈랑에 하나코 언니가
남아 있다. 아유미도, 요시에도, 에이코 언니도, 미치코 언니

도. 레이코 언니가 모은 군표 뭉치도, 나오미가 땅에 쓰다 만 편지도, 고토코 언니의 거울도, 그녀의 흰 아기 보따리도. 그리고 내 보따리도. 보따리가 있어야 집에 돌아갈 수 있다.

군용 트럭이 날아올랐다 떨어진다. 나도 놋대야와 함께 떠올랐다 떨어진다. 나는 트럭 밖으로 튕겨 나가지 않으려 고토코 언니의 팔을 손으로 붙든다.

트럭이 달려가는 동안 트럭에 꼭 붙어 있어야 한다. 함께 떠나온 다른 여자애들이 트럭에 실려 있으니까. 여자애들과 떨어지면 안 된다. 혼자가 되면 안 된다.

들판에는 스즈랑의 여자애들을 싣고 달리는 군용 트럭뿐이다. 나무 한 그루, 집 한 채, 서 있는 사람 하나, 매 놓은 염소 한 마리 없다. 날아가는 철새 그림자조차 없다.

흙먼지 바람이 감자 더미가 돼 굴러온다. 군용 트럭을 깔아뭉개 버릴 것 같은 감자 더미는 여자애들의 얼굴을 감자로 만들어 버리고 지나간다.

우리는 팔려 가는 것이 아니다. 그런데 팔려 가는 것 같다.

우리는 군부대로 위문 출장을 가기 위해 군용 트럭 짐칸에 실려 가는 것이다. 강에 다녀왔더니 군용 트럭이 우리를 기다리고 있었다. 오토상은 병이 없는 여자애들을 골라 마당에 모아 놓고 말했다. "이안. 이안 슈츠초. 위문 출장 갔다 와." "며칠이나?" 고토코 언니가 묻자 오토상이 말했다. "이츠카(닷새)?

무이카(엿새)?" 고토코 언니는 자기 방으로 가 놋대야에 위문 출장 갈 짐을 꾸렸다. 나머지 여자애들이 눈치를 보며 꾸물거리자 오토상이 소리쳤다. "삿사토!" 우리를 쳐다보고 있던 군인들이 낄낄 웃으며 소리쳤다. "삿사토!" 우리는 놋대야에 이것저것 담아 들고 트럭으로 스스로를 던졌다.

나는 위문 출장이 뭔지 몰랐다. '위문 출장'이라는 말은 내 고향에는 없는 말이다. 나는 '출장'이라는 말은 몰라도 '위문'이라는 말은 사쿠라코 언니에게 들어서 알고 있다. 그녀는 만주 술집에 있을 때 일본 여자처럼 기모노를 차려 입고 군부대로 위문 공연을 가곤 했다고 했다. 위문은 군인을 위로해주는 것이다. 노래를 부르고, 춤을 추고 그리고 돌림노래.

닷새 아니면 엿새라고 오토상은 말했지만 나는 돌아오지 못할 곳으로 팔려 가는 것 같은 기분이 든다. 오토상은 헌 여자애들인 우리를 팔고 새 여자애들을 데려오고 싶어 한다. 군인들이 새 여자애들을 좋아하는 데다 새 여자애들은 병들지 않았으니까.

또 다른 여자애들을 태운 트럭도 들판 어딘가에서 달리고 있을 것 같다. 맥주 공장에 가는 여자애, 그냥 만주에 있는 공장에 가는 여자애, 양은 냄비 공장에 가는 여자애, 신발 만드는 공장에 가는 여자애, 실 공장에 가는 여자애. 가는 공장이 저마다 다른데 공깃돌 다섯 개처럼 한 트럭에 실려 가는 걸, 아무도 이상하게 생각하지 않았다. 그냥 만주에 있는 공장에 가는 여자애는 트럭을 타고 달리는 걸 마냥 신나 했다. 트럭이 도착해 자신들을 떨어뜨려 놓을 곳이 어떤 곳인지 까맣게 몰라서 아무도 뛰어내릴 생각을 하지 않았다. 알았어도 뛰어내릴 엄두를 내지 못했을 것이다. 트럭은 싸움소처럼 들판 허공을 난폭하게 들이받으며 달렸다. 트럭은 나오미와 날스즈랑에 떨어뜨리고 떠났다. 여자애 셋은 그대로 싣고.

해를 오른편에 두고 달리던 트럭은 이제 해를 뒤에 두고 달리고 있다.

"멀리도 가네." 레이코 언니가 투덜거린다.

고토코 언니는 노래를 부른다. 귀가 멍해 노랫소리가 제대로 들리지 않는다. 레이코 언니의 어깨에 머리를 대고 자던 나나코가 비명을 지르며 깨어난다. 그녀는 자신이 군용 트럭에 실려 가고 있다는 걸 깨닫고는 한숨을 폭폭 내쉰다. 위문 출장 때문에 나나코는 하나코 언니와 처음으로 생이별을 했다. 위문 출장은 그녀의 부모도 떼어 놓지 못하던 그녀들을 떼어 놓았다. 나나코가 엉덩이를 들고 꿈지럭거리더니 내 엉덩이에 자신의 엉덩이를 붙이고 앉는다.

"시간이 거꾸로 흐르는 것 같다." 나나코가 중얼거린다. 그녀는 하나코 언니 생각에 괴롭다.

시간이 거꾸로 흐르면 요코가 개나리이던 때로 돌아갈 수 있을까.

"내가 없으면 안 돼. 내가 없으면 하나코 언니는 아무 데도 못 가."

하지만 하나코 언니는 어차피 아무 데도 못 갈 것이다. 나나코가 있어도, 없어도. 귀머거리 귀 있으나 마나처럼. 전쟁이 끝나기 전에는, 오토상이 집에 보내 주기 전에는 아무 데도 못 간다.

한참 멀어진 스즈랑에서 더 멀어지는 게 불안하고 겁나면서도, 나는 군용 트럭이 멈추지 않고 계속 달렸으면 싶다. 군용 트럭에 실려 가는 동안에는 도착해 우리가 부려질 곳이 어딘지 몰라도 되니까. 군인을 위안하지 않아도 되니까.

군용 트럭이 갑자기 멈추더니 은테 안경을 쓴 군인이 내린다. 휘적휘적 걸어가더니 두 발을 벌리고 서서 오줌을 눈다. 곱슬머리 군인이 우리에게 내리라는 손짓을 한다. 우리는 짐칸 바닥에 찰떡처럼 붙어 버린 엉덩이를 들고 저릿한 다리를 일으켜 세운다. 굴러떨어지듯 내려 들판 여기저기 자리를 잡고 앉아 오줌을 눈다. 서로 눈을 마주치지 않으려고 얼굴을 다른 데로 돌리고.

레이코 언니가 은테 안경 군인에게 다가가더니 담배 한 개비를 얻는다.

군용 트럭이 도로 우리를 싣고 달리기 시작하자 고토코 언니가 말한다. "전에 있던 집에서도 군부대로 위문 출장을 가곤 했지."

"위문 출장 가면 뭐 해요?" 나나코가 묻는다.

"똑같지." 고토코 언니가 말한다.

"뭐가 똑같다는 거야?" 군인에게 얻은 담배를 피우던 레이코 언니가 묻는다. 입으로 내뿜은 담배 연기가 바람 때문에 그녀의 입으로 되삼켜진다.

"뻔하다고." 고토코 언니가 말한다.

"뭐가 뻔해?" 레이코 언니가 묻는다.

"너 머리 없어? 머리가 있으면 생각을 해 봐." 고토코 언니가 말한다.

나는 군용 트럭이 멈추지 않고 달렸으면 싶으면서도 너무 멀리 가는 것 같아서 불안하다. 간호사 모자를 닮은 구름은 어디로 가 버리고 없다.

아무 말소리도 들려오지 않아서 돌아다보니 다들 잠들고 나 혼자 깨어 있다. 하나코 언니 생각에 괴로워하던 나나코도 고개를 푹 숙이고 자고 있다.

흙으로 지은 집 다섯 채가 군용 트럭과 반대 방향으로 달려간다. 방금 태어난 갓난아기들처럼 벌거벗은 아이들도 군용 트럭과 반대 방향으로 달려간다. 나는 군용 트럭에서 뛰어내리고 싶은 충동을 느낀다. 마음만 먹으면 뛰어내릴 수 있을 것 같다. 군용 트럭은 천천히 달리고 있다. 하지만 나는 중국 말을 할 줄 모르는 데다 아기를 가졌다. 게다가 마을은 내 고향 마을보다 가난해 보인다. 우물도 없을 것 같다. 땅은 씨감자도 심지 못할 만큼 척박해 보인다. 내가 도망친 걸 나중에 알면 오토상은 군용 트럭에 함께 타고 있었던 여자애들에게 벌을 주고 내 몸값과 빚을 나누어 지울 것이다. 하지만 내가 뛰어내리지 못하는 건 다른 여자애들 때문이 아니다. 뛰어내리면 전쟁이 끝나도 집에 돌아가지 못할 것 같기 때문이다. 뛰어내릴까, 말까. 내가 망설이는 사이에 마을은 멀어져 지평선 너머로 사라진다.

마을을 벗어난 군용 트럭은 또다시 들판을 달린다. 달리는 건 군용 트럭이 아니다. 들판이다. 들판은 스즈랑의 여자애들을 태운 군용 트럭을 남겨 두고 뒤로 속절없이 달려간다.

군용 트럭이 멈췄다는 걸 나는 레이코 언니가 나오미를 흔들어 깨우는 소리를 듣고서야 깨닫는다.

"일어나. 다 왔어."

노을이 불길처럼 번져 오는 하늘 아래 군인 막사 여러 채가 모여 있다. 바람에서 밥 짓는 냄새가 맡아진다.

트럭에서 내려 모여 서 있는 우리의 얼굴은 실려 오는 내내 심하게 흔들려서 얼굴과 표정이 어긋나 있다. 눈동자와 눈빛이 어긋나 있다.

구덩이를 파고 있는 군인들을 보고 레이코 언니가 말한다.

"무덤을 파는 걸까?"

군인들이 둘씩 셋씩 짝을 지어 땅에 구덩이를 파고 있다.

"참호를 파는 거야." 고토코 언니가 말한다.

"그게 뭐야?" 레이코 언니가 묻는다.

"숨어서 적하고 싸우는 구덩이."

구덩이를 파던 군인들이 우리를 쳐다본다. 줄을 맞춰 걸어가던 군인들이 우리를 보고는 흥분해 꿩 울음소리 같은 소리를 낸다.

"군인이 아주 많지는 않네요." 나오미가 말한다.

"토벌 나갔겠지." 고토코 언니가 말한다.

구덩이 옆을 지나가며 나는 나도 모르게 그 안을 들여다본다. 하나의 구덩이가 두세 개로 보이며 몹시 깊게 느껴진다.

나무 상자를 나르던 군인들이 우리를 보고는 들떠 휘파람을 분다.

은테 안경 군인이 우리를 데려간 곳에 변소보다 조금 큰 막사 다섯 개가 나란히 서 있다. 은테 안경 군인은 우리를 그 앞에 두고 가 버린다. 모양과 크기가 똑같은 막사 다섯 개를 바라보며 나는 위문 출장이 뭔지 저절로 깨닫는다. 오지 군부대까지 출장을 떠나온 여자애는 다섯 명이다. 막사는 다섯 개다. 막사 하나마다 여자애 하나씩.

막사도 간단후쿠다. 군인들이 위문 출장을 오는 여자애들에게 입히려 뚝딱뚝딱 못을 박아 지은. 나는 간단후쿠 위에 막사 간단후쿠를 입고, 너무 멀어서 스즈랑까지 오지 못하는 군인들을 위안하며 데리고 잘 것이다.

간단후쿠는 구멍이 네 개지만, 막사 간단후쿠는 구멍이 하나다.

간단후쿠는 스즈랑의 가시철조망 울타리에 매달려 있지만, 막사 간단후쿠는 나룻배처럼 밧줄에 매달려 있다.

간단후쿠는 강물에 빨 수 있지만, 막사 간단후쿠는 강물에 빨 수 없다.

간단후쿠는 여자애들이 공장에 모여 미싱을 들들들 돌려 지었지만, 막사 간단후쿠는 군인들이 땅에 말뚝을 박고 지었다.

간단후쿠는 그걸 입고 춤을 출 수 있지만, 막사 간단후쿠는 입고 춤을 출 수 없다.

"여기가 어딜까?" 레이코 언니가 말한다.

"만주." 고토코 언니가 말한다.

"만주 어디?" 레이코 언니가 말한다.

"어딘지 알면?" 고토코 언니가 말한다.

"내가 어디에 있는지 알아야 할 거 아니야." 레이코 언니가 말한다.

"내가 어디에 있는지 알아서 뭐 하려고?" 고토코 언니가 말한다.

"어디에 있는지 알아야 돌아가지." 레이코 언니가 말한다.

"살아 있어야 돌아갈 수 있어. 어디에 있는지 몰라도 살아 있으면 언젠가 돌아갈 수 있어. 돌아가고 싶으면 어떻게든 살아 있어." 고토코 언니가 말한다.

"살아 있긴 하겠지." 레이코 언니가 말한다.

"살아 있는 게, 누워서 떡 먹기인 줄 알아?" 고토코 언니가 말한다. "어떤 집에서는 살아 있는 여자애들을 우물에 빠뜨려 죽였어."

"살아 있는 여자애들을요?" 나오미가 묻는다.

"그래. 우리처럼 멀쩡히 살아 있는 여자애들."

"멀쩡한 여자애들을 아깝게 우물에 빠뜨려 죽였다고? 못 믿겠는걸." 레이코 언니가 말한다.

"고분고분하게 굴지 않으니까. 댕강나무처럼 뻗대면 어떻게 되는지 본때를 보여 주려고 빠뜨린 거야."

군인 둘이 보리밥과 된장국이 담긴 대나무 통을 들고 걸어온다. 구레나룻을 기른 군인이 나나코를 쳐다보고 웃는다. 나나코도 군인을 쳐다보고 억지로 웃는다.

고토코 언니가 군인들에게 말한다.

"미즈(물)."

그녀는 물을 마셔 보이는 흉내를 낸다.

"미즈, 미즈."

된장 묻은 숟가락을 담갔다 꺼내기만 한 듯 희멀건 된장국에 배추 건더기 같은 게 몇 조각 떠 있다.

국자로 된장국을 뜨던 고토코 언니가 얼굴을 들더니 중얼거린다. "방금 총알 날아가는 소리가 들렸는데."

"나도 들었어." 레이코 언니가 말한다.

우리는 막사를 등지고 앉아 된장국에 만 보리밥을 먹는다. 군인들도 밥을 먹는지 구덩이를 파는 삽질 소리가 들려오지 않는다. 총알 소리도 더는 들려오지 않는다.

우리가 밥을 먹고 난 뒤에야 군인들이 대나무 물통을 들고 나타난다. 우리는 티끌이 떠다니고 흙이 가라앉아 있는 물을 마신다. 짙어진 노을을 바라보며 저마다 마음에 절로 떠오르는 생각에 잠긴다.

나는 스즈랑을 생각한다. 지금 내가 간절히 돌아가고 싶은 곳은 스즈랑이다. 뭔가 몹시 중요한 걸 그곳에 두고 온 기분마저 든다. 보따리 말고. 보따리보다 더 중요한 걸. 나는 스즈랑에 두고 온 것들을 하나씩 떠올려 본다. 담요 두 장, 가시 철조망에 넌 간단후쿠, 각반으로 만든 생리 기저귀들, 그곳에 있었으면 먹었을 귀리죽 한 사발, 실 잣는 거미들, 내 방 천장에 떠 있는 검은 보름달에 사는 쥐들, 오토상한테 진 빚, 내 몸값. 나는 여기에 있지만 내 몸값은 스즈랑에 있다. 간단후쿠는 닷새나 엿새 뒤 내가 돌아갈 때까지 걸려 있을 것이다. 빚은 이자가 붙어 늘어나 있을 테고, 내 몸값은 떨어져 있을 것이다. 데리고 자는 군인이 늘어날수록 몸값은 떨어진다. 데리고 자는 군인이 늘어날수록 그만큼 더 헌것이 되니까.

나나코는 하나코 언니를 생각한다. 그녀는 팔 하나를 뚝 떼어 놓고 온 것처럼 허전하다. 몸 반쪽을. 그녀는 하나코 언니 때문에라도 스즈랑에 돌아가야 한다. 혼자서는 아무 데도 못 가는 쪽은 하나코 언니가 아니라 자신이라는 걸, 그녀는 하나코 언니와 처음으로 떨어지고 나서야 깨닫는다. 그녀는 하나코 언니가 없으면 안 된다. 하나코 언니 없이는 아무 데도 못 간다. 전쟁이 끝나도 집에 못 돌아간다.

레이코 언니는 바늘 장수가 데려간 아기를 생각한다. 그녀는 군용 트럭을 타고 오지의 군부대까지 오는 동안 바늘 장수를 만날 수 있지 않을까 기대했다. 바늘 장수를 만나면 물어보려고 했다. 자신의 아기를 어떻게 했는지. 하지만 트럭에 실려 오지의 군부대까지 오는 동안 한 사람도 보지 못했다. 걸어가는 사람도, 서 있는 사람도, 밭을 가는 사람도. 군용 트럭이 마을을 지나갈 때 그녀는 곯아떨어져서 발가벗은 아이들을 보지 못했다.

나오미는 아버지가 오늘 밤 스즈랑으로 자신을 데리러 올 것 같다. 그녀는 위문 출장을 떠나와 차라리 다행이라고 안도

한다.

고토코 언니는 오지 군부대가 먼젓번 집 같다. 그 집은 군부대와 붙어 있었다. 그녀는 그 집을 떠나지 못하고 여전히 그 집에 살고 있다. 그녀는 그 집에도 있고, 스즈랑에도 있고, 위문 출장을 온 군부대에도 있다. 그리고 그녀는 거울 속에도 있다. 머리는 불파마를 하고, 얼굴에 분을 바르고, 회색 기모노를 입고, 버드나무 가지처럼 늘어진 군도에 매달려 노래를 부르고 있다. '허리에 찬 군도에 매달려, 데려가 주세요, 어디라도.'

하늘 아래에 군인들과 우리 다섯뿐이라는 생각이 문득 들자 소름이 끼친다.

레이코 언니가 막사 뒤로 가서 오줌을 누고 온다. 그녀를 시작으로 우리는 순서를 정한 듯 차례로 막사 뒤로 가 오줌을 누고 온다. 나나코는 오줌을 누고 오며 대나무 통 속 물로 얼굴을 씻는다.

하나코 언니의 눈꺼풀 같은 달이 다섯 개의 막사 위에 떠오른다. 달에서 새끼손가락만큼 떨어진 곳에 볍씨만 한 샛별이 생뚱맞게 떠 있다.

희끄무레하던 반쪽 달에 호박죽 빛깔이 감돈다.

달은 스즈랑의 막사발이다. 막사발도 우리를 따라 위문 출장을 왔다. 삐뚜름히 기울어진 막사발에는 귀리죽이 아니라 호박죽이 담겼다.

막사 뒤쪽에서 역겨운 냄새와 연기가 바람에 실려 불어온다.

"썩은 생선 태우는 냄새 같아." 나오미가 말한다.

"군인 태우는 냄새야." 고토코 언니가 말한다. "죽은 군인. 죽은 군인을 태우면 이런 냄새가 나."

"고약하네. 군인 태우는 냄새여서 이렇게 고약한 걸까. 아니면 사람 태우는 냄새가 다 이런 걸까?" 레이코 언니가 말한다.

"아기 태우는 냄새는 비위에 거슬리지 않아." 고토코 언니가 말한다.

"아기 태우는 냄새?"

"아기를 태우면 나무 태우는 냄새가 나."

"누구 아기를 태웠어?"

"내 아기. 열 달도 못 채우고 태어나 두 달 만에 죽었어. 군인들 화장하는 곳에서 화장했어. 죽은 군인들 화장터가 멀지 않은 데 있었거든. 바람이 조금 심하게 불면 군인 태우는 연기하고 재가 내가 있던 집까지 날아왔어."

"땅에 묻어 주지 그랬어." 레이코 언니가 말한다.

"뼈라도 추려서 데리고 다니다, 전쟁 끝나 고향에 돌아가면 고향 산에 묻어 주려고."

"고향 없다며."

"봄에 진달래 피는 곳이면 다 내 고향이야."

"뼈를 갖고 있단 말이야? 무섭지 않아?" 레이코 언니가 묻는다.

"내 아기 뼈가 뭐가 무서워?" 고토코 언니가 말한다.

"너 몇 살이야?" 레이코 언니가 묻는다.

"묻지 마. 나이 따위 잊어버렸어." 고토코 언니가 말한다.

그때 펑 하고 바퀴 터지는 소리가 나서 나나코가 소스라치게 놀란다.

"놀랄 것 없어. 내장 터지는 소리야. 뼈만 남을 때까지 타려면 밤새 타야 할 걸. 전에 있던 집에서 군인 태우는 걸 구경한 적 있어. 군인의 얼굴과 몸이 타는 걸 구경하고 서 있었어. 하나도 무섭지 않았어. 내 몸도 같이 타고 있는 것 같았어. 따뜻하다는 생각마저 들었어. 내장 터지는 소리가 어찌나 큰지 간 떨어지는 줄 알았어. 그날 밤 토벌을 나갔다 돌아온 군인이 내 몸에 거머리처럼 달라붙다 말고 주먹으로 밀치며 말했어. '지독한 냄새가 나는군.' 그래서 내가 말했지. '너 태우는 냄새야.' 멍청한 군인이 내 말뜻을 못 알아듣지 뭐야. 그래서 내가 다시 말했지. '너. 죽은 군인 태우는 냄새.' 얼마나 탔는지 궁금해서 동이 틀 즈음 변소에 가는 척하고 나와 봤어. 그때까지 타고 있었어. 죽은 군인이 밤새 혼자 타고 있었어."

"불쌍해라." 나나코가 중얼거린다.

"불쌍하긴! 나는 나 말고는 아무도 안 불쌍해." 레이코 언니가 말한다.

"흥, 나는 아무도 안 불쌍해. 아무도. 나도. 난 누굴 위해 울지 않아. 날 위해서도 절대 울지 않아. 눈물이 메마르기도 했지만 아무도 불쌍하지 않으니까. 아무도 날 울리지 못해. 나도 날 울리지 못해. 내가 날 불쌍해하면 끝장이야."

"나는 내가 세상에서 가장 불쌍한걸." 레이코 언니가 말한다.

은테 안경 군인이 뛰어오더니 우리를 막사 안으로 몰아넣는다. 막사 하나마다 여자애 하나씩.

막사 안에는 널빤지가 덩그러니 놓여 있다. 쑥색 담요가 말안장처럼 널빤지 위에 펼쳐져 있다. 관 뚜껑처럼 생긴 널빤지는 절벽처럼 높다. 돼지 다리처럼 뭉뚝한 각목 네 개가 떠받치고 있는 널빤지 여기저기 쇠못이 박혀 있다.

널빤지도 간단후쿠다. 광목 간단후쿠 위에 막사 간단후쿠를 껴입은 나는 그 위에 또 껴입어야 하는 널빤지 간단후쿠를 바라본다. 널빤지 간단후쿠에 박다 만 쇠못이 내 눈에 들어온다. 나는 쇠못을 손으로 움켜잡고 흔든다. 쑥 올라온 쇠못을 땅바닥에 버린다.

군인을 데리고 자야 하는 건 내가 아니라 세 벌의 간단후쿠다. 광목 간단후쿠, 막사 간단후쿠, 널빤지 간단후쿠. 아기를 가진 건 내가 아니라 광목 간단후쿠다. 간단후쿠들은 얼굴이 없다. 그래서 영혼이 없다.

막사 입구에 늘어뜨려 놓은 검은 천이 펄럭이더니 군인이 막사 안으로 뛰어 들어온다. 군복 바지를 급하게 내리느라 널빤지 모서리에 무릎을 찧는다. 팔짝팔짝 뛰는 그 군인을 시작으로 돌림노래가 시작된다.

다른 막사들에서도 앞다퉈 돌림노래가 불리기 시작한다.

"삿사토 삿사토!"

박자를 맞추기 어려울 만큼 돌림노래가 빨라지며 껴입은 간단후쿠들이 물과 기름처럼 따로 논다. 광목 간단후쿠는 그것대로, 막사 간단후쿠는 그것대로, 널빤지 간단후쿠는 그것대로. 생긴 대로, 내키는 대로, 제멋대로. 광목 간단후쿠는 팔락팔락, 막사 간단후쿠는 출렁출렁, 널빤지 간단후쿠는 삐걱삐걱. 가장 제멋대로인 널빤지 간단후쿠에 달린 쇠못 단추들이 헐거워져 팽이처럼 팽그르르 돈다.

나는 스즈랑에서 세지 않던 군인을 센다. 하나, 둘, 셋에서 금세 열이 된다. 스물이 된다. 마치 대추나무에 대추가 열리듯.

"삿사토 삿사토!"

막사 기둥에 매달아 놓은 깡통 속에 군표가 쌓인다.

다리가 구부러들며 발가락들이 오그라든다. 창자가 배배

꼬이고, 늑골과 골반이 주저앉는다. 뼈들이 들뜨고 벌어진다. 무말랭이 같은 입술이 갈라지고 터진다. 혀에 혓바늘이 돋는다. 목구멍이 실오라기처럼 쪼그라들어 숨이 잘 쉬어지지 않는다. 확성기처럼 부풀어 오른 귓속에서 오토상의 목소리가 메아리처럼 울린다. '너희 한 명이 군인 백 명을 상대해야 한다.'

나는 군인을 스물다섯까지 세다 만다. 계속 세다가는 군인을 백 명까지 세게 될까 봐.

흰자위를 번득이며 몸에 삿쿠를 씌우는 군인이 둘로, 셋으로 보인다. 군인은 내가 알지 못하는 여자애의 이름을 부른다. "유미코, 유미코." 군인의 입에서 튄 침이 바늘이 돼 내 얼굴을 찌른다.

나는 눈꺼풀을 떴다 감았다 한다. 군인이 군표를 내는지 보려고, 삿쿠를 쓰고 내 몸에 들어오는지 보려고.

눈꺼풀이 떠지지 않는다.

간수처럼 짜고 쓴 눈물이 눈곱이 됐다. 눈곱이 엉겨 붙으며 눈썹 하나하나가 시침질한 바늘땀이 됐다. 눈꺼풀이 떠지지 않아 나는 죽은 여자애처럼 눈을 감고 군인이 바뀐 것 같을 때마다 말한다.

"군표를 내요."

"삿쿠를 껴요."

허벅지로 피가 흐르는 게 느껴지지 않는다. 군인이 바뀐 것도 모르겠다.

아래를 찌르는 건 아래다.

아래를 물어뜯는 건 아래다.

아래를 베는 건 아래다.

'아파 아파.'를 잃어버린다.

'이타이 이타이.'를 잃어버린다.

죽은 군인은 불에 얼마나 탔을까. 군복을 입고 타고 있을까. 종아리에 각반을 두르고. 군인을 셋까지 셌을 때, 나는 막사 뒤에서 들려오는 뺑 소리를 들었다. 군인을 넷까지 셌을 때도. 군인을 다섯까지 셌을 때 가장 큰 뺑 소리가 들려왔다.

불길에서 걸어 나오는 죽은 군인의 모습이 떠지지 않는 눈속에 보인다. 그는 불에 타다 말아 부지깽이 같은 다리로 걸어온다. 내 막사 앞에 줄을 선 군인들 뒤에 선다. 머리카락과 살이 전부 타 버리고 해골만 남은 얼굴을 까딱까딱 흔들며 소리 지른다. '삿사토 삿사토!' 해골에서 아지랑이 같은 연기가 피어오르며 묻어 있던 재가 날린다. 오그라들어 쥐눈이콩같아진 눈동자가 눈구멍에 매달려 흔들린다. 그의 오장육부는 아직도 불타고 있다.

나는 어서 죽은 군인의 차례가 되길 기다린다. 그래야 돌림노래가 마침내 끝나고 날이 밝을 테니까.

아무리 죽은 군인이어도 군표는 내야 한다. 갖고 있던 군표가 전부 타 버리고 없어도 군표를 내야 한다. 살아 있는 군인의 것을 훔쳐서라도.

아무리 죽은 군인이어도 내 아래로 들어오려면 몸에 삿쿠를 써야 한다. 몸이 타 버리고 없어도.

만약 죽은 군인이 군표를 내지 않으면 나는 소리칠 것이다. '나쁜 놈아!'

만약 죽은 군인이 삿쿠를 쓰지 않고 내 몸에 들어오려 하면 나는 소리칠 것이다. '제발 삿쿠를 껴요.' 그래도 죽은 군인이 삿쿠를 쓰지 않으려 고집을 부리면 울며 소리칠 것이다. '나 병 있어요!'

죽은 군인이 막사로 들어선다.

'군표를 내요.'

'삿쿠를 써요.'

죽은 군인은 군표도 내지 않고, 삿쿠도 끼지 않고, 내 몸 아래로 날아들어 떨어진다.

심장이 잉걸불이 된다. 꺼져 들던 죽은 군인의 몸이 다시 더 세차게 타오른다. 광목 간단후쿠로 옮겨붙은 불길이 거세지며 널빤지 간단후쿠와 막사 간단후쿠를 집어삼킨다. 겹겹이 껴입은 간단후쿠들이 불에 타 버려 나는 벌거벗은 몸이 된다. 죽은 군인의 타다 만 뼈와 재가 내 얼굴과 몸을 덮는다. 해골이 굴러떨어져 내 배꼽 위에 덩그러니 놓인다. 깨지고 금 간 막사발이 돼서.

스미마센

 오금이 붙어 버린 다리가 펴지지 않아서 미끄러지듯 널빤지에서 내려간다. 땅에 들러붙어 비린 냄새를 풍기는 샷쿠를 곱아든 발로 밟으며 막사 밖으로 나간다.

 동이 튼 하늘에 떠 있는 막사발을 올려다본다. 막사발은 비어 있다. 호박죽도, 귀리죽도 그 안에 담겨 있지 않다. 막사발에 그득 담겨 출렁이던 호박죽은 누가 먹었을까.

 고토코 언니가 한쪽 다리를 쟁기처럼 끌며, 철 반합을 덜렁덜렁 흔들며 두 번째 막사에서 나온다. 군인들이 흘리고 간 각반을 주워 챙기고 있는 나를 보고는 말한다.

 "살아 있네."

 그녀는 침을 퉤퉤 뱉고 나서 철 반합으로 대나무 통 속 물을 떠 마신다.

그녀가 말한다. "꼭 벌통 속에 던져졌다 꺼내진 것 같아."

레이코 언니가 막사에서 나온다. 군인에게 맞았는지 얼굴이 곰팡이 핀 누룩 같다. 군인이 흘린 콧물이 간단후쿠 소매에 묻어 있다. 그녀는 막사들 뒤로 가 오줌을 누고 온다.

레이코 언니가 말한다. "어느 놈이 똥을 싸지르고 갔네."

나나코가 막사에서 나온다. 그녀는 걸음마를 시작한 아이처럼 한 발짝 한 발짝 걸음을 내딛다 말고 엉덩방아를 찧으며 주저앉는다.

위문 출장을 떠나온 우리 다섯 명 전부 다 죽지 않고 살아 있다.

살아 있어서 아래가 돌아온다.

살아 있어서 뼈와 살이 돌아온다.

살아 있어서 '아파 아파.'가 돌아온다.

그래서 '이타이 이타이.'도 돌아온다.

살아 있지만 집에서는 살아 있다는 걸 모른다.

순진한 엄마는 알고 있지 않을까. 내가 죽은 줄로. 실을 잣다가 실에 감겨서. 아니면 폐병에 걸려서. 엄마는 내가 실 공장에서 폐병에 걸릴까 봐 걱정했다. 엄마는 어디서 들었는지 공장에서 일하다 폐병으로 죽는 여자애들이 있다는 걸 알고 있었다. 엄마는 내가 집에 돌아오지 않기를 바라는 게 아닐까. 내가 집에 돌아오는 것은 줄었던 입 하나가 다시 느는 것이니까. 엄마는 입 하나가 느는 걸 겁내 하면서도 자식을 낳고 낳았다. 편지하겠다고 해 놓고 편지 한 통 안 한 걸 두고 날 원망하면 어쩌나. 실 공장에서 돈 벌면 보내 주겠다고 해 놓고 한 푼도 보내 주지 않은 걸 두고. 엄마가 기다리는 건 '저는 건강히 잘 있어요.'라고 쓴 편지가 아닐지도 모른다. 편지도, 나도. 엄마가 기다리는 건 쌀을 사고, 송아지를 사고, 밭을 살 돈인지도 모른다.

군인 둘이 보리밥과 된장국이 든 대나무 통을 들고 걸어온다. 어제 우리에게 저녁을 가져다준 군인들이다.

레이코 언니가 군인들에게 손을 내밀며 말한다. "담바꼬, 담바꼬."

구레나룻을 기른 군인이 담뱃갑에서 담배 한 개비를 꺼내 그녀에게 준다.

"아리가토."

고토코 언니가 다른 군인들에게 일본 말로 말을 건다. 순진해 보이는 군인이 어린애처럼 웃는다. 불쑥 그 군인도 우리 중 누구의 몸에 돌림노래로 다녀갔을 거라는 생각이 들자 웃는 얼굴이 징그럽게 느껴진다.

레이코 언니가 말한다. "네 말을 못 알아듣는 것 같은데."

고토코 언니가 말한다. "내 말을 못 알아듣는 게 아니라

오사카 사투리를 못 알아듣는 거야. 내가 오사카 출신 군인한테 일본 말을 배웠거든."

"오사카?" 군인이 쌍꺼풀진 눈을 크게 뜬다.

"오사카." 고토코 언니는 그리고 고향 말로 말한다. "토벌 나가 뒈진 애인 고향이 오사카였어."

군인이 웃자, 고토코 언니가 여자애들을 돌아다보며 말한다.

"요거, 숙맥이네."

군인의 얼굴에서 웃음이 가신다. 군인의 큼직한 손이 들리더니 고토코 언니의 뺨을 때린다. "와루구치와 와루이(욕은 나빠)!"

"아리가토!"

군인들이 가고, 레이코 언니가 고토코 언니에게 말한다.

"아리가토가 아니라 스미마셴."

"아리가토." 고토코 언니가 말한다.

"스미마셴이라니까." 레이코 언니가 말한다.

"잘못한 게 있어야 스미마셴. 잘못한 것도 없는데 스미마셴 할 수는 없지. 난 잘못한 거 없어. 내가 군인들한테 오뉴월 개처럼 얻어터지면서도 결단코 하지 않는 말이 뭔지 알아? 스미마셴. 비굴한 계집애들이나 스미마셴을 혀에 방울처럼 달고 살지."

"아리가토는?" 레이코 언니가 묻는다.

"아리가토는 엿이야." 고토코 언니가 말한다.

"엿?"

"아리가토. 엿이나 먹어라."

우리는 또다시 소풍을 나온 듯 다섯 개의 막사를 등지고 앉아 된장국에 만 보리밥을 먹는다. 나무 숟가락을 쥔 나나코의 손이 심하게 떨린다. 보리 밥알을 씹는 레이코 언니의 앞니가 흔들린다. '결코 스미마센 하지 않는' 고토코 언니는 쓴 한약을 마시듯 이마를 찌푸리고 된장국을 입으로 흘려 넣는다.

살아 있어서 우리는 아래를 씻고, 얼굴을 씻고, 기운이 남아 있으면 팔다리도 씻는다. 그러고도 기운이 남아 있으면 머리카락을 빗는다. 그러고도 기운이 남아 있으면 담요를 들고 나와 허공에 대고 턴다. 그러고도 기운이 남아 있으면 서로 머릿니를 잡아 준다.

나는 고토코 언니에게 말하고 싶다. 내가 스미마센 하는 것은 아리가토와 함께 스미마센이 가장 처음 배운 일본말인 데다 가장 쉽고, 가장 짧기 때문이라고. 아리가토가 왼손이라면, 스미마센은 오른손 같은 것이라고. 왼손과 오른손을 번갈아 내밀듯, 나는 아리가토와 스미마센을 번갈아 중얼거리는 것뿐이라고.

위문 출장 온 첫날 다섯 개의 막사에서 밤새도록 부르던 돌림노래가 시작이었다는 걸, 우리는 돌림노래가 다시 시작되고 나서야 깨닫는다. 돌아온 아래가 제자리를 찾기도 전에 돌림노래는 다시 시작된다. 된장국 국물이 신물처럼 올라오고, 뻣뻣한 보리 밥알들이 뱃속에서 벼룩처럼 튄다. 다리가 동그라미를 그리며 발뒤꿈치가 맞닿는다.

오토상은 거짓말을 하지 않는다. 여자애 하나가 군인 백 명을 상대해야 한다는 말은 결코 거짓말이 아니었다.

흰 상여

 위문 출장 사흘째 되는 날, 우리는 또 다른 곳으로 위문 출장을 간다. 레이코 언니, 나나코, 나, 그렇게 셋만.

 위문 출장이 뭔지 모르고 떠나올 때와는 기분이 다르다. 위문 출장은 더 외지고 먼 곳으로 떠나는 것이다.

 위문 출장은 돌아 버린 군인들이 자신들의 무덤을 파고 있는 곳에 가는 것이다.

 우리가 가고 있는 곳에 막사 간단후쿠 대신 뭐가 있을까. 영영 돌아올 수 없는 곳으로 떠나는 것 같아 불안하다.

 다섯에서 둘과 셋으로 나뉘어 갈라지는 게 불안하다. 손이 찢어지면서 손가락 다섯 개가 둘과 셋으로 나뉘는 것 같은 심정이다.

나는 위문 출장을 떠나오며 챙겨 온 것들을 전부 가지고 간다. 혹시 몰라서. 혹시나 위문 출장을 간 곳에서 또 위문 출장을 떠나야 할지도 모르니까.

위문 출장도 돌림노래가 됐다. 돌림노래가 얼마나 길게 이어질지 나는 알지 못한다. 어쩌면 우리를 위문 출장 보낸 오토상도 모르고 있는 게 아닐까.

우리 셋은 걸어서 위문 출장을 간다. 우리 앞에 걸어가는 군인들 속에는 고토코 언니의 뺨을 때린 군인도 있다. 그 군인이 뒤를 돌아다보다 나와 눈을 마주치자 빙긋이 웃는다. 나는 얼떨결에 중얼거린다. "아리가토."

군용 트럭을 타지 않고 걸어서 위문 출장 떠나는 걸 반긴 나는 금세 후회한다. 얼마 못 걸어가 엉덩이가 발목까지 흘러내리고, 무릎뼈가 돌아간다. 군인들이 다녀가며 인심 좋게 나누어 주고 간 사면발니가 깨가 돼 아래에 열린다. 나는 간단후쿠 속으로 손을 넣고 아래를 긁으며 발을 놓는다. 머리에서는 머릿니가, 겨드랑이에서는 몸니가 깨가 돼 열린다. 깨들이 한통속이 돼 날뛴다. 나는 아래를 긁던 손으로 머리를 긁다, 겨드랑이를 긁다, 다시 아래를 긁는다.

"우물이네." 나나코가 말한다.

웬 우물이 버려진 철 반합처럼 덤불 속에 덩그러니 놓여 있다.

"물 마시고 가자."

나나코의 말을 나는 못 들은 척한다. 비죽 솟아 있는 게 우물이라는 걸 깨닫는 순간 고토코 언니가 했던 말이 떠올랐다. 우물에 우리 같은 여자애들을 빠뜨려 죽였다던.

나나코는 우물에 물을 길러 갔다 만주로 던져졌으면서 우물이 반갑기만 하다. 그녀는 위문 출장 중이라는 걸 까먹고 우물로 걸어간다. 그녀는 만주에 와서 우물을 처음 봤다.

군인이 나나코를 보고 소리 지른다. "곳치 오이데(이리 와)!"

화들짝 놀라며 되돌아온 나나코가 내게 속삭인다. "썩은 우물이야. 가까이 갔더니 군인 태우는 냄새보다 지독한 냄새가 났어." 그녀는 늘어난 간단후쿠 소매에 코를 풀고 바닥에 침을 뱉는다.

내게 만주의 우물은 나 같은 여자애들이 버려진 우물이다. 만주의 모든 우물은.

수수밭을 가로질러 건너자 무덤 판 자리 같은 참호 구덩이들이 널려 있다. 아기 혀 같은 잎이 스무 개도 안 달린 나무 밑에 군인들이 모여 앉아 있다. 햇볕에 심하게 그을려 숯덩이가 된 얼굴로 날 바라본다.

레이코 언니가 군인들을 보고 말한다. "허깨비들 같네."

그 소리를 들은 군인이 대뜸 묻는다. "난다토(뭐라고)?"

레이코 언니가 얼굴을 씻지 않아서 눈곱이 매달린 눈으로 억지웃음을 지으며 말한다. "아리가토고자이마스."

한 시간 남짓 걸어오는 동안 지쳐 버린 우리는 한숨 돌릴 여유도 갖지 못하고 군인을 데리고 잔다.

담요 네 장을 매달아 벽을 만든 곳에 담요를 깔고.

담요 위에 몸을 누이자 하늘이 보인다. 간호사의 흰 모자가 높고 파란 하늘에 떠 있다. 간호사의 흰 블라우스도. 흰 치마도, 흰 앞치마도. 걸을 때 또각또각 소리가 나는 흰 신발 두 짝도. 흰 신발은 서로 모르는 여자애들처럼 떨어져서 또각또각 소리를 내며 떠 있다.

간호사는 뭘 입고 있을까. 머리에 쓰고, 몸에 입고, 발에 신고 있던 것들이 구름이 돼 그녀의 몸을 버리고 하늘로 올라가 버려서. 간단후쿠를 입고 있으려나. 간단후쿠를 입고 뭘 하고 있으려나. 스즈랑의 부엌에서 귀리죽을 먹고 있으려나.

하늘에 떠 있는 간호사의 모자는 그녀의 머리 위에 있을 때보다 더 희고 더 크다. 그리고 더 조각배 같다.

블라우스는 단추가 전부 풀어 헤쳐져 있다. 치마는 항아리처럼 부풀어 있다. 흰 신발은 하늘에 떠서도 또각또각 소리를 낸다. 또각또각 어디로 가려나. 또각또각 또각또각 아리랑 아리랑. 아무 데로도 가지 않는다.

또각또각 또각또각 아리랑 아리랑.

불쑥 나타난 군인이 하늘을 가린다. 소 눈망울만 한 땀방울을 뚝뚝 흘리던 군인이 내 몸 위로 떨어진다. 순간 땅이 흔들린다. 내 양팔을 움켜잡는 군인의 손이 부지깽이처럼 뜨거워서 나는 깜짝 놀란다. 군인의 몸이 가리고 있던 하늘이 다시 나타난다.

나는 하늘로 손을 뻗는다.

"짓토시테로(가만히 있어)!"

나는 얼른 흰 모자를 낚아채 내 머리에 쓴다.

군인의 머리카락이 가시덤불이 돼 내 얼굴을 덮는다. 나는 코로, 입으로 가시들을 헤치고 나아가 하늘을 바라본다.

나는 하늘로 손을 뻗어 흰 블라우스를 낚아챈다.

"짓토시테로!"

나는 블라우스를 간단후쿠 위에 걸치고 단추를 채운다. 내가 단추를 다 채우기도 전에 내 몸에 매달린 군인의 얼굴이 바뀌어 있다. 군복은 벌통이다. 군복 속에는 군인들이 바글바글 들어 있다. 군인들은 차례로 얼굴과 몸을 군복 밖으로 내밀고 내 아래에 다녀간다.

펑.

오줌을 누듯 두 다리를 벌리고 서서 군복 바지를 내리던 군인이 멈칫한다.

펑. 펑.

엉덩이 아래까지 내린 바지를 한 손으로 잡고 엉거주춤히

서 있던 군인이 바지를 끌어 올리며 황급히 돌아선다.

나는 배꼽까지 말려 올라간 간단후쿠 자락을 끌어 내리며 몸을 일으킨다.

핑. 핑.

흥분한 말벌처럼 날아다니는 총알을 맞지 않으려 군인들이 참호 속으로 뛰어드는 광경을 멍하니 바라본다.

알몸인 레이코 언니가 총알을 피하며 뛰어간다. 군표가 든 깡통을 손에 들고 비명을 지르며. 내 눈에는 그녀가 새끼를 밴 고라니로 보인다. 사냥꾼이 쏘는 화살을 피해 눈밭을 달려가는. 한순간 그녀가 훌쩍 날아올라 구덩이로 떨어진다. 깡통 속에 든 군표가 부화한 나방 떼처럼 날아올랐다 흩어진다.

나나코를 쫓아 뒤뚱뒤뚱 달려가던 나는 다른 구덩이 안으로 굴러 떨어진다. 군인 하나가 두 손으로 머리를 감싸 쥐고 경기하듯 바들바들 떨고 있다. 군인이 핏발 선 눈을 부릅뜨고 날 쏘아보더니 알아들을 수 없는 말을 중얼거리며 날 덮쳐 온다.

들판으로 끌려가 도축되는 소, 돼지가 내는 것 같은 소리가 들려온다.

총알이 구덩이 안으로 날아들어 박힌다. 군인의 머리로, 내 얼굴로 흙이 흘러내린다. 구덩이 위로 날아가는 총알을 바라보며 나는 간절히 빈다. 총알이 구덩이 속으로 떨어지지 않게 해 달라고. 군인의 머리를 비껴가게 해 달라고. 나는 군인이 내 몸 위에서 죽는 걸 바라지 않는다. 그럼 군인의 죽은 몸이 내 몸에 영원토록 달라붙을 테니까.

총알 날아다니는 소리가 뚝 그친다.

정적이 몹시 길게 흐른다.

내 몸 위에서 기절했거나 깊이 잠들어 버린 군인 때문에 나는 몸을 일으키지 못한다. 군인의 머리카락 한 가닥이 내 눈을 찔러 온다.

간호사의 흰 신발이 또각또각 떠온다. 한 뼘쯤 떨어져서 각자, 저 혼자, 다른 공장으로 보내지는 여자애들처럼 둥둥 떠간다.

나는 하늘로 손을 뻗는다. 신발이 너무 높이 떠 있어서 손에 잡히지 않는다.

나는 여전히 죽었거나 기절한 군인과 함께 구덩이 속에 있다.

군인 콧물이 내 허벅지에서 흐르는 게 느껴진다.

"나나코! 나나코!" 레이코 언니가 나나코를 부르고 있다.

군인이 몸을 일으키더니 나를 버려두고 구덩이에서 기어 나간다. 흙이 흘러내려 내 눈 속으로, 입속으로 떨어진다.

간호사의 흰 신발 두 짝이 상여가 돼 또각또각 떠간다. 또각또각 아리랑 아리랑. 신발 하나에 나나코가 실려 있다. 간단후쿠를 입고. 또각또각 또각또각 아리랑 아리랑. 나나코의 옆구리에 우물이 고여 있다. 우물은 우리가 위문 출장을 오는 길에 본 우물처럼 덤불에 덮여 있다. 핏빛 덤불에.

나나코는 자신의 몸에 우물을 만들었다. 또각또각 또각또각 아리랑 아리랑. 간단후쿠를 입고 간단후쿠가 된 몸에 우물을 만들었다. 또각또각 또각또각 아리랑 아리랑.

귀가

 위문 출장을 마치고 스즈랑으로 돌아가는 군용 트럭 짐칸에는 여자애가 넷만 타고 있다. 고토코 언니, 레이코 언니, 나오미, 나 그렇게.

 나나코는 흰 상여가 된 간호사의 신발에 실려 또각또각 또각또각 아리랑 아리랑 하늘을 떠간다.

 흰 상여는 군용 트럭을 앞질러 간다. 또각또각 또각또각 아리랑 아리랑.

 한없이 느려 터진 간호사 모자는 군용 트럭과 멀찍이 떨어져 둥둥 떠간다.

 군용 트럭이 왔던 길이 아니라 다른 길로 달리는 것 같다. 우리를 또 다른 곳에 데려다 놓으려고. 스즈랑이 아닌 다른 곳에.

열세 살에 기차간으로 던져지기 전까지 나는 내가 늘 있던 곳에 언제까지나 있을 줄 알았다. 나무나 집처럼. 우물처럼.

우리는 스즈랑으로 돌아가야 한다. 그래야 집으로 돌아갈 수 있으니까. 스즈랑은 우리에게 끝이자 시작이다. 우리는 그곳에서 끝났고 그곳에서 시작됐다.

보따리를 끌어안고 졸다 깨어난 나오미가 말한다.

"하나코 언니한테 뭐라고 하지? 난 말 못 할 것 같아."

"나도 말 못 할 것 같아." 레이코 언니가 말한다.

"특별히 뽑혀서 다른 부대로 위문 출장 갔다고 해." 고토코 언니가 말한다.

"언제 돌아오느냐고 물으면 뭐라고 해요?" 나오미가 묻는다.

"위문 출장 마치면 돌아오지 말라고 해도 돌아온다고 해." 고토코 언니가 말한다.

"위문 출장을 언제 마치는데요?" 나오미가 묻는다.

"아무리 늦어도 전쟁이 끝나면 마치겠지."

나나코는 흰 상여가 된 간호사 신발에 실려 위문 출장을 떠났다. 또각또각 또각또각 아리랑 아리랑. 그녀는 위문 출장을 마치면 돌아올 것이다. 돌아오지 말라고 해도. 또각또각 또각또각 아리랑 아리랑. 아무리 늦어도 전쟁이 끝나면 돌아올 것이다. 또각또각 또각또각 아리랑 아리랑.

하늘은 흐리고 들판에는 흙바람이 분다.

지평선이 흙바람에 지워졌다 다시 그려졌다 한다.

"언니는 전생에 새끼를 밴 고라니였어요. 사냥꾼이 아니라요."

내가 말하자, 레이코 언니가 날 쳐다본다. 입을 실룩이며 말한다. "난 사냥꾼이었어."

"아니요. 언니는 새끼를 밴 고라니였어요. 시든 풀 한 포기 안 보이는 눈밭에서 먹을 걸 찾아 헤매다 사냥꾼을 만났어요. 새끼를 가진 데다 엿새를 굶어서 쓰러질 지경이던 언니는 사냥꾼을 보고 도망치기 시작했어요. 사냥꾼이 화살을 쏘며 언니를 뒤쫓았어요. 언니는 날아오는 화살을 피하며 도망쳤어요. 언니는 화살을 맞지 않았어요. 화살이 언니의 심장에 꽂히기 전에 굴속으로 숨어들었거든요. 언니의 심장을 맞히지 못한 화살은 눈 속으로 떨어졌어요. 언니는 죽지 않았어요. 언니의 뱃속 아기도 죽지 않았어요. 언니는 굴속에 있어요. 날이 어두워지고, 사냥꾼이 지쳐서 산을 내려갈 때까지 언니는 굴에서 나오지 않을 거예요. 언니는 굴속에서 새끼를 낳을 거예요."

나는 레이코 언니의 전생을 봤다. 총알이 빗발치던 곳에서 내가 본 전생은 그녀가 친척 할아버지의 책에서 봤다던 전생과 닮았고, 닮지 않았다. 그녀는 전생에 지은 죄 때문에 만주에 와 있는 게 아니다. 그럼 그녀는 뭐 때문에 이곳에 와 있는 걸까.

나나코 되기 놀이

"우리 나나코는?"

하나코 언니의 한마디에 나나코는 '하나코 언니의 나나코'에서 이제 '우리 나나코'가 된다. 우리 모두의 나나코가.

나나코가 돌아와야 하나코 언니는 집에 돌아갈 수 있다. 전쟁이 끝나도 나나코가 돌아오지 않으면 그녀는 집에 갈 수 없다. 오토상은 하나코 언니의 집을 모른다. 그는 데리고 있는 여자애들의 집을 하나도 모른다. 전쟁이 끝나면 오토상도 자기 집으로 돌아갈 것이다. 군인들도. 우리 중 누군가 하나코 언니를 집에 데려다주지 않으면 그녀는 이곳에 남아야 한다. 다들 집에 돌아갔는데 그녀 혼자 이곳에 남아서 뭘 하나. 가진 거라고는 이불 한 채뿐인 할아버지의 각시가 돼 살아야 하나? 할아버지는 하나코 언니를 불쌍해한다.

위문 출장에서 나는 혼자 돌아오지 않았다. 레이코 언니와 고토코 언니, 나오미와 함께 돌아왔다. 그런데 나는 혼자 돌아온 것 같다. 나 혼자만 살아서 돌아온 것 같다.

위문 출장에서 돌아오지 않은 여자애는 나나코가 아니다. 나 자신이다. 고토코 언니이고, 나오미이며, 레이코 언니다. 나는 위문 출장이 언제까지나 끝나지 않을 것 같다. 전쟁이 끝나고 군인들이 집으로 돌아간 뒤에도.

"우리 나나코는 언제와?"

"위문 출장이 끝나면 돌아올 거야. 돌아오지 말라고 해도 돌아올 거니까 기다리지 말고 있어." 레이코 언니의 말이 나를 때린다.

오늘도 위문 출장에서 돌아오지 않는 나나코 때문에 우리는 돌아가면서 나나코가 된다.

아유미는 나나코가 돼 하나코 언니의 사면발니를 잡아 주고, 요시에는 나나코가 돼 하나코 언니의 머릿니를 잡아 준다.

나오미는 나나코가 돼 하나코 언니의 삿쿠를 빤다. 강에서 빨래할 때 삿쿠가 섞이며 지난밤 나오미의 몸에 다녀간 군인과 하나코 언니의 몸에 다녀간 군인이 섞인다. 빨래를 마친 나오미는 하나코 언니의 삿쿠가 섞여 있다는 걸 깜박하고 놀란다. 간밤 자신의 몸에 그렇게나 많은 군인이 다녀갔나 싶어서.

레이코 언니는 나나코가 돼 무쇠 가위의 날을 철컹철컹 흔들며 하나코 언니의 손발톱을 깎아 주고, 에이코 언니는 나나코가 돼 하나코 언니에게 노래를 불러 준다. '매미가 울고, 호박꽃이 피네.'로 시작되는 노래를.

할아버지도 나나코가 돼 하나코 언니가 변소에 들어가면 나올 때까지 그 앞을 지키고 서 있는다. 그녀가 발을 헛디뎌 변소에 빠지기라도 하면 꺼내 주려고. 그녀는 두 번이나 새벽에 혼자 변소에 갔다가 빠져 죽을 뻔한 적이 있다.

오토상마저도 나나코가 돼 까치 소리를 낸다. 깍깍. 까치가 울면 하나코 언니는 두리번거린다. 고향 까치가 찾아온 줄 알고. 오토상은 깍깍 울고 나서 나나코가 갚지 못한 빚과 몸값을 하나코 언니에게 덧씌운다.

하나코 언니는 나나코가 언제나 돌아올지 더는 묻지 않는다. 나나코를 잊었거나 기다리다 지쳤기 때문이 아니라, 위문 출장이 끝나면 돌아오지 말라고 해도 돌아올 거라는 말을 믿기 때문이다.

나도 어쩔 수 없이 나나코가 돼 하나코 언니와 머리를 맞대고 마당에 앉아 바람을 쐰다. 나나코가 위문 출장 때 입고 있던 간단후쿠와 똑같은 간단후쿠를 입고서.

하나코 언니의 머릿니와 내 머릿니가 섞인다. 하나코 언니의 입에서 토해지는 숨이 내 코로 들어오고, 내 입에서 토해지는 숨이 하나코 언니의 코로 들어간다. 하나코 언니가 힘겹게 숨을 들이마시고 내쉬는 소리가, 내가 숨을 들이마시고 내쉬는 소리와 섞인다. 하나코 언니의 한숨 소리와 내 한숨 소리가. 하나코 언니의 배에서 나는 꼬르륵 소리가 내 배에서 나는 꼬르륵 소리와 어울려 흐른다. 머릿니와 서캐를 달고 그녀의 정수리에 달랑달랑 매달려 흔들리는 그녀의 영혼이, 역시나 머릿니와 서캐를 달고 내 정수리에 달랑달랑 매달려 흔들리는 내 영혼과 한 가닥으로 짜 엮인다.

하나코 언니가 갑자기 머리를 똑바로 하더니 나를 바라본다. 그녀는 감긴 눈꺼풀을 떨며 말한다.

"나나코, 언제 왔어?"

"벌써 왔지." 나는 말을 얼버무린다.

하나코 언니가 다시 머리를 맞대 온다.

나는 하늘에 떠가는 구름을 바라본다. 혹시나 흰 상여가 된 간호사 신발이 또각또각 또각또각 아리랑 아리랑, 스즈랑 마당 하늘 위에 떠 있지 않을까 싶어서.

하늘에는 요시에의 엄마가 목화밭에서 날려 보낸 목화 솜꽃만 가득 떠 있다. 요시에의 엄마는 목화 솜꽃을 따는 족족 북쪽으로 날려 보낸다. 만주가 북쪽에 있으니까. 목화 솜꽃들은 야속하게도 요시에가 스즈랑에 살고 있는 걸 모르고 계속 북쪽으로, 북쪽으로 떠간다. 만주가 만주보다 더 북쪽에 있는 줄 알고.

또각또각 또각또각 아리랑 아리랑. 나나코를 실은 간호사의 신발은 어디쯤 가고 있을까. 또각또각 또각또각 아리랑 아리랑. 너무 멀리 가면 안 되는데. 남양까지 가면 안 되는데.

한순간 하나코 언니와 나는 둘로 쪼개진다. 서쪽 지평선을 넘어오는 군인들의 발소리를 듣고는 하나코 언니가 내게서 떨어져 나간다.

나나코가 위문 출장에서 돌아오지 않아 우리의 '나나코 되기' 놀이는 계속된다. 고향에는 없던 그 놀이를 만든 여자애는 스즈랑의 앞 못 보는 여자애인 하나코 언니다.

나쁜 말

내 몸에서 없어도 되는 건 입.

내 몸에서 또 없어도 되는 건 눈에 달린 입.

내 몸에서 또 없어도 되는 건 귀에 달린 입.

내 몸에서 또 없어도 되는 건 코에 달린 입.

내 몸에서 또 없어도 되는 건 아래보다 아래에 있는 영혼에 달린 입.

내 입이 보리주먹밥을 먹을 때, 눈에 달린 입은 다른 여자애의 손에 들린 보리주먹밥을 먹는다. 귀에 달린 입은 할아버지가 이빨도 없는 입으로 까먹는 해바라기씨를 까먹는다. 코에 달린 입은 오토상의 부엌에서 삶아지는 돼지 다리를 뜯어 먹는다. 영혼에 달린 입은 구운 참새고기를 먹는다.

아버지가 머슴살이를 하러 집을 떠나기 전이었다. 어린 자식들이 분홍빛 입을 한껏 벌리고 배고프다고 배고프다고 배고파 죽겠다고 징징거리자, 아버지는 부엌으로 들어가 광주리를 가지고 나왔다. 싸릿대로 짠 광주리에 실을 잇고, 광주리 밑에 보리쌀 여남은 알을 놓아두고 참새를 기다렸다. 참새가 보리쌀을 먹으려 날아들자 재빠르게 실을 놓았다. 실에 당겨져 하현달처럼 떠 있던 광주리가 땅에 떨어지며 참새가 그 안에 갇혔다. 광주리를 덫 삼고 보리쌀을 미끼삼아 잡은 참새 네 마리를 아버지는 한 마리 한 마리 모가지를 비틀어 죽였다. 두 다리를 쭉 뻗고 죽은 참새들을 팥대에 놓은 불에 구워 자식들 손에 들려 주었다. 나는 참새의 다리에 붙어 있던 콩알만 한 살점을 떼어 입에 넣고 오물오물 씹으며 훌쩍거렸다. 참새가 불쌍해서.

내 몸에서 없어도 되는 입은 또 있다. 아기집 속에 있는 입이다.

아기집은 아래의 아래에 있다.

귀리죽 한 사발을 먹고 더 배가 고파진 입은 고향 집으로 날아가 참새의 다리에 붙은 살점을 떼 먹기 시작한다. 너무 작아서 씹지도 못하고 삼킨 참새 살점은 아래까지 퐁당퐁당 내려간다. 그곳에 다시 퐁당퐁당 아래로 더 내려가 아기 입속으로 퐁당 떨어져 혀로 떠오른다.

"요코, 계집애를 낳으면 조센삐 시킨다."

오토상의 손에는 내게서 건네받은 군표가 들려 있다. 괘종시계와 오토상의 얼굴이 하나로 겹쳐 보이며, 돼지기름을 바른 듯 번들거리는 얼굴이 괘종시계 안에 들어앉아 있는 듯한 착시가 일어난다. 똑딱똑딱 쉬지 않고 돌아가는 바늘은 그의 영혼이다. 그의 영혼은 돌고, 돌고, 돈다. 한 장, 두 장, 세 장 내가 가져다준 군표를 세는 동안에도 오토상의 영혼은 돌고, 돌고, 돈다.

새벽 꿈에 레이코 언니가 무쇠 가위를 철컹철컹 흔들며 소리친다. '요코가 딸을 낳았대.'

또 다른 꿈에서는 에이코 언니가 오이 깨무는 소리 같은 웃음소리를 흘리며 말한다. '오토상이 요코 딸을 좋은 공장에 팔았대.'

또 다른 꿈에서는 나오미가 땅에 편지를 쓴다. 손가락이 다 닳아 없어지고 흔적만 남아 있는 뼈로. '아버지, 요코 딸이 조센삐가 됐어요.' 꿈에서 나는 글자를 읽을 줄 안다.

그리고 또 다른 꿈에서는 고토코 언니가 기모노를 입고 내 앞에 앉아 있다. 나는 거울이 돼 그녀 앞에 앉아 있다. 그녀가 말한다. '아리가토고자이마스.'

들판을 바라보고 서 있는 내게 나오미가 묻는다. "바늘 장수 기다려?"

내가 아무 말도 않자 그녀가 또 말한다. "레이코 언니도 바늘 장수 기다리는 것 같더라."

나오미는 내가 바늘 장수를 기다리는 줄 안다. 레이코 언니처럼 아기를 낳으면 팔아 버리려고.

나는 아무도 기다리지 않는다. 바늘 장수도. 아버지도. 나는 나오미처럼 아버지가 나를 데리러 올 거라고 기대하지 않는다. 아버지는 내가 떠나오는 걸 보지 못했다. 그래서인지 아버지가 여태 모르고 있을 것 같다. 내가 만주 실 공장으로 돈 벌러 떠나서 집에 없다는 걸. 도착하면 편지하겠다고 해 놓고 감감무소식인 걸.

나는 바늘 장수를 기다리는 건 아니지만 궁금하다. 바늘 장수가 내 아기 값으로는 뭘 줄지. 머릿기름보다 못한 걸 주면 실망스러울 것 같다.

"언제 태어나?" 나오미가 묻는다. "네 아기 말이야."

"내 아기?"

"네 아기."

나오미는 뱃속의 아기가 내 아기라는 걸 내게 알려 주고 다시 묻는다. "언제 태어나?"

"몰라."

"네가 모르면 누가 알아."

오토상은 여자애를 낳으면 조센삐를 시킬 것이다. 그는 내가 사내아이를 낳으면 뭘 시킬지는 말하지 않았다. 사내아이를 낳으면 군인을 시키려나.

나는 아기가 태어나지 않기를 바란다. 나는 아기가 죽기를 바라나. 아기가 죽으면 죽은 아기를 낳아야 한다. 나는 죽은 아기를 낳고 싶지 않다. 그건 너무 끔찍한 일일 테니까.

구덩이 속에서 나는 살고 싶다고 빌었다. 내가 빌 때 아기도 함께 빌었을까. 살고 싶다고. 아기가 살고 싶어 하는 게 틀림없다면, 아기에게 벌써 영혼이 생겼다는 건데. 어쩌지.

"배가 많이 불렀네."

내 배를 보고 새삼 놀라는 아유미에게 나는 말한다. "내 배는 감자 자루야."

감자가 불어나서 자루도 하루가 다르게 커진다. 새끼를 낳고 낳는 쥐처럼 감자도 짝짓기를 해 저절로 숫자를 불린다. 열 알에서 열다섯 알로, 스무 알로, 스물다섯 알로, 서른 알로.

오토상은 내가 계속 군인을 데리고 자게 한다. 열에 둘은 내가 아기 가진 걸 모르고 달려든다. 열에 셋은 내 부른 배를 보고는 재수 없어 하며 나가 버린다. 열에 넷은 화를 내며 내 발이나 종아리에 발길질을 한다. 열에 하나는 나를 불쌍해한다. "가와이소다(불쌍하네)."

가와이소다는 나쁜 말이다. 그건 아리가토고자이마스보다 훨씬 나쁜 말이다.

배냇저고리

 나는 아기가 죽기를 바라면서 각반을 모은다. 아기가 태어나면 기저귀로 쓰려고.
 나는 아기가 죽기를 바라면서 보따리 속 저고리가 배냇저고리처럼 작아지기를 바란다. 아기가 태어나면 입히려고.
 나는 아이가 죽기를 바라면서 레이코 언니에게 무쇠 가위를 빌리려 한다. 아기가 태어나면 탯줄을 자르려고.
 나는 아기가 죽기를 바라면서 레이코 언니에게 말하곤 한다. "언니 아기는 바늘 장수가 데려갔어요." 내 방에서 아기 울음소리가 나면 그녀가 날 도둑으로 몰까 싶어서. '요코, 네가 내 아기를 훔쳐 갔지?' 하고.
 방에서 식은땀을 흘리며 거칠게 숨을 토하고 있는 나를 보고 고토코 언니가 묻는다.

"왜 그래?"

"죽은 거 같아요. 아기요."

고토코 언니가 내 배를 손으로 짚어 보더니 말한다. "살아 있어."

"어떻게 알아요?"

"심장이 뛰고 있잖아."

"죽은 줄 알았어요."

"쉽게 안 죽어."

"언니 아기는……."

고토코 언니가 날 노려본다. "나는 살아 있는 아기도 낳아 봤고, 죽은 아기도 낳아 봤어. 살아 있는 아기를 낳는 것보다 죽은 아기를 낳는 게 훨씬 괴롭고 지랄맞아. 살아 있는 아기는 세상에 나오려고 몸부림을 치지만 죽은 아기는 꿈쩍도 안 하거든. 나와라, 나와라, 아무리 애원해도 손가락 하나 내밀지 않아."

"그냥 안 낳고 싶어요."

"안 낳으면?"

내가 아무 말도 못 하자 고토코 언니가 말한다. "낳아."

"낳으면요?"

"멍청아, 낳고 나서 생각해."

낳고 나서 뭘 생각하라는 것인지 고토코 언니는 알려 주지 않는다.

옳은 아기를 낳으면 바늘 장수에게 팔지 말지?

옳지 않은 아기를 낳으면 들판에 버릴지 말지?

여자애를 낳으면 조센삐를 만들지 말지?

어스름이 내리고 열 개의 방마다에서 어김없이 돌림노래가 불린다. 전투에서 살아 돌아온 군인이 깡통처럼 찌그러진 이마로 내 얼굴을 짓찧는다.

"마마, 마마!"

"이타이 이타이."

"마마, 마마!"

꼭 뱃속 아기가 내는 소리 같다.

"나 네 엄마 아니야!"

"마마, 마마!"

돌림노래를 부르다 말고 가무러쳤다 깨어난 나는 머리맡 보따리를 끌어당겨 품에 안는다.

보따리 속에서 바늘땀을 떠 넣는 소리가 들려온다. 저고리에 매달려 만주까지 따라온 엄마의 손이 저고리에 바늘땀을 떠 넣는 소리다.

내가 만주 실 공장으로 돈을 벌러 떠나게 되자 엄마는 광목천을 구해 내게 저고리를 지어 주었다. 저고리는 소매가 깡똥하고 품이 꽉 꼈다. 가만한 손 위에 다른 손이 가만히 포개지듯 겹쳐져야 하는 섶은 가까스로 맞물려 있었다. 고름은 짧아서 싹둑 자른 것 같았다. 긴 고름도, 짧은 고름도. 나는 엄마에게 저고리가 작다고 말하지 못했다. 엄마가 바느질을 못해서 저고리가 작은 게 아니었으니까. 광목천이 모자라서 작은 거였으니까. 작다고 말하면 저고리가 두 살 터울인 동생 차지가 될까 봐. 그리고 또 이유가 있다면, 아버지의 너덜너덜한 깃털 바지가 떠올라서. 나는 엄마가 지어 준 저고리를 입고 만주 실 공장에 가고 싶었던 것이 아니다. 나는 새 저고리를 입고 집을 떠나고 싶었다. 새 저고리를 입고 만주 실 공장에 가고 싶었다. 새 저고리를 입고 실을 뽑고 싶었다. 새 저고리가 꼭 엄마가 지어 준 저고리여야만 했던 건 아니다.

강을 끼고 달리던 기차가 갑자기 굴속으로 삼켜지고 낮이 느닷없이 밤으로 바뀌더니 쇠바퀴들이 굴러가며 내는 소리가 두 배, 세 배로 커졌다. 그때 나는 엄마의 더덕 뿌리 같은 손가락들이 꼼지락거리는 걸 느꼈다. 손가락들은 여전히 저고리에 매달려 바느질을 하고 있었다. 저고리를 짓고 있었다.

엄마는 알고 있었을까. 내가 가는 공장이 군인을 데리고 자는 공장이라는 걸.

엄마는 알고 있었을까. 내가 군인 아기를 갖게 되리라는 걸.

엄마는 알고 있었을까. 내가 집에 돌아오지 못할 수도 있다는 걸.

엄마의 손가락들이 날 따라와 기차에서도 짓고 있던 건 배냇저고리다. 엄마의 손가락들은 보따리 속에서 여전히 바느질을 하고 있다. 아직도 배냇저고리를 짓고 있다.

똑 똑 바늘땀을 떠 넣는 소리는 기차의 쇠바퀴 굴러가는 소리가 되고, 트럭 바퀴들이 다투듯 내달리는 소리가 돼, 날 만주 들판에 데려다 놓는다.

그리고 돌림노래.

오그라든 내 아래를 찢고 쑥 들어온 군인의 몸은 군복을 입고 죽은 아기다. '나와라, 나와라.' 아무리 애원해도 손가락 하나 내밀지 않는.

오늘 밤, 내 아래는 군복을 입고 죽은 아기들의 무덤이 된다.

차곡차곡 쌓여 가는 무덤들 너머에 내 배고픈 아기가 있다. 눈송이처럼 벌거벗은 내 아기가 있다.

이제 알겠다. 레이코 언니의 아기는 군복을 입고 죽은 군인 아기들을 헤치고 세상으로 나왔다. 엄마 젖을 실컷 빨아 보지도 못하고 바늘 장수에게 팔렸다.

사요나라

 오늘 강을 찾아가는 여자애는 여덟 명이다. 나나코가 빠져서. 미치코 언니도 빠져서.

 미치코 언니는 엿새 전 새벽에 변소에서 목을 매달았다. 밧줄에 목을 걸고 변소 허공에 매달린 그녀를 처음 본 사람은 하나코 언니다. 더듬더듬 변소에 든 그녀는 자신을 툭 쳐오는 손이 군인의 손인 줄로만 알았다.

 죽어 버려서, 미치코 언니가 어쩌다 스즈랑에 오게 됐는지, 조센삐가 됐는지 영원히 알 수 없게 됐다. 그녀의 진짜 이름도, 진짜 나이도, 고향도 알 수 없게 됐다. 나는 미치코 언니의 아무것도 궁금하지 않았다. 그녀의 진짜 이름이 뭔지 알고 싶지 않았다. 내 진짜 이름도 깜박깜박하곤 하니까. 그런데 그녀가 죽고 없으니까 진짜 이름이 궁금하다.

나는 요코가 아니다.

미치코 언니는 미치코가 아니다.

미치코 언니가 미치코가 아니면 누굴까.

그녀가 살아 있을 때 그녀의 방문은 꼭 닫혀 있었다. 그녀가 죽은 뒤에도 그녀의 방문은 꼭 닫혀 있다. 그래서 나는 그녀가 아직도 살아 있는 것 같다. 오토상은 미치코 언니의 집에 그녀의 죽음을 알리는 편지를 보내는 대신에, 그녀의 방문에 빨간 천 조각을 걸었다. 군인들이 그 방문 앞에 줄을 서지 않게. 오토상은 나나코의 방문에도 빨간 천 조각을 걸어 놓았다.

할아버지는 죽은 미치코 언니를 들판 어딘가에 버렸다. 스즈랑에서 그리 멀지 않은 곳에. 들판에 어스름이 깔리면 군인들은 지평선을 넘어와, 간단후쿠를 입고 들판에 누워 있는 미치코 언니를 밟고 스즈랑으로 몰려온다. 그녀의 부러진 목을, 그녀의 다물리지 않는 입을, 자신들이 삿쿠를 쓰고 다녀갔던 아래를 밟고.

미치코 언니가 스즈랑에 있었다는 걸 누가 알까. 누가 기억할까. 나라도 기억해야 하나. 기억해서 뭐 하나.

미치코 언니는 미치코 언니다. 내가 그녀에 대해 알고 있는 것은 그것뿐이다. 나는 '미치코 언니는 미치코 언니다.'를 반복해서 중얼거린다. 그녀를 잊으려, 잊지 않으려. 내가 미치코 언니를 미치코 언니로 기억하는 것은, 진짜 그녀를 기억하지 않는 것이기도 하니까.

나도 죽을 수 있을까. 그럼 만주에 내가 있었다는 걸 누가 알까? 누가 기억할까? 나오미가? 아유미가? 그 애들도 죽어 버리면? 스즈랑의 여자애들이 전부 죽어 버리면 누가 알까? 오토상이 알려나? 오토상은 요코라고 부르던 여자애를 누구로 기억할까? 자신이 데리고 있던 요코들 중 누구로 기억할까? 만약 누군가 '요코가 누구야?' 하고 오토상에게 물으면 그는 뭐라고 말할까. 나는 어쩐지 오토상이 요코를 기억 못 할 것 같다. 요코가 진 빚은 기억해도, 요코라는 여자애는. 기억이 나지 않기 때문이 아니라, 기억하고 싶지 않기 때문에. 요코라는 여자애를 기억하는 것은 매 주둥이에 오리발 같은 것이어서. 군표 한 장 생기지 않는 쓸데없는 짓이어서.

나도 요코를 기억하고 싶지 않을 것 같다. 요코라는 이름조차도.

요코라는 이름을 기억하는 것은 간단후쿠를 기억하는 것이다.

요코라는 이름을 기억하는 것은 군인 콧물 묻은 삿쿠와 군표를 기억하는 것이다.

요코라는 이름을 기억하는 것은 가시철조망 울타리를 기

억하는 것이다.

요코라는 이름을 기억하는 것은 밤마다 군인들과 부르던 돌림노래를 기억하는 것이다.

요코라는 이름을 기억하는 것은 강 너머에서 삐를, 조센삐를 외쳐 대던 사내아이들을 기억하는 것이다.

요코라는 이름에는 트럭이, 기차가, 기차가 내달리던 쇠사다리가, 철새들이, 각반으로 만든 생리 기저귀가, 양철 오리 주둥이를 손에 들고 서 있는 간호사가, 위생 검사소 막사 안의 나무 의자가, 군의관의 손가락과 은테 안경과 그 너머 개구리알 같은 눈동자가, 괘종시계의 뎅뎅 소리가, 간단후쿠가, 널빤지 방이, 가시철조망 울타리가, 소독약 푼 물이 담긴 놋대야가 서로 물고 물리며 매달려 있다.

내 앞에서 걸어가는 고토코 언니의 머리 위 놋대야에 흰 보따리가 담겨 있다. 둘둘 뭉친 기모노와 군인 콧물 묻은 삿쿠가 든 깡통도.

강에 도착하자마자 고토코 언니는 강가 풀밭에 놋대야를 내려놓고 흰 아기 보따리를 들어 품에 안는다. 억새를 꺾어 흰 보따리 여기저기에 꽂는다. 흰 꽃도 꺾어 꽂고, 강물로 첨벙첨벙 걸어 들어간다.

억새와 꽃으로 장식을 한 흰 아기 보따리는 선물 꾸러미 같다.

고토코 언니는 강물이 허벅지까지 올라오는 데까지 걸어 들어간다. 그녀가 강물에 빠져 죽으려 하는 줄로 알고 레이코 언니가 몸을 일으킨다.

고토코 언니가 흰 아기 보따리에 얼굴을 파묻는다. 어깨를 떨며, 흰 아기 보따리에 숨을 불어 넣듯 하악 하악 숨을 토한다. 흰 아기 보따리를 얼굴에서 떼고 앞으로 내밀더니, 강물에 띄운다.

"사요나라, 사요나라(안녕, 안녕)……."

그녀는 가라앉으려는 배를 떠밀듯 손으로 흰 아기 보따리를 떠민다.

흰 아기 보따리가 손이 닿지 못하는 곳까지 떠내려가자 강바닥에 무릎을 꿇으며 주저앉는다. 그녀의 경련하는 어깨까지 강물이 차오른다. 강물이 그녀의 등을 떠민다. 떠밀고 떠미는데도 그녀는 떠내려가지 않는다.

"아리랑 아리랑 고개를 넘어간다. 나를 버리고 가시는 임은 1리도 못 가서 발병 난다."

흰 아기 보따리는 고토코 언니를 버리고 가시는 임이다. 1리도 못 가서 발병이 난 흰 아기 보따리는 강물을 타고 2리 가고, 3리를 가고…… 10리를 간다. 강물을 타고 또 1리를 가고, 3리를 가고…… 10리, 20리를 간다.

열린 입

 할아버지가 들판에 버린 건 미치코 언니가 아니다. 그녀의 입이다.

 그녀의 입이 버려진 후 들판에 부는 바람 소리에는 그녀의 신음 소리가 섞여 떠돈다. 탄식 소리가, 한숨 소리가, 귀리죽을 받아먹는 소리가.

 변소 허공에서 끌어 내려 들판에 내다 버리기 전에 할아버지는 그녀를 마당에 놓아뒀다. 쥐약을 먹고 죽은 쥐를 놓아두듯.

 나는 무섭고 꺼려졌지만 그녀의 얼굴을 들여다봤다. 번개가 찢어 놓은 것처럼 벌어진 입 밖으로 혀가 흘러나와 있었다. 입이 괴상한 모양으로 벌어져 있어서 그녀의 얼굴 같지 않았다.

에이코 언니가 말했다. "혀가 검네. 썩은 상추처럼."

고토코 언니가 말했다. "입이 벽돌처럼 굳어서 안 다물어지네."

나오미는 미치코 언니의 집에 편지를 썼다. 그녀가 돼서. '아버지, 어머니, 나는 만주에서 죽었어요.' 주소는 몰라서 적지 않았다.

미치코 언니의 입은 썩지 않는다. 배고픈 들쥐나 철새 들은 그녀의 얼굴은 뜯어 먹어도 입에는 입도 안 댄다.

미치코 언니의 입은 죽을 때 벌어진 모양 그대로, 간단후쿠를 두르고 언제까지나 들판에 놓여 있다.

종일 하늘이 낮게 내려와 있고, 들판에 미치코 언니의 탄식 소리가 떠돈다.

나는 귀리죽이 든 막사발을 들고 들판으로 걸어간다. 막사발에는 나무 숟가락이 꽂혀 있다. 나는 미치코 언니의 입이 놓여 있는 곳까지 걸어간다. 그녀의 입은 우리가 빨래를 하러 가는 강보다 더 멀리 떨어진 곳에 놓여 있다. 나는 나무 숟가락으로 귀리죽을 떠 그녀의 입에 흘려 넣어 준다. 귀리죽은 그녀의 입속으로 들어가 간단후쿠로 흘러든다.

아타라시 여자애

 북쪽에서 남쪽으로 날아가는 철새가 부쩍 늘면서 오토상은 생각이 많아진다.

 하루는 오토상이 말한다. "전쟁에서 이기려면 여자애들이 더 있어야 해."

 또 하루는 말한다. "너희들, 나무 밑에서 입만 벌리고 누워 있어도 복숭아보다 단 과일이 떨어지는 곳으로 가지 않으련?"

 또 하루는 말한다. "전쟁에서 지면 너희 전부 총으로 탕탕 쏴 죽일 줄 알아."

 열 마리, 스무 마리 무리무리 날아가는 철새를 바라보고 있으면 기차가 하늘을 달려가는 것 같다.

 하늘에 구름 한 점 없는 날, 머리는 까맣고 목은 하얀 철새들이 기차가 돼 하늘을 날아간다. 나는 나를 실어 보내고 싶어서 나를 번쩍 들어 회색 기차간으로 던진다. 기차는 나를 매달고 한참을 달려가다 스즈랑 마당에 떨어뜨린다.

잿빛 구름이 하늘을 뒤덮은 날, 쇳빛 철새들이 기차가 돼 날아간다. 나는 나를 다시 번쩍 들어 기차로 던진다. 쇳빛 열차가 나를 매달고 더 한참을 달려가다 스즈랑 마당에 떨어뜨린다.

먹구름이 비를 흩뿌리고 간 날, 길을 잃은 쇳빛 철새 다섯 마리는 트럭이 돼 하늘을 날아간다. 나는 나를 번쩍 들어 트럭으로 던진다. 트럭은 다른 철새 무리들이 나타나자 그 철새 무리를 쫓아 달려가다 나를 스즈랑 마당에 떨어뜨린다.

햇빛이 유난히 눈부신 날, 무리에서 낙오된 흰 철새 한 마리가 하늘을 날아간다. 흰 철새는 나를 매달고 헤매다 스즈랑 마당에 떨어뜨린다.

오토상이 나를 보고는 또 말한다. "딸을 낳으면 조센삐를 만들 줄 알아."

나는 빚이 얼마나 불어났는지 오토상에게 물어보지 않는다. 빚이 얼마든, 나를 팔아도 갚을 수 없다.

내가 가시철조망에 널어놓은 간단후쿠가 훌쩍 날아올라 멀리 날아갔다. 간단후쿠는 땅에 납작 엎드려 있다가 다시 떠올라 열 발짝쯤 더 날아갔다. 나는 간단후쿠가 흙먼지처럼 보일 때까지 달아나는 걸 멍하니 바라보며 서 있다.

해가 부쩍 늦게 뜨고 일찍 진다. 어스름이 짙어지며 들판에 첫 서리가 내린다. 지평선에도 서리가 내려 창백한 남빛을 띤다. 한겨울은 아니어서 한낮에는 여전히 따갑게 내리쬐는 햇볕에 서리가 녹는다.

하늘을 날아가는 철새들이 늘어나며 들판에 내려와 쉬는 철새들도 늘어난다.

요시에가 삿쿠를 널빤지에 널며 숫자를 센다. "하나, 둘, 셋, 넷, 다섯, 여섯……." 다섯까지밖에 셀 줄 모르던 그녀는 이제 열까지 셀 수 있다. 그래서 그녀의 몸에는 군인이 열 명까지 다녀간다. 삿쿠 하나는 군인 하나니까. 그녀는 열까지 세고 하나부터 다시 센다.

오토상의 방 괘종시계가 두 번을 운다. 가시철조망 울타리에는 간단후쿠와 몸뻬, 생리 기저귀가 매달려 눈물을 흘리고 있다. 여자애들이 잠들었거나, 졸고 있거나 넋이 나가 있어서 스즈랑에는 적막이 흐른다. 아유미의 방에는 빨간 천 조각이 걸려 있다.

오토상의 방 괘종시계가 네 번을 울자 한숨 자고 일어난 나오미가 마당으로 나온다. 간단후쿠를 뒤집어 입은 요시에도 마당으로 나온다.

레이코 언니는 방문을 열어 놓고 마당을 내다보고 앉아 담배를 피운다. 고토코 언니는 거울 속에 들어가 노래를 부르고 있다.

땅에 편지를 쓰고 있던 나오미가 얼굴을 들더니 가시철조망 너머 들판을 바라보며 중얼거린다. "트럭이네."

트럭이 들판의 철새들을 쫓으며 스즈랑을 향해 달려온다.

"레이코 언니, 담배 한 개만 꿔 줘요."

'담바꼬, 담바꼬' 앵무새처럼 중얼거리는데도 담배를 던져 주고 가는 군인이 없어서 요시에는 언니들에게 담배를 꾼다. 가랑비에 옷 젖는 줄 모른다고, 그녀는 언니들이 담배 피울 때 한 모금 두 모금 얻어 피우다 담배에 맛을 들였다.

"담배 한 개만 꿔 줘요."

"또?"

"꼭 갚을게요."

"전에 꿔 간 담배는?" 레이코 언니가 묻는다.

"그것도 꼭 갚을게요."

"몇 개 꿔 갔는지 알아?"

"세 개요."

"이것까지 네 개야."

레이코 언니가 담배 한 개비를 요시에에게 내민다. 요시에는 자신의 가운뎃손가락보다 긴 담배를 받자마자 입에 문다. 요시에는 오늘 밤 또다시 '담바꼬'를 앵무새처럼 중얼거릴 것이다. 레이코 언니에게 꾼 담배도 갚아야 하니까.

그 사이에 트럭은 가시철조망 울타리 앞까지 와 있다. 만두 모자를 쓴 사내가 거드름을 피우며 운전석에서 내린다. 트럭 짐칸에 꿰다 놓은 보릿자루처럼 앉아 있는 여자애들을 향해 소리친다. "오리로, 오리로! 내려!" 여자애들이 쭈뼛거리자 내리라는 손짓을 한다.

덩치가 크고 머리를 허리까지 길러 땋아 내린 여자애가 스즈랑을 살피듯 둘러본다.

광대와 콧잔등에 주근깨가 빼곡히 박힌 여자애가 묻는다. "여기 고무신 공장 아니에요?"

담배를 뻐끔뻐끔 빨던 요시에가 피식피식 웃는다. 주근깨 여자애가 요시에를 보고는 흠칫 놀란다.

군인을 데리고 자는 공장이라는 걸 오토상은 여자애들에게 말해 주지 않는다. 어차피 오늘 밤에 알게 될 테니까.

에이코 언니가 여자애들을 보고 말한다. "아타라시(새것이네)!"

오토상은 아타라시 하나에게는 나나코라는 이름을, 또 다른 아타라시에게는 미치코라는 이름을 준다. 오토상의 입은 물레방아, 다람쥐 통, 팽이다. 녹슬까 봐 수시로 돼지기름 칠을 하는 그 입에서는 일본 여자애 이름이 돌고 돈다.

아타라시 하나는 나나코의 방으로, 또 하나는 미치코 언니의 방으로 던져진다. 스즈랑에는 이제 빈방이 없다.

레이코 언니가 방에서 나와 가시철조망 울타리로 걸어간다. 간단후쿠와 생리 기저귀를 거둬 둘둘 말아 들고 돌아서서 나나코의 방에 대고 말한다. 방문은 꼭 닫혀 있다.

"나나코, 나와!"

하나코 언니가 방문을 열고 마당을 내다본다.

"나나코 나와! 밥 먹어!"

나나코의 방문이 빼꼼히 열린다. 주근깨 여자애가 얼굴을 내민다.

"나와, 밥 먹어!" 레이코 언니가 말한다.

"나나코가 누구예요?" 주근깨 여자애가 묻는다.

"너."

"나, 나나코 아닌데요."

"바보야, 오토상이 하는 말 못 들었어?"

"못 들었는데요."

주근깨 여자가 고개를 갸웃거리자 레이코 언니가 말한다.

"오늘부터 넌 나나코다!"

그러고 레이코 언니는 미치코 언니의 방에 대고 소리 지른다.

"미치코, 밥 먹어!"

어깨가 맞닿도록 붙어 앉아 귀리죽을 먹고 있는 아타라시

둘에게 고토코 언니가 묻는다.

"몇 살이야."

"열일곱 살인데요." 아타라시 미치코가 말한다.

"먹을 만큼 먹었네. 너는?"

"열네 살이요." 아타라시 나나코가 말한다.

금세 귀리죽 한 사발을 비운 아타라시들이 쭈뼛쭈뼛 일어서려고 하자 레이코 언니가 붙들어 앉힌다.

"너희들, 이게 뭔지 알아?"

아타라시들이 서로의 얼굴을 쳐다본다. 약속한 듯 둘 다 똑같이 고개를 흔든다.

"이게 삿쿠라는 건데."

답장

강물은 구름보다 빠르게 흐른다.
레이코 언니가 삿쿠를 씻다 말고 강 너머를 바라본다. 그녀는 사내아이들을 기다린다. 위문 출장을 다녀온 뒤로 우리는 사내아이들을 보지 못했다. 홍시 같은 늦가을 볕이 내리쬐는 강 건너는 닿을 수 없는 꿈속처럼 아련하고 아득하다.
"죽어 버렸나?" 레이코 언니가 중얼거린다.
"질리도록 봐서 별로 보고 싶지 않은 거야." 고토코 언니가 말한다.
"뭘?" 레이코 언니가 묻는다.
"조센삐 거시기." 고토코 언니가 말한다.
"머슴애들이 꽤 귀여웠는데." 에이코 언니가 말한다.

"군인이 됐나 봐요." 나오미가 말한다.

"머리에 피도 안 마른 어린애들이?" 아유미가 말한다.

"어젯밤 내 방에 다녀간 군인 하나도 머리에 피도 안 마른 어린애였어요." 요시에는 자기도 머리에 피도 안 마른 어린애라는 걸 까맣게 잊고 말한다.

고토코 언니는 정강이까지 잠기도록 강물에 두 다리를 담그고 서서 간단후쿠를 헹군다. 기모노를 즐겨 입는 그녀도 오늘은 간단후쿠를 입었다.

내 앞에는 지난밤 군인 콧물이 묻은 하나코 언니의 삿쿠가 한 움큼 쌓여 있다.

아타라시 나나코가 있지만, 우리의 '돌아가면서' 나나코 되기 놀이는 끝나지 않았다. 그래서 나는 나나코가 돼 하나코 언니의 삿쿠를 씻는다. 나나코 되기 놀이 역시 전쟁이 끝나야 끝난다. 마지막 나나코 되기는 누구에게 돌아갈까? 누가 나나코가 돼 하나코 언니를 그녀의 집까지 데려다주려나? 어쩌면, 아마도 아무도. 다들 나나코 되기를 마다하지 않고 있지만, 전쟁이 끝나면 다들 서로에게 나나코 되기를 미루고 스즈랑을 떠날 것 같다. 우리의 고향은 다 다르고, 우리는 따로따로 만주에 왔다. 그러니 따로따로 돌아가야 한다. 따로따로. 같이 가다가도, 어디선가에서 헤어져 따로따로. 바늘 공장에 돈 벌러 만주에 온 여자애와 실 공장에 돈 벌러 만주에 온 여자애가 함께 돌아갈 수는 없으니까. 군복 만드는 공장에 온 여자애와 비단 만드는 공장에 온 여자애가 함께 돌아갈 수는 없으니까. 좋은 공장에 온 여자애와 돈 많이 버는 공장에 온 여자애가 함께 돌아갈 수는 없으니까.

헤어지지 않고 계속 같이 가는 여자애들이 있다면, 집이 아닌 다른 곳을 찾아가는 여자애들일 것이다.

레이코 언니가 집에 돌아가고 싶지 않다고 말할 때마다 나는 그녀가 거짓말을 하고 있다고 생각했다. 어차피 집에 돌아갈 수 없으니까 그렇게 말하는 거라고. 그런데 언제부턴가 나도 집에 돌아가고 싶지 않은 마음이 불쑥 든다. 집에 가서 뭐 해, 하고 심드렁히 중얼거리곤 한다.

막상 전쟁이 끝났는데 집에 가고 싶지 않으면 어쩌나.

아기를 낳으면 더 집에 가고 싶지 않으려나. 아빠가 누군지 말할 수 없는 아기를 혹처럼 등에 달고 집에 가려니 부끄러워서. 집 주소도 모르면서 나는 집에 가고 싶지 않을까 봐 걱정된다. 집 말고는 갈 데가 없다.

지금쯤 치요는 어디까지 흘러갔을까. 치요가 강물에 쓴 편지들은 어디까지 흘러갔을까. 나는 어쩐지 치요도, 그녀가 강물에 쓴 편지들도 여전히 흘러가고 있을 것 같다.

고토코 언니의 흰 아기 보따리는 어디까지 흘러갔을까.

"고토코 언니, 언니 고향에도 강이 있어요?"

"내 고향에도 강이 있지." 그녀는 자기에게는 고향 같은 건 없다고 말한 걸 깜빡 잊고 그렇게 말한다.

흰 아기 보따리가 고토코 언니의 고향 강까지 흘러가기 전에 전쟁이 끝났으면. 고토코 언니가 고향으로 돌아가 강물에 얼굴을 씻을 때, 흰 아기 보따리가 강물에 담긴 그녀의 두 손 앞에 둥둥 떠 있었으면.

나는 고토코 언니를 그녀의 고향 강가에 데려다 놓는다. 그녀의 고향이 어딘지도 모르면서, 그녀의 고향 강을 본 적도 없으면서. 고토코 언니가 둥둥 떠내려오는 흰 아기 보따리를 들어 품에 끌어안는다. 그녀는 진달래를 따 먹던 산으로 올라간다. 산에는 마침 진달래가 피어 있다. 그녀는 진달래를 실컷 따 먹고 양지바른 곳에 자리를 잡고 앉는다. 흰 아기 보따리가 그녀의 품에 안겨 있다.

"마을 일 보는 아저씨가 순사하고 우리 집을 찾아와서는 날 총알 만드는 공장에 보내야 한다고 했어. 총알 만드는 공장에 총알 만들 여자애들이 없어서 총알을 못 만들고 있다고 했어. 전쟁터에서 군인들이 싸우려면 총알이 있어야 하는데 총알이 없어서 못 싸우고 있다고. 내가 하나밖에 없는 딸년이어서 우리 아버지가 날 총알 만드는 공장에 안 보내려고 시집보내려 했어. 근데 총각이 있어야지. 총각은 전부 일본 군수공장에 징용 끌려가서."

아타라시 미치코는 죽은 미치코 언니하고 다르게 수다스럽다. 그녀는 자신이 집을 떠나오던 날 마당 텃밭에 열려 있던 가지의 개수까지 말한다. 그녀는 가지 하나를 뚝 따 우걱우걱 먹으면서 집을 떠나왔다.

레이코 언니가 삿쿠를 다 씻을 때까지 사내아이들은 오지 않는다.

"아리랑 아리랑, 고개를 넘어간다. 나를 버리고 가시는 임은 1리도 못 가서 발병 난다." 에이코 언니가 노래를 부른다.

"10리요." 아타라시 미치코가 말한다.

"만주에서는 10리가 1리야." 레이코 언니가 말한다.

우리를 버리고 가시는 임은 오지 않는 사내아이들이다. 사내아이들은 1리도 못 가서 발병 난다.

또각또각 소리가 들리는 것 같아 고개를 드니, 상여가 된 간호사의 신발이 또각또각 우리의 머리 위에서 떠가고 있다. 아주 멀리 가 버린 줄 알았는데 저만큼밖에 못 갔다.

사쿠라코 언니는 살아 있을까.

나는 강물에 손가락을 댄다. 혹시나 써지지 않던 글자가 써질까 싶어서. 써지지 않던 편지가.

편지가 써지면 뭐라고 쓸까.

'엄마, 나 만주 실 공장에서 아기를 낳을 거 같아요. 누구 아기인지는 묻지 마세요. 실 공장에서 번 돈은 집에 갈 때 가

지고 갈게요. 답장은 마세요.'

　너무 길다.

　꼭 쓰고 싶은 말만 써야 한다면.

　'답장은 마세요.'

작가의 말

일본군'위안부' 피해자 할머니를 만난 지 10년이 됐다.

한 분의 할머니는 10년이라는 시간 동안, 내 머리카락 개수로도 셀 수 없이 많은 할머니들을 함께 데리고 와 주셨다.

10년이라는 '징한' 만남을 갖고 나서야, 그분들 이야기를 마침내 소설로 쓸 수 있을 것 같았다. 10년이라는 '붙듦'을 하고 나서야, 체화가 돼 온전한 내 이야기로 들어왔다. 다시, 또, 다시, 쓸 수밖에 없었다. 쓸 수 있어서, 책으로 펴낼 수 있어서 감사하다.

듣기의 시간이기도 했던 10년은, 나라는 한 인간의 무지와 무사유에 놀라고 경악하며 그로부터 벗어나려는 나 나름의 노력을 소설 쓰기로 실천해 본 시간이었다. 무지와 무사유를 다시 반복하지 않기 위해 듣기의 시간은 계속돼야 한다. 내 가까이 있거나 멀리 있는 누군가의 '있음'에 아지랑이만 한 상처라도 남기는 일이 없도록.

처음 얼굴을 마주하고 '목소리'를 들려주신 할머니가 올 초 돌아가셨다. "늙었으니까, 이제 화장(化粧)해 볼까?" 아흔이 넘은 나이에 할머니께서 내게 마지막으로 건네신 말씀은, 내게 최고의 농담으로 남겨져 있다. 나는 일상을 살아 내며 여전히 문득문득 애도의 시간을 보낸다. 애도의 시간은 아마도 내가 소설을 쓰는 한 끝나지 않을 듯하다. 그 애도는 먼저는 '나'라는 한 인간의 나약하고 모순투성이이고 비참하지만 살아 내려 분투한 삶에 대한 애도이자, 나를 둘러싼 '너'라는 인간(들)의 마찬가지인 삶에 대한 애도이자 찬미이다.

반복되는 전쟁과 폭력과 학살. 간단후쿠를 입고 간단후쿠가 된 소녀들은 여전히 곳곳에 있다. 우리가 보고 있지 못하거나 보려고 하지 않을 뿐.

존엄을 회복하고 숭고한 모습으로 그 소녀들의, 그리고 우리의 미래가 되어 찾아오실 할머니들께 이 소설을 드린다.

2025년 9월에 김숨 올림

추천의 글

"간단후쿠를 입고, 나는 간단후쿠가 된다." 첫 문장부터 나는 이 글이 시라는 걸 알았다. 한 편의 예리한 시가 불화살처럼 날아와 가슴을 관통했음을 알았다. 이는 엄연한 소설이지만 소설만은 아닌 것 같다. 나는 간단후쿠를 모르지만 간단후쿠를 입은 것 같다. 전쟁도 군인도 만주도 모르지만, '스즈랑'은 더더욱 모르지만, 뭣도 모른 채 지금껏 살았지만, 이 글을 읽자마자 나는 감히 그곳 여자애가 되었다. 간단후쿠를 입고 널빤지 방에 죽은 듯 누운 여자애의 몸이 되었다. 이런 게 시가 아니라면 무언지.

읽는 내내 고통스러웠다. 소설이든 시든, 얼른 이야기가 끝났으면 좋겠다고 생각했다. 동시에 두려웠다. 이야기가 끝날까 봐. 뒷부분을 향해 갈수록 부러 읽는 속도를 늦추어야 했다. 요코, 레이코, 나오미…… 여자애들과 이대로 멀어질까 봐. 내가 그 애들을 두고 스즈랑 황량한 벌판을 떠날까 봐. 혼자서 도망쳐 버릴까 봐. 구름보다 강물보다 빠르게, 뒤도 돌아보지 않고.

또한 쓸쓸했다. 인간이 이토록 처참할 수 있다니. 인간이 인간을, 살고자 몸부림치는 인간을 이토록 처참하게 만들 수 있다니. 이것이 정말 역사란 말인가. 이토록 아픈 것이. 자문하곤 했다. 인간이란. 인간과 인간이란. 인간에게 인간이란. 결국 삶이란. 수시로 빈 하늘을 올려다보았다. 어쩔 수 없는 인간인 채로, 헤아려보았다. 어떤 마음이 이런 글을 쓰게 했을까. 계속해서, 이처럼 각별한 '답장'을 부치게 했을까. 우리가 버려둔 여자애들이 아직 그곳에 살고 있다는, 지독히도 생생한 감각.

눈물이 쏟아질 것 같은 저녁이면 언제든 다시 펼쳐 봐야지. 나의 요코, 나의 '개나리'. 내 아픈 여자애들. 내 영혼의 간단 후쿠들.

박소란(시인)

간단후쿠

김숨 장편소설

1판 1쇄 펴냄 2025년 9월 12일
1판 2쇄 펴냄 2025년 10월 27일

지은이　김숨
발행인　박근섭·박상준
펴낸곳　(주)민음사

출판등록　1966. 5. 19. 제16-490호
주소　　서울시 강남구 도산대로1길 62(신사동)
　　　　강남출판문화센터 5층(06027)
대표전화　02-515-2000 | 팩시밀리　02-515-2007
홈페이지　www.minumsa.com

ⓒ 김숨, 2025. Printed in Seoul, Korea

ISBN 978-89-374-2288-1 (03810)

* 잘못 만들어진 책은 구입처에서 교환해 드립니다.